Katrin Friedrich-Batteiger

Mutter Erdes Burnout

Katrin Friedrich-Batteiger
Mutter Erdes Burnout

Urban Fantasy, Entwicklungsroman

Inhaltsverzeichnis

Mutter Erdes Burnout

Frau Schnippelberger-Rotschilds Erziehungsan-stoß

Es hätte ein ganz gewöhnlicher letzter Schultag vor den Sommerferien werden können: ein bisschen Abschluss-Bla-Bla mit unserer attraktiven, rothaarigen Klassenlehrerin Frau Schnippelberger-Rotschild, der bei den meisten Mitschülern sehr beliebten Junglehrerin. Denn sie verstand es nur zu gut, mit ihren Späßchen und witzigen Sprüchen besonders den oft langweiligen Ethikunterricht aufzulockern.

Die sportliche, meist Jeans und T-Shirt tragende Lehrkraft fand ich bisher auch immer ganz ok. Jedoch störte mich ein wenig, dass sie durch das erst kürzlich abgeschlossene Referendariat ihre Autorität gegenüber uns, nicht mal zehn Jahre Jüngeren, immer mal wieder unter Beweis zu stellen versuchte.

Meine Mutter, die meine von ihr beklagte Lustlosigkeit am letzten Elternabend vehement bestritten hatte, meinte, sie wäre ein Typ Lehrerin, der zwei Generationen früher sicher eine Latzhose getragen hätte. Den Emanzipation-demonstrierenden Doppelnamen hatte sie ja immerhin.

Ich war damals richtig stolz auf Mama, dass sie mich ihr gegenüber verteidigt hatte. Obgleich ich zu Hause immer das Gefühl hatte, meiner Mutter nichts recht machen zu können: Tisch decken, Geschirrspüler ausräumen, Staubsaugen. Ja war ich denn ihre Hausangestellte? Konnte sie doch auch selbst machen, wenn sie abends nach der Arbeit nach Hause kam. Was ging mich das eigentlich an? Wer Kinder in die Welt setzt, muss damit rechnen, dass es so läuft.

Warum musste sie auch so sehr für unser altes, kleines Häuschen mit dem Gärtchen kämpfen? Nur weil es Papas Eltern vor Jahrzehnten gebaut hatten? Nur damit Oma auf ihrer Terrasse den ganzen Tag in ihrem Meditationssessel vor sich hin sinnieren konnte? Dafür die ganze Arbeit schultern? Also mir war das alles egal, solange ich ein eigenes Zimmer hatte, wo ich meine Ruhe haben konnte.

Sicher, niemand kann die Zukunft voraussehen. Ich unbedarftes junges Menschlein schon gar nicht. Und so hatte ich noch keinen blassen Schimmer davon, welche Wende mein Leben noch an diesem Tag nehmen würde. Aber irgendein besonderes Gefühl, das ich nicht zu deuten in der Lage war, war trotzdem unterwegs in mir.

Und so kribbelte es nervös in meinem Inneren, als Oma Gertrud mich beim Frühstück auffordernd fragte: „Na, Soe, wie wirst du deine Ferien verbringen? Hast du irgendetwas geplant? - Soe?"

„Stör mich doch nicht!" Was wollte Oma schon wieder von mir? „Nachdem wir wieder mal nicht in Urlaub fahren, was soll ich da schon machen?"

„Schätzchen", mischte sich Mama ein, „sei nicht unfair. Ich habe von meinem Chef keinen Urlaub bekommen, das habe ich dir doch schon gesagt. Und außerdem reicht das Geld sowieso nicht, da ich das Dach vorm Winter reparieren lassen muss!"

„Na also! Und was fragt ihr mich dann, was ich vorhabe?", entgegnete ich genervt. „Also, nichts!"

Was für eine Perspektive. Wahrscheinlich würde ich die sechs Wochen in meinem Zimmer verbringen, Mama bei der Arbeit, abends todmüde. Und mit der langweiligen Oma Gertrud war sowieso kein

Apfelbaum zu pflanzen. Also was sollten diese rhetorischen Gute-Laune-Mach-Fragen am frühen Morgen? War ich froh, als ich mich endlich auf den letzten Schulweg der zehnten Klasse machen konnte!

„Adieu, have a nice day", murmelte ich den beiden noch am Frühstückstisch sitzenden Vorgenerationen zu und Schwupps war ich weg.

Juhu, sechs Wochen keine Hausaufgaben, Auswendiglernen, Referate. Und von wo ich mit den Elftklässlern, die fast alle in Urlaub fuhren, chattete, machte ja kaum einen Unterschied. Musste ihnen ja nicht sagen, dass ich in meinem Zimmer saß. Meine Phantasie würde ihnen schon was Aufregendes zu berichten wissen. In diesen Gedanken gefesselt hatte mich mein Unterbewusstsein auf den Schulparkplatz geleitet. Die letzten vier Schulstunden und die Zeugnisausgabe würden mich umgehend erwarten.

„Naja, für deine Faulheit ein ganz gutes Zeugnis, Soe", würde Frau Schnippelberger-Rotschild sich einen ironischen Unterton sicher gleich nicht verkneifen können. Ich war mit fester Entschlossenheit darauf gefasst. Würde nicht ehrfürchtig einknicken vor ihr. Diese Blöße gäbe ich mir nicht, Frau Lehrerin, tut mir leid.

Meine Füße trugen mich über den Asphalt, den Kopf gesenkt über meinem Handy chattete ich angeregt mit Andy, dem bestaussehenden Elftklässler: „Waaaas? Dachte mit Angelina hast du längst Schluss gemacht", tippte ich ein. „Was schwärmst du jetzt wieder von der?" Ein entsetztes Emoticon unterstrich meine Verärgerung.

Doch seine Antwort saß: „Püppchen, die ist viel süßer als du, hast dir wohl Hoffnung auf mich gemacht?" Lach-Smiley. „Die sitzt nicht nur langweilig zu Hause, die hat was drauf!" Mistkerl, ging es mir durch den Kopf und dachte über eine passende Retourkutsche nach. Jetzt nur keine Schwachheit zeigen.

„Soe, hallo, könntest du mir bitte mal mit meiner
Tasche helfen, mit den Krücken geht das so schwer",
hörte ich eine Stimme von hinten rufen. Ausgerech-
net Angelina! Andys Süße, das konnte doch jetzt
nicht wahr sein!

„Trag sie doch selbst, gut für deine Armmuskeln",
rief ich ihr zu. Kann ja ihren Andy anrufen… lasst
mich doch alle in Ruhe! Und ich klickte Andy weg.
Das ging viel einfacher als die hinter mir fluchende
Angelina.

Aber auch Frau Schnippelberger-Rotschild ließ
sich kurze Zeit später nicht abschalten, so sehr ich
mir das auch wünschte. Ihre ärgerliche, ungewohnt
laute Stimme brachte mich unbarmherzig zurück in
die bittere Realität.

„Soe!" Diesen Gesichtsausdruck holte sie nur in
Ausnahmefällen heraus. Ich schluckte. Das Schuljahr war ja eigentlich gelaufen, konnte sie mir jetzt
noch was, blitzte es mir durch den Kopf.

Ich sah sie unschuldig an.

„Ja, Frau Schnippelberger-Rotschild, bitte?", versuchte ich die Wogen äußerlich schon mal vorsorglich zu glätten. Obwohl ich noch keine Ahnung davon
hatte, woher ihre starre Miene rührte.

„Findest du es gut, der verletzten Angelina deine
Hilfe zu verweigern? Du weißt genau, dass sie zurzeit
mit den Gehhilfen stark gehandikapt ist!"

Ah, daher wehte der Wind! Alte Petze, froh mir eins
auszuwischen… „Wo war denn dein starker Andy?",
konnte ich mir gerade noch verkneifen. „Die küm-
mert sich doch sonst auch nicht um mich", zischte es
dann aber doch aus mir heraus.

„Das ist jetzt wohl nicht dein Ernst, Soe?" Autsch!
Die Doppelname-Lehrerin schien ja wirklich wütend.
"Du meinst, man hilft nur denen, die einem auch
schon geholfen haben? Wo kämen wir da alle hin?
Nein meine Liebe, so läuft unsere Gemeinschaft
nicht! Schade, wenn ich dir das in meinem

Unterricht noch nicht habe nahebringen können."

„Lassen Sie mich doch in Ruhe mit dieser dummen Kuh!" Genervt wollte ich mein Handy aus der Tasche ziehen.

„Handy aus, ich rede mit dir!", war ihre äußerst harsche Reaktion.

Oh weh, ich merkte sofort: ich hatte sie unterschätzt. So laut hatte ich sie noch nie erlebt. Konnte sie mir nun noch was am letzten Schultag oder nicht? Sie konnte wohl...

„Weißt du was, ich halte es für angebracht, dass du dich mit deinem Verhalten mal näher auseinandersetzt. In Form eines Ferien-Sonder-Referates."

Mir schwante langsam der Ernst der Situation. Mist! Was käme jetzt? Ich hatte sie eindeutig nicht ernst genug genommen, die junge Lehrkraft.

„Du verfasst bis Ferienende eine Abhandlung mit dem Thema..." Es arbeitete sichtlich in ihren Gedanken, sie wollte augenscheinlich etwas ganz Besonderes für mich finden. „Verantwortung und Verbindung zu anderen Wesen am Beispiel meiner Schulfächer Ethik, Erdkunde und Biologie' ", sagte sie schließlich in einem Tonfall, der einem Richterspruch ähnelte. „Soe, manchmal frage ich mich, ob du wirklich so desinteressiert und cool bist, wie du es nach außen trägst. Oder ob du nur eine Schutzfassade aufbaust? Es wird dir guttun, dich mal näher mit deiner Einstellung anderen gegenüber zu befassen."

Und zur unruhigen Klasse gewandt rief sie schmunzelnd: „Wir freuen uns auf dein diesbezügliches Referat nach den Ferien!" Jegliche weitere Diskussion darüber blockte sie ab, indem sie sich wegdrehte, sodass ich ein Gnadengesuch vergessen konnte.

Mist! Mist! Mist! Diese alte Petze und die Doppelnamige, welch ein Teamwork hatten sie da gerade abgeliefert? Was sollte denn das für ein Thema sein?

Verbindung zu anderen. Phh. Wer kümmerte sich denn um mein Wohlergehen? Allerhöchstens vielleicht meine kleine Dacheidechse.

Selten hatte ich Sommerferien so wutkochend begonnen. Hatte ich es doch morgens schon geahnt: dieser Tag würde anders werden. Aber so schlimm? War das fair? Wegen einer Schultasche? Hat die mich blöd hingestellt. Als ob ich ein Monster wäre.

Die Haustür konnte ehrlicherweise nichts dazu, aber sie knallte heute ins Schloss. Musste einfach sein.

Oh weh, Oma, die im Hausflur stand und mich ungläubig ansah, hatte ich dabei übersehen.

„Aber Soe, was ist denn los?"

„Hallo." Auf Diskussionen hatte auch ich nun überhaupt keine Lust. Erbarmungslos wie meine Lehrerin. Also schnell die Treppe hoch, die zweite Tür, die knallte, war die meines Zimmers und dann flog mein Rucksack ins Eck und dadurch krachte auch das offene Dachfenster zu.

Zum Glück nicht ganz, denn meine kleine Freundin Eidechse klemmte dazwischen und sah mich mit erschrockenen Augen groß an. Entschuldige meine Kleine! Schnell befreite ich das Tierchen. In Schockstarre ließ sie sich in meiner Hand streicheln. Sie war wohl physisch heil geblieben, Gott-sei-Dank, die Arme konnte ja nun wirklich nichts für die Schultragödie. Mir kamen Tränen.

„Sorry, kleine Maus, wollte dir nicht wehtun. Ich bin doch gar nicht so, aber im Moment versteht mich einfach keiner. Alle gegen mich. Jetzt soll ich auch noch so einen Aufsatz schreiben, von dessen Thema ich keine Ahnung habe. Verbindung zu anderen Wesen. Also zu dir fühle ich schon ein bisschen Verbindung, du hörst immer so schön zu."

Aber sonst? Was soll das? Gut in meiner Social-App habe ich ganz viele "Freunde" geaddet. Naja, verbunden übers Handy, aber im Schulhof wollen die nichts von einem wissen. Ach Eidechslein, am liebsten rede ich mit dir, du verlangst nicht so doofe Sachen von mir wie Referate, Geschirr abräumen, Zimmer aufräumen oder gutes Benehmen gegenüber Mama, was Oma immer einfordert. Das nervt einfach nur. Sie selbst kennt doch auch nur ihr Zimmer. Weiß gar nicht, wie sie das alleine ohne Internet den ganzen Tag aushält. Todlangweilig. Alleine mit ihren Büchern oder Meditation. Hihi, wenn sie meditiert, könntest du dich auf ihren Schoß trauen, da bekommt die gar nichts mit, fällt mir nur gerade so ein.

Ein einsames Tränchen kullerte mir aus dem linken Auge und tropfte auf meine Hausechse. Ferien und doch keine. Wie sollte ich dieses Thema angehen? Traurig und zugleich wütend legte ich mich auf mein kuschliges Bett und sah Echslein nach, welches nach draußen auf sein sonniges Dach huschte und sich sicher gleich gemütlich mein Tränchenwasser auf ihrer zarten braun-grünlichen Haut von der Sonne trocknen lassen würde.

In meinem Kopf begannen sich die Gedanken zu überschlagen. Ich kannte das. Denn immer, wenn die Wut in meinem Bauch dermaßen von jemandem angestachelt worden war, hatte sie wohl einen direkten Draht in das Gehirnzentrum, das mir nun helfen musste. Ich würde Frau Schnippelberger-Rotschild eine sehr gute Arbeit abliefern, die sollte staunen! Und ich würde es möglichst schnell hinter mich bringen, damit mir der Rest der Ferien noch zum Chillen bleiben würde. Keine Ahnung wie, aber ich würde ihr etwas abgeben, das sich gewaschen hätte. Und während ich meine Pläne schmiedete, sah ich plötzlich Papa vor mir.

Mein lieber Papa, der vor einem Jahr seine endlosen Depressionen nicht mehr ertragen hatte können und sein Leben tragisch selbst beendet hatte. Mein lieber, lieber Papa.

Wie sehr vermisste ich ihn gerade. Er war vor

seiner Krankheit immer tatkräftig gewesen, hatte Probleme angepackt, nichts vor sich hergeschoben. Wie ich das immer bewundert hatte. So wollte ich sein, wie mein gesunder Papa von einst. Der war mein toller Held. Nicht der durch Krankheit ausgebremste, schlecht gelaunte, in sich gekehrte.

Auch für Mama musste sein verändertes Wesen schwer zu ertragen gewesen sein. Alles alleine schultern. Und sie hatte seine Persönlichkeit und Liebe sicher nicht weniger vermisst als ich. Jedoch so etwas wie Mitleid konnte ich für sie nicht empfinden. Denn als Mutter musste man sich eben auch in schwersten Zeiten für sein Kind einsetzen, fand ich. Also sie sollte sich nicht beklagen...

Je länger ich so lag und an ihn und unsere Situation dachte, umso mehr fehlte er mir. Seine Stärke und Lebensfreude von früher. Er hätte mich jetzt angelacht und bei der Hand gepackt: „mein kleines Mädchen, dieser Frau Rotberger-Schnippelschild werden wir es zeigen, die wird staunen!"

„Ja Papi", rief ich durch die Dachluke gen Himmel, „ich zeig dir, was ich von dir gelernt habe. Du wirst stolz sein auf mich und ich werde dir mein Referat widmen. Du sollst dich nicht dafür schämen müssen." Am liebsten hätte ich ihm eine E-Mail in den Himmel geschickt, aber da gab es ja kein Internet. Leider. So schickte ich ihm wenigstens meine liebevollen Gedanken und döste dabei wohl unbemerkt ein.

Irgendwas in mir musste aber doch sehr aktiv gewesen sein, während sich meine sonstigen Organe gemütlich dem Mittagsschlaf hingegeben hatten. Denn als ich mit meinen Augen wieder gen Dachluke blinzelte, stand der Rettungsplan zur Kreation eines guten Referates: Eine Informations-App musste her! Gab es doch sicher als Lösungsansatz meines Referat-Problems? Vielleicht hieß sie nicht „Schnippelberger-Rotschild-App", aber es würde bestimmt etwas existieren. „Nachschlagewerk für geographisch-biologische Ethikfragen" oder sowas? Da ich nicht wirklich eine Idee dazu hatte, wie ich im Store danach suchen sollte, würde ich mit geschlossenen Augen darauf tippen und mein Handy oder Papa aus dem Himmel oder wer weiß wer, würde bestimmt dafür sorgen, dass etwas Passendes erscheinen würde. Soweit traute ich mir schon zu, die Zukunft voraussehen zu können. Ich grinste. Allein diese prickelnde Idee wäre schon ein erfolgreiches Referat wert.

Pandy

„Na, Pandy, nun hör mal gut zu! Lass mich jetzt nicht im Stich, es ist ernst! Ohne deine Hilfe bin ich ein hilfloses Nichts, beziehungsweise werde von meiner lieben Frau Lehrerin dazu nach den Ferien gemacht", flüsterte ich meinem orangefarbig behüllten Handy beschwörend in sein Mikrofon. „Dann würde ich nicht mehr so viel Zeit mit dir verbringen dürfen. Das wäre doch auch schlimm für dich, oder? Und bald würdest du sicher einrosten", kicherte ich.

Entgegen meiner Hoffnung spuckte es allerdings nicht auf der Stelle eine Lösung meines Problems aus. Sondern mit einem leisen Pieps erschien lediglich auf dem Display der Hinweis, dass es Feuchtigkeit abbekommen hätte und ich es deshalb nicht an Strom anschießen solle...

„Nun sei nicht so pienzig! So nass habe ich dir gerade nicht in deine Öffnung gehaucht", verdrehte ich genervt die Augen. Nun gut, das Jüngste war es beileibe nicht mehr, alte Leute wurden ja auch empfindlicher mit den Jahren. Warum nicht auch mein Pandy, das Papa mir kurz vor seinem Tod geschenkt hatte und das ich in seinem Gedenken "Pa"ndy nannte, wie Pa.

Sicher war es nie Papas Absicht gewesen, dass ich es eigentlich ständig in Gebrauch hatte. Er hatte mich immer wieder aufgefordert, den Kopf auch ab und zu wieder aufrecht mit Blick auf meine Umwelt zu tragen. Aber ich glaubte, er hatte schon damals geahnt, wie sehr es mir wichtig war, der digitalen Welt meiner Freunde zu folgen, um von ihnen anerkannt zu werden. Dafür hatte seine Generation viel Zeit vor dem Fernseher verbracht. Das hatte er auf meinen Protest hin nie geleugnet, wenn ich mal wieder beim Abendessen über dem Ding hing. Damals war mein kranker Vater vielleicht sogar erleichtert darüber gewesen, dass er mich in seiner Depression nicht unterhalten musste und seine Ruhe hatte.

Umso mehr war Pandy, ohne welches ich mich inzwischen tatsächlich einsam und leer fühlte, ein Erinnerungsstück an meinen Vater. Ich hätte es deshalb nicht gegen eins der supermodernen Modelle tauschen wollen.

Als es vor einem halben Jahr ‚gehackt' worden war und erst nicht mehr anging, hatte mich fast eine Panikattacke ereilt. Zum Glück hatte Mama das nicht mitbekommen. „Kind, du bist ja total abhängig von diesem Ding, ich werde es mal eine Woche wegschließen", hätte sie mir dann sicher gedroht. Ja, abhängig war ich wohl, aber eine Handy-Entziehungskur? Das wäre wie Gefängnis, ohne Kontaktmöglichkeiten zu meinen Mitschülern, das ginge zu weit!

Ich streichelte Pandy zart über den Rücken und die Feuchtigkeitswarnung verschwand. Ich musste an ein Baby denken, das sich beruhigte, wenn seine Mutter es an sich drückte und streichelte. Irgendwas Menschliches hatte mein treues Mobilgerät ja doch.

Nach dem Hackerangriff war es ja nun auch etwas langsamer, ähnlich einem Menschen, der eine schwere Krankheit überstanden hatte.

„So du metallenes intelligentes Teil, was kannst du für mich tun?"

Ich schloss geheimnisvoll meine Augen, meine Fingerspitze nahm Anlauf und tippte blindlings auf den Store. Neugierig öffneten sich meine Augen...und?

Ich stöhnte auf: Es hatte eine App für "digitales Entrümpeln" aufgerufen.

„Das ist doch jetzt nicht dein Ernst", entfuhr es mir mit entsetztem Blick. „Da hätte ich ja gleich Mama fragen können. Die hätte mir Druck gemacht mit 'physischem' Entrümpeln meines Zimmers." Mein ernster Tonfall entsprach in etwa dem Frau Schnippelberger-Rotschilds von heute Morgen. Diesem Ton nach würde ich einst sicher auch eine gute Lehrerin abgeben können. Mama würde solche Pläne sicher nur zu gerne unterstützen. Ach was, von so viel Ernsthaftigkeit wollte ich jetzt nichts hören.

„Also Pandy, ich gebe dir noch eine Chance, es besser zu machen. Nun gib dir mal Mühe, sonst musst du nachsitzen, die ganze Nacht ohne Ladekabel", drohte ich leise meinem Verbindungsteil zur digitalen Welt. Und mit geschlossenen Augen fuhr mein Finger wieder über die Frontseite, hin und her, scrollte hoch und runter, bevor er entschlossen antippte.

Voller Erwartung hielt ich meine Augen geschlossen und harrte der Dinge, die da kommen würden. Jetzt musste es klappen und irgendeine hilfreiche App sich öffnen. Mit ethisch-biologisch-geographischen Fakten und Weisheiten, die Frau Schnippelberger-Rothschild beglücken sollten.

Zu meinem Erstaunen begann Pandy zunächst ganz sanft in meiner Hand zu vibrieren, dann immer stärker und stärker und schließlich kamen immer lauter werdende Zischlaute aus dem Lautsprecher. Hilfe, was war denn das? Erschrocken öffnete ich die

Augen und zu meinem Entsetzen wirbelte ein buntes Farbspektakel über den Bildschirm.

Automatisch drückte mein Zeigefinger auf die Home Taste, um das Ungeheuerliche zu stoppen. Aber es nützte nichts. Es ließ sich nicht beruhigen, auch nicht mit Zureden oder über den Rücken streicheln. Das „Baby" gehorchte der Mutter nicht und schrie weiter...

Auch der „Aus-Knopf" verweigerte jeglichen Dienst! Zum Teufel, was war los mit Pandy? Ich war entsetzt und bekam es mit der Angst zu tun. Noch dazu hatte ich ja keine Ahnung, worauf ich geklickt hatte, denn meine Augen hatte ich ja geschlossen gehabt. Was sollte ich denn jetzt machen?

Pandy, Kleines, beruhig dich doch bitte! Bitte, bitte. Tränen kamen mir in die Augen.

Sah ich da im Augenwinkel nicht gerade mein kleines Echslein aus Angst vor einer neuen Tränenattacke auf das Dach entschwinden? Egal, Pandy brauchte mich gerade dringender denn je! Beruhig dich bitte!

Und wirklich, allmählich wurde das Vibrieren und Zischen schwächer und das wirre Farbenspiel des Displays nahm mehr und mehr Formen an, die sich allmählich in ein unbekanntes Frauengesicht verwandelten.

Erstaunt führte ich Pandy näher an meine feuchten Augen heran. Eine blondgelockte, junge Frau, fast noch junges Mädchen, sie mochte Anfang zwanzig sein, lächelte mich gequält an.

„Soe, hallo, bitte erschrecke dich nicht, auch wenn du gerade gar nicht verstehen kannst, was hier vor sich geht. Bitte klicke mich nicht weg und lass dir meinen Auftritt erklären.“

Huch, wer war denn das? Eine App, die meinen Namen kannte? Selbst das sprechende Navi meiner Mutter redete mich nie mit Namen an, auch wenn es sonst recht viel wusste.

Ich traute dieser Situation nicht. Welche neue betrügerische Masche könnte das sein? Aber immerhin klang die Stimme der Unbekannten recht freundlich, wenn auch dringlich, sodass ich erst mal weiter lauschte und die Frau mir näher ansehen wollte. Das Display zeigte jedoch nur ihren Kopf.

„Soe, bitte, ich werde dir alles erklären, bitte hör mir zu“, beschwor mich die Fremde. Sie schien unter einem enormen Druck zu stehen. „Ich brauche so dringend deine Hilfe und bin glücklich, dass ich zu dir durchdringen konnte, endlich, es ist wirklich ernst!“

„Hä? Ich versteh nicht, was du von mir willst. Ich wollte doch Infos von meinem Handy und jetzt rutschst du mir dazwischen und störst mich bei meinen Recherchen. Oder kannst du mir etwa etwas über biologisch-geographisch-ethische Verknüpfungen erzählen?“

Jetzt schien die junge Dame überrascht.

„Soe, hör zu, ich werde dir jetzt manches versuchen zu erläutern. Klar, dass du keine Ahnung hast, um welch unglaublich ernste Lage es geht. Ich

brauche deine Hilfe. Bitte, klick mich auf keinen Fall
weg, denn dann müsste ich mit Gewalt alles daransetzen, diesen Zugang zu dir wieder zu aktivieren
und ich weiß nicht, ob das dein Handy nicht überlas-
ten würde. Es ist die einzige Möglichkeit für mich
nicht Irdische mit dir zu reden, glaub mir!“

Ich verstand gar nichts mehr...

„Wer bist du denn überhaupt?“

„Du, nun hör mal zu! Also, ich heiße Mey und bin
nicht von deiner Erde.“

Na das wurde ja immer schöner. Nahm mich da jemand gehörig auf den Arm? Vielleicht ein hinterhälti-
ger Spaß von Andy und seiner Angelina? Doch weg-
klicken?

„Glaub mir das jetzt einfach mal, ich werde es versuchen, dir zu erklären: Ich bin aus dem großen Universum und von unserem obersten, nach euren Worten, CEO, geschickt, weil sich eine sehr ernste
Situation für uns alle entwickelt hat. Guck nicht so
ungläubig! Ich werde dir noch viel mehr für dich Unglaubliches erzählen. Kannst du mir jetzt einfach mal
vertrauen?“

„Naja, mit vielen Außerirdischen hatte ich noch
keine Handychats, wo soll da mein Vertrauen herkommen?“, murmelte ich ironisch und zog meine Au-
genbrauen fast bis hoch zu meinem Papa im Himmel.
Auch wenn er so weit weg von mir war, so zählte er
doch immer noch zu den Irdischen und nicht zu den
Universellen, ging es mir durch den Kopf.

Meine Gefühle schwankten zwischen Unglauben,
Unbehagen und Neugier. Woher wusste Mey meinen
Namen?

„Dein Handy ist gehackt worden, richtig?“

„Richtig!“ Was wusste die noch alles über mich?
Mir wurde noch unbehaglicher.

„Nur durch dieses ganz spezielle digitale Leck, das
dein Mobilteil erwischt hat, kann ich überhaupt über
dein Handy Kontakt zu dir aufnehmen. Analog ist

immer eine Schranke zwischen uns Nichtirdischen und euch Menschen. Das ist ein gewisser Schutz, damit ihr euch nicht einmischen könnt in universelle Angelegenheiten. Du kennst doch euch Menschen! Da gibt es einige, die meinen, Gott oder CEO oder wer immer sein zu wollen. Ihr habt ja keine Vorstellung von dem, was sich außerhalb von euren Wahrnehmungen im Hintergrund abspielt. Aber nun ist eine Situation eingetreten, in der wir die Hilfe der Menschen brauchen. Oder besser gesagt, deine Hilfe. Weil du die einzige Person bist, mit der ich durch dieses Loch in deinem Handy in Kontakt treten kann und die außerdem das erforderliche SÖV-Merkmal in sich trägt. Auch wenn es noch in weitgehend passivem Modus liegt."

Ich traute meinen Ohren nicht und versuchte irgendwie zu verstehen, von was sie da eigentlich sprach.

„Hä, SÖV? Ich trinke doch nicht. Klingt fast wie GESÖFF! Was willst du von mir? Kannst doch auch mit anderen über mein Handy sprechen."

"Nein das geht gerade nicht, weil dein Pandy nur auf dich fixiert ist und nur dir vertraute Nachrichten weitergeben kann. Ein anderer Mensch könnte diese besonderen Wellen nicht entschlüsseln. Das kannst nur du, weil du Pandy so gut kennst. Und kaum andere Menschen tragen SÖV in sich, welches später entscheidend werden wird. Du hast wegen dieser zwei gleichzeitig vorhandenen Faktoren fast ein Alleinstellungsmerkmal. Du kommst aus der Sache einfach nicht raus. Verantwortung nennt man das. Die wirst du übernehmen müssen."

„Sag mal, bist du irr oder was?", erwiderte ich genervt.

„Nein, ich habe keinen Körper und Gehirn wie du. Ich bin ein universelles Wesen, das habe ich dir nun schon oft genug erklärt. Das Handy transformiert meine Ausdrucksformen in eine Form, die du sehen

und verstehen kannst. Genau deshalb kann ich auch
nicht irr werden."

Das wurde ja immer toller. Jetzt kam sie mir auch
noch auf die altkluge Tour! Meine Augen waren bestimmt weit aufgerissen, mein Gesicht traute sich gerade keine Regung zu. Bis ich schließlich schlucken
musste, um meine austrocknende Kehle zu befeuch-
ten.

„Wofür brauchst du denn angeblich meine Hilfe?",
fragte ich dann ungläubig.

Da klopfte es plötzlich leise an der Tür und bevor
ich antworten konnte, schaute Oma Gertrud ins Zimmer. Ich konnte gerade noch das Frauengesicht auf
mein Bett werfen, damit Oma es nicht sehen konnte.

„Soe, geht es dir gut? Hast du dich ein bisschen
beruhigt? Was war denn los vorhin? Irgendwas in der
Schule schiefgelaufen? Dein Zeugnis etwa? Das wäre
doch nicht schlimm!" Oma konnte einfach nur ner-
ven, wie heute früh schon am Frühstückstisch.

„Oma, lass mich doch in Ruhe. Kannst du nicht ein
einziges Mal warten, bis ich antworte? Kommst einfach in mein Zimmer", schrie ich sie an. Für Omas
fürsorgliche Nachfrage hatte ich gerade gar keinen
Nerv. Ich war total durcheinander.

„Entschuldigung", murmelte Oma, „wollte nur wissen..."

„Lass einfach gut sein! Ich melde mich schon,
wenn ich was von dir brauchen sollte", wies ich ihr
mit meinen Augen den Weg nach draußen. Und mit
traurigem Blick und einem lauten Seufzer schloss sie
die Tür.

Sogleich befreite ich Mey aus der Kopfüber-Bettlage
und sprach leiser zu ihr, damit Oma nichts mitbe-
kam, falls sie doch noch vor der Tür lauschte.

„So, was willst du nun von mir? Ich muss mich
jetzt bald meinem Referat widmen. Mach es also
kurz!"

„Sag mal, Soe, wie lieblos gehst du denn mit

deiner Oma um? Magst du sie denn gar nicht? Sie
war doch sehr besorgt um dich. Ganz ehrlich, wenn
ihr Menschen alle so seid, dann verstehe ich, warum
Mutter Erde in einen so schlechten Zustand geraten
ist. Ihr spürt einfach nicht, in welche Gefahr ihr euch
alle dadurch bringt."

„Mutter Erde? Ich kenne die Erde, unsere Wohnkugel, aber wieso Mutter Erde? Und wieso geht es ihr
schlecht? Meinst du den Klimawandel?", fragte ich
genervt und wiederholte kichernd: „Mutter Erde!"

„Mutter Erde beschreibt, dass sie nicht einfach nur
eine 'Wohnkugel' ist, wie du das nennst. Dann wäre
sie nur ein großer Haufen zusammengepresster
Sand. So wie es noch viele unbewohnte Sterne und
Planeten im Universum gibt. Hast du dich noch nie
gefragt, wieso euer Heimatplanet so anders, so wunderbar ist?"

„Nein, habe ich nicht. Ist halt einfach so. Was soll
ich mir darum Gedanken machen, kannst du mir das
vielleicht mal verraten?" Ich verdrehte die Augen,
aber ein bisschen neugierig war ich ehrlicherweise
doch auf ihre Antwort. Sie schien ja schon Vieles zu
wissen, wovon ich keinen blassen Schimmer hatte.

„Na ganz einfach: Im Gegensatz zu den Erdklumpen hat eure Mutter Erde eine Seele, die sie zu eurer
Mutter macht."

„Eine Seele?", platzte es aus mir heraus. „Nun
mach aber mal langsam, du klingst ja schon wie
meine Lehrerin. Die Frau Schnippelberger-Rothschild, weißt du, die für die ich eigentlich jetzt gerade
mein Referat schreiben sollte. Aber wenn du ja so viel
weißt über Seelen und Erde und so, dann könntest
du das vielleicht für mich verfassen?", fragte ich her-
ausfordernd.

„Ich kenne deine Lehrerin, wie ich euch alle kenne,
eben von der anderen Seite aus. Und ich denke, sie
ist auf einem guten Weg, dir das ein oder andere
Wichtige näher zu bringen, wovon du denkst, es

ginge dich nichts an. Weißt du, CEO hat einst Mutter
Erde vertrauensvoll freie Hand gegeben für ihre neu-
artige Idee, den Erdklumpen, wie du es nennst, zu
beseelen. Keiner wusste wie das genau aussehen
sollte oder ausginge."

„Großartig, was willst du mir denn noch alles ver-
kaufen? Ist ja unglaublich!"

„Soe, ich weiß, dass du das noch nicht verstehst
und vor allem fühlst. Aber ich werde dir das beibringen, denn du wirst es brauchen, um Mutter Erde zu
retten."

„Ich? Mutter Erde retten?" Meine Augen fühlten
sich schlagartig mindestens so groß an wie unsere
Erdkugel.

„Ja, sie ist sehr krank. Natürlich auch ihre Physis,
in Form von Klimawandel und Umweltverschmutzung und so was, klar. Davon hast du ja hoffentlich
schon eine Ahnung, oder? Aber viel schlimmer ist ihr
mentaler Zustand: sie hängt in den Seilen, wie ihr
sagen würdet. Wahrscheinlich, weil die respektvolle
Verbindung zwischen ihren Elementen immer schwächer wird. Fast jeder denkt doch heute, Einzelkämp-
fer sein zu können. Und wendet sich somit von dem
Gemeinsamen ab. Aber so geht es nicht. Ihr werdet
nur immer sturer und egoistischer. Nur weil sie so
schön für euch gesorgt hat, meint ihr, ihr könntet alles alleine. Vermutlich steht sie kurz vor dem Burnout!"

„Burnout?", meine Augen mussten wieder rollen,
sie mussten einfach. „So ein Quatsch. 'Burnout', das
hatte mein Papa in seiner schweren Depression. Aber
ein Erdklumpen kann doch keine Depression erlei-
den", lachte ich auf. „Was erzählst du für einen Blödsinn, Mey? Such dir dafür doch ein anderes Hacker-
handy und lass mich da raus."

Nun wurde Meys Stimme ärgerlicher.

„Soe, ich dachte, ich hätte mich verständlich ausgedrückt. Ich brauche dich! Wir alle brauchen dich.

Wenn Mutter Erde aus dem Depriloch nicht rauskommt, dann geht hier das Licht aus! Burnout!! Verstehst du?? Dann funktioniert kein 'Leben' mehr. Ich werde dir das noch näher erklären, wenn du dich beruhigt hast."

„Ach, ja?", retournierte nun auch mein Tonfall sehr schnippisch.

„Dann wird CEO das Projekt Erde für gescheitert erklären und keine neuen Sternversuche zulassen. Mir hat er übrigens auch in Aussicht gestellt, dass ich einst einen zum Leben erwecken darf. Natürlich nur, wenn hier alles gut läuft." Das Strahlen ihrer Augen bei diesen Worten erhellte mein Display. "Aber darum geht es jetzt nicht. Du musst sie vor allem um eurer selbst willen retten!"

„Warum machst du das verdammt noch mal nicht selbst? Dann hast du schon mal Übung für deinen eigenen Stern. Heißt der dann ‚Mey-Star'? Menschen würde ich mir da aber keine draufsetzen. Siehst ja wie undankbar die sich entwickeln." So langsam verlor auch ich die Geduld.

„Soe, ein letztes Mal: Mutter Erde kann nur von einem irdischen Teil erreicht werden. Ich kann dir allenfalls dazu verhelfen, dass du lernen kannst, Kontakt zu ihr aufzunehmen. Ich selbst kann es nicht. Das geht einfach nicht. Nur du vermagst das. Ich werde dich aber unterstützen."

„Ach, was du da alles faselst. Wie soll das denn gehen?"

Es nervte gerade wieder alles. Ich wollte nur noch raus aus dieser Situation. Diese stellte mal wieder ungewollte Ansprüche und Erwartungen an mich. So wie Mama oder Frau Schnippelberger-Rothschild. Immer dasselbe. Aber dies hier nahm Dimensionen an, die mich überforderten.

„Lass mich doch einfach in Ruhe mein Referat schreiben."

„Ok, Soe, für heute ist es, glaube ich, auch genug.

Du musst jetzt erst mal in Ruhe alles verdauen und
überdenken. Aber vergiss nicht: die Zeit drängt!
Lange hält unsere Gute nicht mehr durch. Lass die
App im Hintergrund auf Pandy geöffnet, damit ich
mich morgen wieder melden kann und dies keine Gefahr für das Mobilteil darstellt. Schlaf gut, Soe, sei
gewiss, es wird nicht nur eine unwillkommene Aufgabe für dich sein. Sondern ich bin sicher, dass du
deine liebe Mutter Erde, die so viel unbemerkt für
dich tut, auf eine besondere Art lieben und verstehen
lernen wirst. Denk darüber nach. Ciao!"

Und mit einem leisen Zischen wurde der Bildschirm dunkel, als ob nichts gewesen wäre. Ungläubig schaute ich durch den sonnendurchfluteten
Raum mit den Spinnweben an der Dachluke und zu
meinem neugierigen Echslein. Es schaute mich mit
großen Augen an, als ob es alles mitbekommen hätte.
Ich glaube, das kleine Tierchen hatte noch keine Ahnung davon, was es mit SÖV zu tun haben würde.
Und mit Mey und der ganzen Geschichte, die sich da
vor mir auftat.

Zweifel

Ich konnte es immer noch nicht fassen. War das
eventuell nur ein doofer Witz meiner Mitschüler gewesen? Ich kratzte mir nervös den Hinterkopf und
schlug dann sanfter meine Hände vor mein ungläubi-
ges Gesicht.

„Echslein, was war das nur gerade? Was soll ich
denn jetzt machen? Wenn die sich morgen wieder so

wichtigmacht? Meine Freunde kann ich nicht fragen, denn sollte es wirklich ein dummer Scherz gewesen sein, dann lachen die mich doch aus! Und das würde sich in unseren Socialmedia blitzschnell verbreiten. Wäre das peinlich! Diese Blöße darf ich mir nicht geben.“

Verzweifelt lief ich kopfschüttelnd in meinem Zimmer auf und ab. Am liebsten wollte ich das einfach alles vergessen. Wohin sollte diese Begegnung mich führen? Mey hatte das nur sehr vage angedeutet.

Ich hatte heute früh wohl richtigerweise dieses ungute Gefühl gehabt. Jetzt hatte ich eine Idee davon bekommen, warum. Hätte ich geahnt, was gerade seinen Anfang nehmen sollte, hätte ich morgens meine Bettdecke über den Kopf gezogen und den ganzen Tag verschlafen. Vielleicht sogar Pandy ganz ausgeschaltet, was normalerweise kaum geschah?

Aber ich hatte es nicht getan. Und so saß ich nun drin in diesem Schlamassel. Und wer auch immer nun meinte, meine Hilfe zu brauchen und wie diese aussehen mochte: durfte ich mich verweigern? Das hatte mir Frau Schnippelberger-Rothschild ja einprägend mit auf den Weg in die Ferien gegeben. Sollte darüber nachdenken... JAAAA, Frau Lehrerin, das tat ich ja nun ganz brav! Wenn auch in ganz anderem Zusammenhang. 1:0 für sie.

Irgendwie hatte auch Mey mir ein unerwartetes Tor verpasst: gegen meinen Willen arbeitete mein Gehirn auf Hochtouren! SÖV, was sollte das für ein Merkmal sein, das in mir angeblich schlummerte? Nie was davon gehört, geschweige denn, gespürt. Sollte es doch ruhig weiter in mir schlafen. Bisher hatte es mich nie gestört.

Mein Blick blieb an meinem Gemälde aus dem Kunstunterricht hängen, das seit zwei Jahren an der Wand neben der Dachluke hing. Ich hatte mich so daran gewöhnt, dass es mir kaum noch auffiel. Aber jetzt blieben meine Augen daran kleben.

Naja, ein Kunstwerk war es eigentlich nicht, malen konnte ich nie gut. Aber seine bunten Farben fand ich immer noch schön. Es zeigte mich im Mittelpunkt eines Kreises stehen, der von anderen Lebewesen gebildet wurde. 'Ich, der Mittelpunkt meiner Welt', hatte das Thema unseres Zeichenlehrers damals geheißen.

War ich das Zentrum von allem? Das, was Mey da von sich gegeben hatte, hatte ganz anders geklungen. So viel hatte ich ihren Andeutungen entnehmen können. Auch wenn mir das mit der Mutter Erde immer noch spanisch oder universell vorkam. Mey und ihre Gedanken waren fremd für mich. Kein Wunder, war sie doch nach ihrer Aussage nicht irdisch. Ich kicherte: "Mey, so leid es mir tut, aber auf meine Malerei passt du nicht drauf, lebst außerhalb des Kreises und müsstest somit irgendwo neben der Leinwand auf der Wand kleben. Hast dich ja selbst zum Außenseiter deklariert. Aber wieso können mich deine Gedanken trotzdem so aus dem Tritt bringen?"

Ich schüttelte wieder den Kopf, verstand die neue Weltsicht noch nicht.

Ich musste reden. Ich war offenbar damit überfordert, meine Gedanken zu sortieren. Aber mit wem? Wollte mich niemandem offenbaren, der über mich lachen würde und mein Erlebnis nicht ernst nähme.

„Ja, Echslein, ich weiß schon, was du mir sagen willst. Ich werde mal nachsehen, ob Oma Gertrud ansprechbar oder gerade in Meditation versunken ist. - Du hast einfach immer die besten Ideen, die du aus deinen Augen sprechen lässt. Bist meine Beste, du Kleine!"

Oma Gertrud

Oma hatte mir aufmerksam zugehört. Und das obwohl ich sie kurz vorher so angemacht hatte. Sie saß in ihrer bequemen Yoga-Kleidung neben mir auf ihrer Schwingschaukel. Nervös und mit harten Bewegungen gab ich der Schaukel immer wieder Schwung, Oma bremste mit ihrem sanften Dagegenhalten die erzeugte Unruhe ab. Ihre mit vielen Blümchentöpfen und zarten rankenden Pflanzen dekorierte Terrasse inmitten unseres baumbewachsenen Gartens spendete an diesem heißen Sommertag wohltuenden Schatten. Was für ein schöner Platz das eigentlich war, war mir noch nie so bewusst aufgefallen wie heute.

Nach meiner Beichte der schulischen Strafarbeit und dem Bericht über das verwirrende Erscheinen von Mey, trat eine unendlich scheinende Stille ein. Wie würde Oma reagieren?

Ihre Stirn legte sich abwechselnd in Falten, dann glättete sie sich wieder. Sie holte tief Luft und atmete gleichermaßen tief wieder aus. Beobachtete mich von der Seite, schaute dann ausdruckslos in die Ferne des Himmels. Nervös beobachtete ich sie möglichst unauffällig. Meine Hände waren feucht vor Aufregung.

Allmählich entspannten sich ihre Gesichtszüge und sie lächelte ihr gütlichstes Lächeln, das ich je an ihr gesehen hatte und sah mir tief in die Augen.

Befreiend wirkten ihre leisen Worte auf mich. „Kleines, danke, dass du mich in dein Geheimnis eingeweiht hast. Ich dachte schon, etwas Schlimmes sei passiert, als du mich vorhin so schroff aus deinem Zimmer gewiesen hast."

„Aber Oma, das ist doch was Schlimmes, was Unglaubliches! Glaubst du mir denn?"

„Ja meine Liebe. Es klingt zwar absolut unglaublich. Aber ich habe das sehr große Vertrauen in dich, dass du mich niemals mit so etwas anlügen würdest."

Ich schluckte dankbar.

„Weißt du, in meinem langen Leben habe ich schon sehr viel Unfassbares erlebt." Sie sah mich liebevoll an. „Verstehst du, Dinge, die wir mit unserem Verstand nicht ‚fassen' können. Die es aber trotzdem zu geben scheint. Deren Existenz wir nur erfühlen und vertrauend akzeptieren können."

Nun schaute sie wieder in die unendliche Ferne. „Und ich glaube, dass wir es hier mit sowas zu tun haben. Da müssen wir uns auf unser Gefühl verlassen. Vertrauen. Und ich glaube, bei allem Misstrauen, das du empfunden hast, hat sich dein ‚Bauchgefühl' schon durchgesetzt. Sonst hättest du mich nicht eingeweiht und dich einfach nicht mehr damit beschäftigt."

Ich versuchte ihren Gedanken zu folgen.

„Aber was will diese Mey genau von mir? Ich habe das nicht verstanden, wie soll ich denn Mutter Erde retten? Weiß ich doch nur von unserem Erdklumpen und nichts von irgendeiner Seele. Und was soll denn SÖV bitteschön sein?"

Wie ruhig und besonnen meine gut 70jährige Oma mit dieser schwierigen Situation umging. Verwundert musterte ich sie von oben bis unten. Bisher hatte ich eigentlich nie viel mit ihr zu reden gehabt. Für mich war sie mit ihrem Meditationsgehabe und ihrer Ruhe immer nur langweilig gewesen. Oder erst ihre Yoga-Verrenkungen mit geschlossenen Augen. Auf mich hatte das immer nur lächerlich gewirkt. Eine alte Frau mit unzähligen Falten im Gesicht in pink farbigen Leggings und grauem, kurzgeschnittenem T-Shirt. Ihre weißen Haare wie ein Teenager in kurzem Pferdeschwanz zusammengebunden, pff!

Aber jetzt gerade tat mir ihre Ruhe und

Souveränität gut. Sie war nicht nachtragend gewesen, als ich in ihr Zimmer gekommen und sie um Hilfe gebeten hatte. Hätte sie doch allen Grund dazu gehabt nach meiner vorherigen Abfuhr. Sie hatte mich auch noch nicht mal ausgelacht. Ich an ihrer Stelle hätte mich ganz schnell von dannen gejagt. Aber nichts! Wieso?

Sogar meine schulische Strafarbeit schien sie gelassen zur Kenntnis genommen zu haben: „Übrigens, eine sehr kluge Frau, deine Lehrerin. Ich hätte mir das nicht besser ausdenken können. Statt dir einen Verweis zu erteilen, stößt sie einen Denkprozess an. Gut gemacht!"

„Aber das Thema Oma, was soll das...?"

„Nun, ruhig Blut, meine Kleine. Ich glaube, das bekommen wir zusammen hin. Diese kleine Mey, die wird sicher noch viele Überraschungen bringen. Vielleicht hat sie sogar für dein Referat gute Anstöße. Vielleicht hat dein Pandy dich gar richtig verbunden. Das wolltest du doch? Eine Hilfe für deine Strafarbeit."

Wieder sah sie mir tief in die Augen und streichelte dabei zärtlich eine Haarsträhne aus meiner Stirn. „Habe auch nicht wirklich eine Ahnung, aber irgendwie bin ich neugierig geworden. Nimmst du mich mit auf diese interessante Reise?"

„Reise?", meine Augen nahmen wieder größere Dimensionen an. „Wieso Reise? Ich will doch nicht wegfahren."

„Naja, was ist eine Reise? Sich in unbekannte Gebiete begeben, Neues kennenlernen, neue Menschen und Wesen, unbekannte Natur. Ich glaube, da wartet sehr viel Neues auf dich. Oder uns, wenn du mich daran teilhaben lässt."

„Was soll das Ganze? Mama wird mich auslachen, mir Stubenarrest erteilen, wenn ich mein Referat nicht umgehend schreibe. Mir Pandy vielleicht sogar abnehmen. Nein, ich will das nicht", schluchzte ich auf.

„Junge Dame, ich werde mit deiner Mama Susi sprechen. Sie ist kein Monster! Sie hat dich sehr lieb, das weiß ich. Hast du ihr mal in die Augen gesehen? Bemerkt, wie blass sie geworden ist?"

„Nein."

„Ihr geht es seit deines Papas Tod gar nicht gut. Alles muss sie alleine schaffen, ohne seine Unterstützung und er fehlt ihr so sehr. Ich höre sie oft nachts in ihrem Zimmer weinen, wenn wir bei Hitze die Fenster geöffnet haben."

„Echt? Sie ist doch immer die starke Frau".

„Das spielt sie vor, Soe. Um dir Sicherheit vorzugaukeln. Sie weiß genau, wie sehr er auch dir fehlt. Und da möchte sie nicht, dass du dir auch noch Sorgen um sie machst."

„Aber warum ist sie dann immer so streng und abweisend?"

„Sie ist verzweifelt. Schafft die ganze Hausarbeit neben ihrer anstrengenden Arbeit kaum. Und mal ehrlich: so sehr unterstützt du sie wirklich nicht. Und dann immer deine patzigen Antworten. – Weißt du, was sich Papa aus dem Himmel wünscht? Dass du sie nicht so alleine lässt mit allem. Sie braucht dich. Glaub mir, ihr geht es gar nicht gut!"

Ich dachte nach. Immer, wenn ich sie in letzter Zeit gesehen hatte, gab sie mir Aufgaben oder nörgelte mich an. Das nervte einfach nur. Das könnte mein lieber Papa sicher nicht wollen. Aber konnte schon sein, dass sie Vieles nur nach außen trug. Wirklich viel über unsere Gefühle hatten wir seit Papas Tod nie gesprochen. Es tat immer noch zu weh. Ich konnte nur mit Papa sprechen, wenn ich alleine in meinem Zimmer war. Mit Mama wären mir da immer die Tränen gekommen. Wahrscheinlich wollte sie wirklich nur stark scheinen für mich. Und konnte nicht ehrlich sein in ihrer Schwachheit der Trauer?

„Oma, tut mir leid. Aber warum ist sie immer so?"

Oma zuckte traurig mit den Schultern. "Manchmal ist man in seinen Gefühlen gefangen."

Dann holte sie tief Luft und sagte: „Soe, ich bin neugierig. Neugierig auf Mey, neugierig auf deinen Weg, neugierig auf deine Gefühle dabei."

„Gefühle?"

„Ja Liebes, wie ich vorhin schon sagte. Es gibt Dinge, die unser Verstand nicht begreifen kann. Dafür treten Gefühle in den Vordergrund. Unser Unterbewusstes. Und Mey und Außerirdisches und Mutter Erde als Persönlichkeit: Das sind Dinge, die unser irdischer Verstand vielleicht nicht logisch erfassen kann. Um damit umzugehen, wird man eine andere Dimension einfließen lassen müssen. Das sagt mir mein Gefühl." Ihr beruhigender Blick schweifte wieder in den Himmel.

„Hä, ach Oma, jetzt redest du schon fast so kompliziert wie Mey", stöhnte ich laut auf.

„Du wirst sehr viel fühlen lernen, oder besser, deine Gefühle bewusst wahrnehmen lernen. Wenn du der Sache mit Mey weiter nachgehen möchtest. Vielleicht kannst du dann sogar mit Mama wieder über deine Empfindungen sprechen?"

Ihr sanfter Blick in meine Augen tat so gut.

„Ich weiß, wie sehr auch du in letzter Zeit alles in dich hineingefressen hast. All die Traurigkeit über Papas Verlust, all die Frustration. Uns alle hat der Schmerz sich gegenseitig verschließen lassen. Es ist leichter, in sich hinein zu weinen als anderen gegenüber die vermeintliche Schwäche zuzugeben. Glaub mir, Soe, Trauer ist keine Schwäche. Sie ist notwendig."

Zart streichelte sie meine Hand. Nach all der Zeit des mich Alleinfühlens. In mich selbst gekehrt Seins. Oma hatte so Recht mit dem, was sie über mich und unsere Familie sagte. Wieso hatte erst die außerirdische Mey in meinem Leben erscheinen müssen, damit ich wieder mit meiner irdischen Oma reden konnte?

„Ich kenne Mey noch nicht, aber es hört sich für mich unheimlich spannend an. Gib ihr eine Chance.“

„Ok, ich werde jetzt mal schlafen gehen und auch mit meiner Hausechse drüber sprechen. Danke, Oma, du bist echt super. Nicht einmal hast du mich gerade ausgelacht. Gute Nacht!“

Ihr liebevolles Lächeln sah mir nach, das spürte ich. Es wärmte meinen Rücken als ich ihre Terrasse verließ.

Mehr Gefühl, junge Dame

Pandy, oder eher Mey mittels Pandy, vibrierte und zischte mich sanft wach. Es war schon hell in meinem Zimmer.

„Guten Morgen meine liebe Soe, hast du gut geschlafen?“

„Mey, guten Morgen. Du gibst nicht auf, stimmt's?“ Irgendwie klang ihre Stimme schon etwas vertrauter. Vielleicht auch weil Oma mir Mut gemacht hatte, ihr eine Chance zu geben. Ich mich ihr somit nicht mehr ganz alleine ausgeliefert fühlte.

„Ja, wir haben heute viel vor, bist du bereit?“ Mey ließ anscheinend keine Zweifel zu, dass ich mich auf sie einlassen würde.

„Schieß los, ich werde mir zumindest mal anhören, was du dir so vorstellst. Meine Oma ist übrigens auf deiner Seite, wie hast du das hinbekommen?“

„Das ist sehr schön. Sie ist ein sehr weiser Mensch, ein sehr liebevoller dazu. Und ich bin sehr froh, dass sie dir zur Fortführung unseres Kontaktes zugeraten hat."

„Und wie soll der nun aussehen? Nun mach es nicht immer so spannend. Sonst überlege ich es mir nochmal", stöhnte ich. „Komm zur Sache Mey, ich habe gesagt, ich werde es mir anhören! Nicht, dass ich tue, was du willst."

Mein Blick schweifte genervt über meine holzverkleidete Zimmerdecke, mein buntes Gemälde und die halboffene Dachluke, durch die eine laue Sommerbrise an meine Nasenspitze drang. Es roch nach Sommerferien, Faulenzen, in den Tag Hineinleben. Und ich, wie würde ich nun meine freien Tage verbringen? Was kam da auf mich zu? Wieder holte mich Mey unsanft aus meinen Gedanken.

„Mehr Gefühl! Du brauchst als erstes mehr Gefühl, Soe."

„Gefühl? Davon hat Oma Gertrud auch was gesagt. Warum überhaupt? Und warum mehr?"

Ich schaute Mey fragend in deren Augen, soweit das durch einen Handy-Bildschirm hindurch möglich war.

„Ich fühle doch! Wenn ich mich in den Arm kneife, schau." Der Kneifer in meinen Arm tat wirklich weh, autsch!

Mey lachte, ihr Gesichtsausdruck wirkte heute früh wesentlich entspannter als gestern. Sie schien erleichtert, dass sie wieder bei mir sein konnte. So gefiel sie mir viel besser. Das Unbehagen ihr gegenüber nahm auch in mir heute nicht mehr ganz so viel Raum ein. Meine Aussprache mit Oma hatte wirklich Wunder gewirkt. Und ihre Neugierde hatte mich nun auch ein bisschen erfasst. Wo würde das alles hinführen?

„Das ist genau der Punkt: Du fühlst, wenn du dich in den Arm kneifst. Der Reiz läuft entlang der Nervenbahn zu deinem Gehirn. Erzeugt meist eine Reaktion, die dich ausweichen oder gar aufschreien lässt.

Fertig! Aber das Gefühl, um das es mir geht, ist vielmehr ein geistiges."

Genervt bewegte ich Pandy in meinen Händen hin und her. Aber Mey fuhr zielstrebig fort.

„Es dringt durch deine Sinne entweder von außen in dein Gemüt ein oder wird auch innerlich von dir selbst erzeugt. Und dann schwingt es zwischen Herz und Gehirn hin und her. Und im erschwungenen Gleichgewicht kannst du es im besten Fall als harmonische Kraft auch wieder nach außen weitergeben. Zu allem Irdischen, seien es Menschen, Tiere, Pflanzen oder Elemente. Deine innere Harmonie übertragen, sofern dein Gegenüber dafür empfangsbereit ist. So wie auch du vom diesem eine positive Energie in dich aufnehmen kannst."

„Was? Wie soll ich Pflanzen ein gutes Gefühl übertragen? Sie streicheln wie mein Echslein oder wie? Dann könnte ich sie loben oder auch ausschimpfen, wenn sie nicht schnell genug wachsen oder was? Das ist ja lächerlich, was du da erzählst, Mey!", platzte es aus mir heraus.

Jetzt seufzte auch sie ein bisschen genervt: „Bei den negativen Gefühlen wie Wut und Ärger ist dieser Austausch bei euch leider noch allzu präsent. Die nehmt ihr immer noch zu gerne voneinander an oder lasst sie an allem aus!" Auch Mey konnte Augen genervt nach oben rollen, sie erschien mir gerade allzu menschlich.

„Soe, genau das möchte ich dir nahebringen, dass du Verbundenheit mit allem spüren lernst, auch mit Pflanzen zum Beispiel."

„Hä, oh Mey, was erzählst du da wieder für unverständliches Zeug? Was soll ich damit anfangen?" Mein Blick wanderte hilfesuchend Richtung Dach und blauem Morgenhimmel. Echslein lag so früh morgens leider noch in Morgenstarre unter den lockeren Dachziegeln, die auf Mamas Dachdecker warteten.

„Du siehst doch selbst, wie es euch in eurer Trauer um deinen Papa geht: du weinst für dich, deine Mama weint für sich. Statt euch gegenseitig die, jedem noch eigene, positive Unterstützung zu schenken, die den anderen stärken könnte."

Sie gab mir einen Moment zum Nachdenken. Ich versuchte, diese Aussagen für mich zu sortieren. Aber so richtige Klarheit konnte ich in ihren Worten nicht finden.

„Anscheinend hängt eure Erschafferin in irgendeinem Teufelskreis der Enttäuschung fest. Euer egoistisches Verhalten und seine Auswirkungen auf ihre Schöpfung nehmen ihr wohl die Kraft sich selbst zu befreien."

Oh Mey, wie gerne wollte ich gerade wieder abhauen, weg von diesen komplexen, kaum verständlichen Ausführungen. Gefühle, Verbindungen, positive Energie, Teufelskreis. Das klang ja irgendwie nach Frau Schnippelberger-Rotschilds Ethikunterricht.

„Mey, kannst du mir das mal diktieren, das könnte in mein Referat passen. Auch wenn ich es nicht wirklich kapiert habe."

Ich kratzte mir nachdenklich das Kinn. Aber Mey reagierte nicht. Sie war zu sehr in Fahrt gekommen in ihren eigenen Gedankengängen. Auch hierin ähnelte sie meiner Lehrerin, wenn diese uns Vorträge über ethische Grundgedanken nahezubringen versuchte.

„Soe, du kannst den erforderlichen Zugang zu Mutter Erdes Persönlichkeit wohl nur über einen intensiven Kontakt zu einigen ihrer Elemente erreichen. Dann wird auch sie selbst sich dir hoffentlich öffnen. Es muss dein Bestreben sein, wie auch immer, ihre Psyche wieder zu stabilisieren. - Warte ab. Schritt für Schritt", überlegte sie nachdenklich.

Nun lächelte auch Mey mitleidig über all das, womit sie mich gerade überschüttete. Doch offensichtlich war sie auch erleichtert, dass ich bereit gewesen war, ihr zumindest zuzuhören. Verstanden hatte ich wirklich noch nicht sehr viel. Ich schüttelte den Kopf.

„Mey, das ist mir alles zu schwierig. Ich brauche Oma."

Die Reise beginnt

Diesmal begrüßte mich Omas sonniges Guten-Morgen-Lächeln. Wo nahm sie nur diese immerwährende Güte her? Vielleicht aus ihrer Meditation, aus der sie sich gerade zurück räkelte, als ich ihr Zimmer betrat?

Schon öfter hatte ich sie dabei beobachtet. Es wirkte auf mich wie ein friedvolles Aufwachen. Ihre Augen sahen mich in diesen Momenten mit einem leeren und fernen, aber zufriedenen Ausdruck an. So, als ob sie erst wieder in der gegenwärtigen Situation ankommen müsste. Das schien immer etwas seltsam. Früher hatte ich vermutet, dass sie einfach nur schlief, wenn sie da so saß. Aber in letzter Zeit hatte ich bemerkt, dass sich ihr körperlicher Zustand während des Meditierens nicht nur ausgeruht, sondern auch verändert hatte. Für mich ein Buch mit sieben Siegeln, was sie da machte. Und warum?

Ich hätte jeden ausgelacht, der mir noch vor ein paar Tagen gesagt hätte, dass ich bald damit selbst in Kontakt kommen sollte. Aber davon ahnte ich in diesem Moment noch nichts.

„Oma, Mey ist wieder da! Hier, schau mal." Erwartungsvoll hielt ich ihr Pandy vor ihre Augen.

Mey lächelte sie freundlich an.

„Hallo!“

Oma schaute auf mein Handy und dann mit enttäuschtem Blick zu mir.

„Ich sehe und höre nichts, Soe. Nur ein bisschen Verschwommenes und ein leises Zischen.“

Ungläubig schaute ich sie an.

„Aber Mey hat dich gerade begrüßt, glaubst du mir nicht?“

Nun mischte Mey sich ein: „Siehst du, Soe, das ist genau das, was ich versucht habe, dir gestern zu erklären. Nur zu dir kann ich direkten Kontakt aufnehmen, weil du so vertraut bist mit Pandy. Dass es meine Eingaben an dich transformieren kann. Ihr habt sozusagen eine Wellenlänge. Ich kann ansonsten von außen nicht mit euch Irdischen kommunizieren.“

Sie seufzte.

„Deine Oma kann mich also nicht verstehen. Deshalb brauche ich dich, genau dich. Und für Mutter Erde zusätzlich dein SÖV-Merkmal.“

Oh Gott oder CEO oder Mutter Erde oder wer immer: ‚SÖV‘ hatte ich ja ganz vergessen! Was verdammt noch mal, hatte es jetzt wieder damit auf sich?

„Oma kannst du sie wirklich nicht hören und sehen?“

Sie schüttelte enttäuscht den Kopf.

„Dann hat Mey wohl Recht. Sie kann mit Hilfe von Pandy nur mich erreichen. Ok, dann muss ich dir wohl alles übersetzen?“

„Scheint so, Kleines, aber das ist doch nicht schlimm. Erzähl mir einfach, was du hörst.“

„Aber Omilein, du glaubst mir die ganze Geschichte trotzdem, oder? Nicht, dass du denkst, ich würde das alles nur erfinden?“ Fragend schaute ich sie an.

„Meine liebe Enkeltochter“, lachte sie. „Ich sagte dir schon, dass ich absolutes Vertrauen zu dir habe. Und außerdem, selbst bei all deiner außerordentlichen Phantasie: so etwas Verrücktes könntest selbst du dir nicht ausdenken. Nein!"

Also begann ich zu dolmetschen, während Mey mir lauschte und das ein oder andere geduldig korrigierte, was ich nicht mehr ganz zusammenbrachte. Hatte es ja auch nicht wirklich verstanden.

Nun war ich also Übersetzer geworden. Zwischen Außerirdisch und Innerirdisch, wenn man so sagen wollte. Ein wenig komisch kam es mir allerdings vor, dass Mey sehr wohl verstehen konnte, was Oma sagte, aber eben nicht umgekehrt. Somit führte ich nur eine Art Einbahnübersetzung durch, was die Sache aber wiederum auch vereinfachte.

Die Außerirdische hatte also andere Empfangskapazitäten als meine irdische Oma. Vielleicht weil das Weltall unserem Erdklumpen übergeordnet war? Klar, es musste einfach so sein, denn sonst würden die Externen ja gar nicht mitbekommen, was hier bei uns so ablief. Auch wenn Mey und CEO, oder wer immer, keine Möglichkeit zu haben schien, Mutter Erde direkt zu helfen. Eigentlich komisch, dass der alleroberste Chef nicht direkt eingriff, wenn er doch wusste, dass etwas schieflief? Kam er seiner Verantwortung nicht nach?

Meine Klassen „Chefin" hatte doch auch eingegriffen und mir das Referat aufgebrummt. Aber vielleicht war das auch die Bedingung dafür gewesen, dass er Mutter Erde vielleicht auf deren drängenden Wunsch hin erlaubt hatte, sich zu beseelen? Dass sie nun selbst ausbaden musste, was sie ihm einst abgerungen hatte. Wer wusste das? Aber zumindest durch mich und mein gehacktes Handy und mein SÖV schien er mit Hilfe von Mey doch etwas Nachhilfe geben zu wollen. Meine Wichtigkeit begann mir zu schmeicheln.

Ich zuckte zusammen, als mich Gertrud plötzlich an den Schultern nahm und sanft zu ihrem bequemen Meditationsstuhl schob, der neben ihrem leis plätschernden Brünnchen im Eck der Terrasse stand.

Das Brunnenwasser quoll aus einem steinernen Berggipfel und rann in mehreren getrennten Bahnen die Berghänge hinunter, um sich dann über einen Absatz in dem kleinen Tümpel des Brünnchens zu vereinen. Komisch, ich musste beim Betrachten an die Gefühle denken, von denen mir Mey erzählt hatte. Die, die durch meinen Körper harmonisiert dann zu den anderen Lebewesen weiterziehen sollten und sich miteinander verbinden. Wie das Wasser hier.

Diesmal holte mich Mey aus meinen Gedanken zurück: „Soe, mach es dir bequem in dem Stuhl, heute darfst du mal darauf verreisen."

„Wie, was?"

Eigentlich handelte es sich eher um einen Ohrensessel mit hoher Lehne. Bequem gepolstert mit pinkfarben geblümten Kissen, in die man sich hineinkuscheln konnte. Farblich passend zu Omas Leggings. Was hatte es nur mit dieser Lieblingsfarbe auf sich?

Oma drückte mich vorsichtig, aber bestimmt auf ihren Lieblingsplatz.

„Hey Oma, was soll das?"

„Ja hast du denn nicht zugehört, du hast es mir doch gerade übersetzt!", wunderte sie sich.

Nein, hatte ich nicht. Das heißt, gesprochen hatte ich schon, aber meine Gedanken waren ja gerade ganz woanders gewesen. Da hatte wohl eher mein Autopilot übersetzt.

„Setz dich, Soe", krähte Mey aus meinem Pandy. „Und dann geht's los! Ich habe Gertrud genau erklärt, wie wir vorgehen werden. Sie wird dir heute als ersten Schritt dein eigenes Inneres vorstellen. Erst musst du mal dich selbst näher kennenlernen. Bevor du auf andere zugehen kannst. Streng dich bitte an."

Mein Inneres? Leber und Darm, oder was? Oje, ich schluckte. Davon hatte Frau Schnippelberger-

Rothschild in ihrem diesjährigen Biologieunterricht
schon so viel erzählt. Biologie. Erinnerte mich uner-
freulicher Weise an was: Mein Strafreferat sollte ja
auch die biologische Komponente behandeln. Mist!

„Bringt ihr mir dabei auch die fundamentalen
Kenntnisse für mein Referat bei?“, seufzte ich.

Genervt ließ ich mich auf den Sessel sinken. Aber,
was war das? Meine Hände fühlten den erstaunlich
zarten Stoff der pinkfarbenen Kissen. Weeeeeich,
hmmm. Kuschelig. Kein Wunder, dass Oma sich hier
immer wohl darauf fühlte. Meine Fingerspitzen konnten gar nicht aufhören, sanft darüber zu streicheln.
Und man konnte sich in die großen Kissen gemütlich
reinkuscheln und die Füße auf dem Fußteil bequem
hochlegen. ‚Geborgenheit‘ kam mir in den Sinn.

Die, die mir seit Papas Tod so fehlte. Früher hatte
ich oft mit ihm auf unserem Wohnzimmersofa gesses-
sen und sinniert über die Welt. Während er mir sanft
meine Füße massiert hatte. Sinnieren und Füße
massieren, darin war er Weltmeister gewesen.
Papa....

Ein bisschen dieser Heimeligkeit kam wieder in mir
hoch, als ich in Omas Sessel versank.

„So meine liebe Soe, nun entspann dich“, sagte Papas Mama Gertrud leise und setzte sich neben mich
auf eine sitzförmige Ausbuchtung des Brunnenran-
des. Zart streichelte sie mir über mein Haar.

„Wenn du magst, schließ die Augen und komm zur
Ruhe.“

„Wozu denn?“, entgegnete ich überrascht, „ich
denke ich soll etwas über meine Eingeweide lernen.
Das kann ich auch mit offenen Augen, wie in Frau
Schnippelberger-Rothschilds Unterricht!“

„Es geht darum, dich selbst fühlen zu lernen...Mey
hat dir doch von der besonderen Art dieser Gefühle
erzählt. Wir wollen mal sehen, ob du die nicht in dir
antreffen kannst“, sprach Oma ruhig weiter. Mir
schwante etwas.

„Doch nicht etwa meditieren? Ich!?“

Entrüstet setzte ich mich auf. Sie schob mich sanft zurück in die Kissen.

„Soe, keiner verlangt irgendetwas von dir, das du nicht möchtest. Lass uns doch einfach mal sehen, was da in dir wohnt. Was schon immer bei dir ist. Das du nur noch nicht bewusst kennengelernt hast.“

Fragend schaute ich Oma an. Wäre da nicht wieder die unendliche Güte in ihren Augen gewesen, wäre ich sofort aufgesprungen und fortgelaufen. Aber so, dazu diese Weichheit des Sessels, das Plätschern des Brünnchens...

Ich lehnte mich zurück und gab mich geschlagen.

„Aber warum die Augen zu? Ist doch langweilig“, maulte ich.

„Probiere es doch einfach, du wirst dich viel mehr auf dich selbst konzentrieren können“, säuselte mir Oma ins Ohr.

Ok, ich schloss meine Augen und wartete gespannt, was jetzt geschehen würde. Würde ich einschlafen?

„Höre auf deinen Atem.“ Ihre Stimme drang leise, aber konsequent zu mir. „Tief ein.... und wieder aus, ein ... und wieder aus. Und alles in dir entspannt sich.... Lass einfach alles los. Deine Gedanken kommen und gehen.“

Was sollte das werden? Ich dachte, ich sollte mein Inneres kennenlernen? Ok, der Atem kam und ging. Das funktionierte. Und die Augen sahen innerlich zu dem dritten Auge, das Oma mir auf meiner ‚inneren‘ Stirn suggerierte. Ich strengte mich wirklich an, das zu tun, was sie mir sagte.

Nun sollte ich meine Gedanken in Richtung meines Herzens lenken. Zum Glück wusste ich, wo es lag, hatte ja in Bio gut aufgepasst. Also hörte ich, in dem bequemen Sessel liegend, auf meinen Herzschlag. Wie gleichmäßig der ging, ruhig, aber beharrlich. Wie mein Atem und Omas beruhigende Stimme.

Und es wurde immer ruhiger in mir. Ich hörte nur noch Herz und Atem. Und Omas Stimme war zwar da, aber scheinbar immer weiter im Hintergrund. Obwohl ich sie noch genauso laut hörte. Aber ihre Stimme wurde immer unwichtiger für mich. Mein Herzschlag dagegen wichtiger. Bumm, Bumm, Bumm, konsequent. Wie brav es seine Arbeit für mich tat. Ohne eine Belohnung war es für mich da. Ohne Murren, Bumm, Bumm, Bumm.

Auf eine neue Anweisung hin zog meine Aufmerksamkeit langsam weiter durch meinen Bauchraum. So hörte ich meinen Magen leise gluckern, fühlte ihn sich sanft zusammenziehen, sich dann entspannen, um die Cornflakes in den Darm zu senden. Wie harmonisch das alles zusammenarbeitete!

Und zwischendrin wieder meine Atemzüge. Was war da alles unterwegs in mir. Das hatte ich bisher noch nie so wahrgenommen.

„Nun, liebe Soe, wollen wir mal hören, welche Geräusche es noch gibt, neben deinen eigenen. Schick deine Achtung jetzt langsam zu deinen Ohren. Nur zu deinen Ohren. Gut. Was hörst du? Das sanfte Plätschern des Wassers? Nur das?", sprach Oma ruhig weiter.

Ja wirklich. Nun hörte ich ausschließlich das gleichmäßige Fließen. Nichts weiter. Nicht mehr meinen Herzschlag oder Atem. Nur das Wasser. Seltsam. Wie konnte das sein?

Allmählich schien ich hinter meinen geschlossenen Augen in meinem eigenen Frieden zu ruhen. Nur das harmonische Plätschern des Wassers und ich.

„Und nun fühlst du mal wie der Sommer riecht. Wie der Duft in deine Nase eindringt, wie er dir guttut und wohl riecht..." Oma war noch da, aber weit weg von meinen Sinnen, die für mich nun im Vordergrund standen.

Wirklich, ich roch den Sommer, den Duft der Ferien. Blumig frisch.

„Kein Plätschern mehr, nur noch Sommerduft?", fragte Oma ruhig.

„Ja, eigenartig, nur noch Sommerduft, kein Plätschern, kein Atemgeräusch, wie kann das sein?", wollte ich sagen, aber es ging nicht.

Das heißt, es wäre schon gegangen, aber es war schöner, in meiner Stille zu bleiben. Ich wollte den Sommerduft in meiner Nase nicht unterbrechen. Er tat so gut. Das machte nichts. Ich fühlte, dass Oma mein Schweigen zu deuten wusste. Ganz genau verstand, wie es mir ging.

Und so führte sie mich weiter, zum Erfühlen der Sommerwärme mit meinen nackten Zehenspitzen. Da war nur noch diese Wärme. Weg war der Sommerduft. Nur noch die wohltuende Wärme an den Füßen. Wie kam das? Ich war verwirrt.

Aber ich wollte mich nicht dagegen wehren. Denn diese Reise durch meinen Körper war einfach nur schön. Und es wurde immer spannender: ich schmeckte den Apfelsaft, den Oma mir auf die Zunge gegeben hatte. Ich spürte das Sonnenlicht hinter meinen geschlossenen Augen. Wurde mir bewusst, wo meine Haaransätze auf dem Kopf kribbelten....

Ich weiß nicht mehr, wie lange ich in mir unterwegs gewesen war, als Oma mich in kräftiger werdenden Worten dazu aufforderte, langsam wieder zurückzukommen und schließlich meine Augen zu öffnen. Ein Gefühl unendlicher Wärme und Geborgenheit umgab mich, als mir bewusstwurde, dass ich immer noch in dem schönen Sessel neben dem Brunnen saß. Und als mich umschaute, war sie wieder da, meine gewohnte Umgebung.

Aber ich war plötzlich viel mehr, als nur die Enkelin, die da bei ihrer Großmutter und Mey saß. Da war etwas so Besonderes in mir, das ich gerade spüren gelernt hatte. Welch ein Wunderwerk, das im Zusammenspiel miteinander harmonierte. Und das ich doch als Einzelnes zu spüren in die Lage versetzt worden war. Seine Existenz das erste Mal bewusst wahrgenommen hatte.

Ich fühlte mich positiv berührt und sah Oma und Mey überrascht an. Sie lächelten zurück. Ihre erste ‚Reise' mit mir war offensichtlich gelungen.

SÖV

„Wow, Soe, dich hat es ganzschön erwischt, du warst ja vollkommen in dich selbst versunken", rief Mey so laut, dass Pandy auf meinem Schoß leicht vibrierte. „Die Grundübung hast du nun schon mal viel besser bewältigt, als ich mir das zu hoffen gewagt hätte!"

„Mann, Du hast also die ganze Zeit gewusst, dass ich meditieren lernen soll, stimmt's?", murmelte ich mit betont ärgerlichem Schmollmund und verschränkten Armen. „Warum hast du mir das nicht von Anfang an gesagt?"

„Verzeih mir, aber sonst wärst du ja gleich abgehauen und hättest es nicht wenigstens mal ausprobiert."

Mey warf Oma ein außerirdisches Petz-Auge zu, das diese ja aber nicht erkennen konnte.

„Oma, wenn Außerirdische Petz-Augen erzeugen können, dann hast du gerade eins erhalten", übersetzte ich mürrisch.

Aber dann musste ich doch grinsen. Denn so

schlimm war das In-mich-Gehen schlussendlich gar nicht gewesen. Ganz im Gegenteil. Das musste ich Mey, aber vor allem mir selbst, eingestehen. Vielleicht hatte ich Oma mit meiner Voreingenommenheit gegenüber ihrem „Meditationsgehabe" Unrecht getan?

Was war das alles so unglaublich: unsere buntgemischte Dreierrunde in universeller Mission...

„So, Soe!" Meys bestimmender Tonfall hatte etwas von Oberlehrerin. Doch klang ihre Stimme andererseits auch sehr liebevoll.

„Damit Mutter Erde sich dir öffnen kann, ist es erforderlich, dass du in dieser Art und Weise Kontakt zu einigen ihrer Kreationen herstellst. Das hatte ich ja schon angedeutet."

Ich stöhnte in Pandys Mikrophon, damit Mey es sicher wahrnehmen sollte und gab ihre Aussage an Oma weiter, die mit gespanntem Gesichtsausdruck ihre Ohren zu spitzen schien.

„Hä und dann, was soll ich mit denen?", sagte ich und zog mein Handy noch näher an mich ran, um Mey genauer zu beobachten.

Sie sprach mit einem sehr überzeugten Gesichtsausdruck, der keine Widerrede zuzulassen schien.

„Du wirst mit ihnen grundlegende Gedanken, Gespräche und Gefühle direkt austauschen und dafür dein SÖV einsetzen", belehrte mich meine außerirdische Oberlehrerin weiter.

„Ach ja, das schon wieder! Dieses SÖV! Klar!" Ich verdrehte die Augen und mit einer Grimasse und erhobenen Händen deutete ich zu Oma, ob sie etwa nicht wisse, was das wäre. „Ist doch glasklar, oder Oma?"

„Nun hör mir doch einfach zu", wurde Mey ungeduldig. „Gertrud kann das doch gar nicht kennen. Zumindest nicht unter diesem Namen."

Ok, ich schwieg und ließ mich weiter in meine Mission unterweisen. Wollte jetzt schon endlich wissen, was ich da angeblich besitzen sollte. Oma schwang inzwischen wieder auf ihrer Schwingschaukel sanft hin und her und hörte meinen Übersetzungen aufmerksam zu.

„SÖV ist die besondere Fähigkeit, dir die von Mutter Erde beseelten Lebewesen oder Elemente mental zu öffnen. Also mit ihren Seelen in Kontakt zu treten. Mit deinem ‚Seelen-Öffnungs-Vermögen‘ könnt ihr in Gedanken miteinander sprechen, denken, fühlen. Viel intensiver als auf ‚gewöhnliche‘ Art.“

Mit großen Augen sah ich auf Pandys Bildschirm. „Wie jetzt?“

Oma räusperte sich im Hintergrund und schien nachzudenken. Mey gab uns eine Denkpause. Nervös rieb ich Pandy in meinen Händen. Wie sollte das gehen? Ich mit Elementen und Lebewesen sprechen, denken und fühlen? Oh Mey, ich hatte gedacht, dich ernst nehmen zu können. Aber das hier? Es überstieg meinen Horizont. Und ich schaute unsicher zu Oma herüber. Sie war tief in Gedanken versunken. Dann hellte sich ihre Miene auf.

„Soe, Liebes. Mey könnte tatsächlich Recht haben, dass du so was in dir trägst. Du hast es vielleicht über deinen Papa und mich geerbt. Wenn so etwas vererbbar ist?“ Sie schaute fragend zu Pandy.

„Klar, SÖV kann je nach Empfänglichkeit dafür in unterschiedlichen Ausprägungen weitergegeben werden“, stimmte Mey ihr zu.

„Weißt du Soe, mein Vater hatte die Eigenschaft, ganz viel mit Tieren zu sprechen, mit kleinen Insekten zum Beispiel. Oder er hörte dem Gesang von Vögeln gerne sehr intensiv zu, so als ob er sie verstünde. Wir haben ihn immer ausgelacht und sehr häufig hat er uns dann nur verständnislos angeschaut. Ich glaube, er konnte nie verstehen, warum wir nicht so empfanden wie er. Und so hat er dann nie mehr viel darüber gesprochen“, seufzte sie. „Gerade jetzt tut es mir so leid, dass ich deinem

Urgroßvater nie richtig zugehört habe, wenn er von solchen, für uns unverständlichen, Dingen schwärmte. Vielleicht hatte er wirklich auch so etwas wie SÖV in sich. Wir haben uns das nicht vorstellen können, weil wir nie von sowas gehört hatten und haben ihn daher nicht ernst genommen. Und dachten einfach, er verhält sich eigenartig. Als Kinder fiel oft ein ‚Papa, du spinnst doch‘.“

Sie nickte traurig mit dem Kopf.

„Ist das wahr, Oma? Echt?“ Ich kannte meinen kahlköpfigen Uropa nur von Bildern auf Omas Regal. Aber dass er verstanden haben sollte, was Vögel mit ihrem Gesang aussagten, das hatte ich ihm natürlich nicht angesehen.

„Ja, wenn ich über Meys Informationen nachdenke…“ Oma blickte in den Himmel. „Ich habe so ein Vermögen nie in mir gespürt. Sonst hätte ich ja meinen Vater besser verstehen müssen. - Aber Soe, komm mal her zu mir…“, und sie streckte mir ihre Arme entgegen und deutete mir wortlos an, mich mit Pandy und Mey neben sie auf ihre Schwingschaukel zu setzen. Dann legte sie mir zärtlich ihren Arm um die Schulter.

„Liebes, wenn ich so weiterdenke…, ich glaube, ich verstehe gerade noch etwas.“

Mey beobachtete uns mitfühlend und schwieg.

„Dein Papa, Liebes, der könnte vielleicht SÖV auch in sich getragen haben. Wahrscheinlich nur eine Miniversion, aber eben doch ein bisschen davon“, lächelte sie vielsagend und nachdenklich. „Auch ihn habe ich in seinen Kindertagen oft beobachtet, wie er mit kleinen Käfern sprach. Wie mein Vater. Oder wie er sich mal darüber aufregte, dass jemand Stöcke in einen kleinen Bach gelegt hatte und damit das Wasser daran hinderte, gleichmäßig weiter zu fließen. Welches Kind macht sich normalerweise über so etwas Gedanken?“ Sie schaute mir tief in meine Augen. Wie jemand, der gerade ein tiefes Geheimnis erfahren hatte, hauchte sie: „Er fühlte mit dem Wasser. Hatte Mitleid mit ihm."

Ich sah Oma mit großen Augen an und schluckte.

„Vielleicht hat er kein richtiges Ventil gefunden für diese speziellen Gefühle der Verbundenheit, die da in ihm unterwegs waren. Sein SÖV war andererseits wahrscheinlich nicht stark genug, dass er mit den Elementen wirklich hätte kommunizieren können. In dem Maße, wie er es empfand. Irgendwie ausgebremst? – Kann das so sein Mey?", seufzte sie traurig.

„Ich glaube, Gertrud, du hast da gerade was ganz Wichtiges richtig erkannt: Er konnte es nicht so ausleben, wie er es gebraucht hätte", übersetzte ich Meys wohlüberlegte Antwort. „Du, Gertrud, magst SÖV noch weniger ausgeprägt in dir tragen, aber dafür bist du ein außerordentlich gefühlvoller Mensch."

Oma lächelte kurz, ehe sie nachdenklich weiterfuhr: „Dieses Nicht-Ausleben-Können mag schuld gewesen sein, Soe, dass dein lieber Papa immer trauriger wurde. Sich letztendlich seine bleierne Depression entwickelte." Sie schluchzte leise auf.

„Tut mir leid", sagte Mey leise. „Ich glaube, dass du da Recht haben könntest, Gertrud. Und weißt du, Mutter Erde geht es, glaube ich, gerade sehr ähnlich. Ein wesentlicher Bestandteil ihrer Erd-Beseelung war getragen von Liebe. Im Lauf der weiteren Entwicklung waren dann wohl immer weniger Menschen bereit, diese zu erwidern. Sahen sich selbst als autonom an. Haben sich ihr verschlossen. Daraus folgte wohl ihre Schwäche. Warum sie das so trifft, weiß ich nicht wirklich. Anders kann ich mir ihren Zustand jedoch nicht erklären. Sie war immer eine starke Persönlichkeit mit eigenen Vorstellungen, die sie CEO einst unnachgiebig abgerungen hat."

Meys Blick nahm flehende Züge an.

„Und deswegen nochmal: Du hast das starke SÖV! Du musst es zum einen für dein eigenes

Wohlergehen ausleben, damit es nicht auch in dir
verschlossen bleibt und dich irgendwann bedrängen
wird wie deinen Vater. Zum anderen ist es stark genug, um damit Mutter Erdes Seelenventil, das zu
platzen droht, zu öffnen. Vielleicht gelingt es dir, da-
hinterkommen, was ihr wirkliches Problem ist. Du
hast den einzigen Schlüssel in der Hand, Soe!" Ihr
drängender Gesichtsausdruck wurde immer stärker.
„Soe, verstehst du?"

Echslein

Es klopfte an Omas Zimmertür. Das Geräusch riss
Mey genauso aus ihren Gedanken wie Oma und
mich. Mama steckte ihren Kopf herein.

„Oh, hallo ihr beiden! Na, was heckt ihr denn aus?
Oma hat mir gestern Abend von deinen Abenteuern
erzählt, Soe. Wie aufregend! Naja, ich glaube nicht an
Außerirdische, aber Hauptsache, du hast unterhalt-
same Ferientage! Und das mit dem Referat wirst du
schon hinbekommen, bist ja eine gute Schülerin."

Wie oberflächlich war das denn? Mey war kein „Fe-
rienabenteuer"! Klang wie Jugendfreizeit. Man
konnte von Mey halten, was man wollte, aber das
wurde ihr nicht gerecht! Mama kannte sie doch gar
nicht.

Und in Eile, wie immer, wollte Mama die Tür schon
wieder schließen. Sie trug ihr elegantes beigefarbenes
Kostüm mit Stöckelschuhen, ihr langes Haar chic
hochgestylt und ihr Parfümduft drang jetzt zu uns

herüber.

„Schön jedenfalls, dass ihr zusammensitzt. Ach übrigens, ich muss los, habe gleich eine Besprechung im Büro. Die Dachdecker haben angerufen, sie kommen gleich vorbei und wollen schon mal die losen und verklemmten Dachziegel vor deinem Fenster loshacken, Soe. Könntest du bitte gleich die Dachluke in deinem Zimmer frei räumen, damit sie aufs Dach können? Tschüss ihr beiden, einen schönen Tag!" Ich sah noch ihre Hand durch den Türspalt winken und weg war sie.

So war Mama. Immer in Hektik. Besonders seit Papas Tod. Klar, sie musste schauen, wie sie alles allein schaffte. Hatte in ihrem Beruf als Steuerberaterin ihren „Mann" zu stehen. Aber Oma hatte wohl Recht. Mama überspielte ihre Trauer. Ließ einfach keinen Freiraum zu. Dass ich sie nach ihren Gefühlen fragen könnte. Eile deckt Vieles zu, das unangenehm sein könnte. Wenn du gleich wieder weg bist, kannst du nicht gefragt werden, wie es dir geht. Und du dir eine ehrliche Antwort überlegen müsstest. Also war sie weg.

Dachluke frei räumen? Dachluke?

„Mist", schrie ich meiner verdutzten Oma und Mey ins Ohr. „Die Dachdecker! Echslein liegt doch noch in morgendlicher Kältestarre unter den Dachziegeln, die jetzt aufgehackt werden sollen. Sie ist noch zu träge, um abzuhauen. Die werden sie umbringen! Was soll ich nur machen?", rief ich verzweifelt. „Ich muss sie retten, aber in ihrer Trägheit, wird sie nicht auf mich hören, selbst wenn ich aufs Dach klopfe." Verzweifelt sah ich zwischen Oma und Mey hin und her.

„Soe, SÖV, merkst du was?", schmunzelte Mey mich an. „Dein Mitgefühl zeigt gerade, wie sehr du mit deinem Echslein fühlst. Ihr verbunden bist. Dein SÖV gibt dir aber gerade auch die einzige Möglichkeit, deine Eidechse zu retten."

„Oh Mann, Mey, jetzt mach keine Späße mit mir. Das ist nicht zum Spaßen! Das ist bitterer Ernst, die Männer werden bald da sein. Ich kann doch denen nicht sagen: ‚Sie können jetzt nicht aufs Dach, meine Hauseidechse schläft noch‘! Oma, was soll ich machen?“

Oma war wohl auch gerade ratlos und schaute auf mein rauschendes Display. Mey meldete sich wieder zu Wort und ich übersetzte.

„Soe, denk mal nach: Du trägst SÖV in dir und du hast vorhin gelernt, dich ganz fest zu konzentrieren. Das ist jetzt die einzige Möglichkeit, deine Echse zu retten. Geh in ihre Nähe und nimm Kontakt zu ihr auf. Ganz konzentriert, ganz ruhig und besonnen. Du wirst sehen, du wirst es schaffen, ihr zu übertragen, was du ihr mitteilen musst. Versuch es, du schaffst es!“

Ich sah Mey mit weit aufgerissenen Augen ungläubig an. Dann zu Oma. Sie nickte aufmunternd.

“Versuch es. Echslein braucht dich jetzt!“

Langsam, immer noch ungläubig, stand ich auf. Plötzlich hörte ich einen Wagen vorfahren. Die Dachdecker!

„Schnell, Soe“, rief mir Oma zu. „Ich werde versuchen, sie aufzuhalten und ihnen zur Ablenkung meine lockeren Platten am Terrassenrand zeigen.“

Auf Oma war Verlass, wirklich! Ich war mir sicher, sie würde die Männer so verbindlich in Gespräche verwickeln, dass sie sich nicht trauen würden, zu widersprechen, auch wenn sie noch so in Eile wären.

So rannte ich los in mein Zimmer und riss das Dachfenster auf. Von Echslein war wie erwartet keine Spur. Ich hörte, wie Oma die Handwerker an der Haustür begrüßte und sie zu ihrem Zimmer schleppte. Schnell! Jetzt musste es schnell gehen! Ich musste mich zwingen, in meiner Aufregung die Augen zu schließen… so stand ich vor meiner Luke

und versuchte tief zu atmen... und mir Echslein vorzustellen... alles ausblenden, los... auch die lauten
Stimmen der Dachdecker mussten weg...nur noch
Echslein vor meinen inneren Augen...tief atmen....
Echslein, wo bist du? Ich fühle dich, du schläfst
noch... Echslein hör mir zu, hier ist Soe. Und plötzlich sah ich sie. Hinter meinen geschlossenen Augen-
lidern wohlgemerkt. Sie lag da, regungslos und begann sich langsam zu räkeln.

„Echslein, du musst aufwachen und ganz schnell
weglaufen, es wird brenzlig. Die werden dich sonst
zerhacken", sagten ihr meine Gedanken.

Echslein regte sich nicht. Verdammt, es funktionierte nicht. Panik kam auf. Die musste schnell weg.
Ich öffnete nochmal meine Augen, zwang mich zu ru-
higem Durchatmen und schloss sie wieder. Ganz
konzentriert dachte ich an Echslein, tief atmend, nur
Echlsein. Tief ein- und wieder ausatmend wiederhol-
ten meine Gedanken meine Worte von vorhin. Und
nun sah ich Echslein seine Augen öffnen. Und hörte
es tatsächlich antworten, meine Gedanken hörten es,
nicht meine Ohren!

„Was? Oh Soe, ich kann dich verstehen, was ist
los? Bisher hast du immer nur so komische Töne von
dir gegeben." Es schien seinen Kopf zu schütteln und
schaute mich ungläubig an.

„Echslein, darüber können wir ein andermal reden,
schnell, du musst ganz schnell weglaufen, hörst du?
Klettere in die Dachrinne, da werden die Männer
nichts machen. Schnell, überleg nicht lange!", be-
schworen meine Sinne meine kleine Freundin.

Ein eigenartiges, bisher unbekanntes Gefühl: Wie
Gedanken gesprochene Worte ersetzen konnten. Sie
zeigten bei meinem virtuellen Gegenüber die gleiche
Wirkung wie Worte. Oder sogar eine bessere. Denn
Echslein schien mich genau verstanden zu haben.

„Ok, ok, gar nicht so einfach, wenn man noch so
träge und unterkühlt ist", ächzte es. Dann sah ich es

vor meinem inneren Auge entschwinden.

Ich holte tief Luft, öffnete meine Augen und sah mich noch vor der offenen Luke stehen, als es an meiner Zimmertür klopfte. Die Dachdecker. Das war knapp gewesen! Aber es hatte tatsächlich funktioniert. Was für eine wundersame Erfahrung, zu der ich ein gewisses Vertrauen in mir wachsen fühlte. Es hatte tatsächlich geklappt und ich hatte Echslein dadurch retten können! Wahnsinn!

Langsam und erschöpft ließ ich mich auf meinen Korbsessel fallen und die Handwerker eintreten. Ich zog Pandy aus der Tasche und nickte der angespannt wartenden Mey erleichtert zu.

Papa

Als die Handwerker sich nach getaner Arbeit verabschiedet hatten, legte ich mich erschöpft auf mein Bett. Ja, meditieren und Eidechsen retten konnte ganzschön anstrengend sein. Echt. Auch Mey hatte sich aus dem außerirdischen Staub gemacht, um mir etwas Ruhe zu gönnen. Sie hatte sicher Angst, mich zu überfordern.

Mich selbst fühlen, SÖV und Urgroßvater und Papa, SÖV und Echslein....

Pandys Bimmeln holte mich aus meinen Gedanken: die Socialmedia gab's ja auch noch! Sie waren für mich durch die sich überschlagenden persönlichen Ereignisse total in den Hintergrund getreten. Und Mey schien ihnen gegenüber dominant zu sein, da war nichts mehr durchgekommen, solange sie auf dem Bildschirm war. Eigenartig. Oder hatte Pandy sich inzwischen vielleicht auch auf ihre Seite geschlagen? Ich kicherte bei dieser Idee.

Es war Angelina. Sie hatte ein Foto gepostet: sie in Andys Arm vor einer Picknickstelle, im Hintergrund unser heimischer Baggersee und einige unserer gutaussehenden Elftklässler-Jungs.

„Sieh mal, Soe, mein neuer roter Bikini!“, sie posierte nun im Videomodus und drehte sich zur Seite, damit ich ihre tolle Figur nicht übersehen würde. „Wow, was haben wir einen Spaß gerade. Wir feiern Abschied, weil es für die meisten von uns morgen nach Malle geht...“ Nun schwenkte sie über das Ufer, laute Musik, Einmalgrills, Sekt- und Limonadenflaschen und überall Verpackungsreste. Ich hatte die übergelassenen Müllberge ihrer Gute-Laune-Partys schon oft auf Posts kritischer Klassenkameraden gesehen. Viele von denen, die nicht bei diesen Partys dabei waren, regten sich schon immer mal darüber auf, wie gedankenlos und egoistisch Angelina mit ihrem „Team“ war.

„Schaaaade, dass du nicht dabei bist“, säuselte sie zu der Aufnahme. “Naja, du bist sicher schon auf den Kanaren mit deiner Familie, wünsche dir schöööne Tage.“

Die Schlange! Sie wusste ganz genau, dass ich nicht verreisen könnte. Und gefragt hatte sie mich auch nicht, ob ich heute dabei sein wollte. Blöde Kuh. Ihr war außerdem bekannt, dass ich nun ihretwegen nicht im Garten liegen und faulenzen würde, sondern an meinem Referat zu knabbern hätte.

Ich klickte sie kommentarlos weg. Nein Angelina, hatte jetzt gar keine Lust auf deine Heuchelei und Wichtigtuerei und auf euren Müllhaufen, den ihr sicher wieder mal liegen lassen würdet. Ich überlegte mir, dass ich morgen in aller Frühe und Morgenkühle das schöne Ufer alleine aufsuchen würde. Wenn Angelina, ihr Andy und die anderen auf dem

Weg nach Mallorca wären.

Nur ich und die Entchen, die sich dann wieder aus ihrem Versteck trauen würden.

Papa, wie ungerecht war das? Die durften nach Malle fahren. Ich zu Hause sitzen.

Ich lag wieder auf meinem Bett und schaute durch die Dachluke den weißen Wolken vor dem tiefblauen Himmel nach.

Tut mir leid, klingt undankbar, stimmt's? Du kannst es auch nicht mehr. Wir haben schöne Urlaube am Meer verbracht, als ich klein war. Du hast mit mir Sandburgen gebaut und mir durch dein Fernglas Seehunde auf den Sandbänken vor der Insel gezeigt. Ja und dann hast du mir gesagt, wie schön die das da draußen haben. Dass sie da ungestört von den Menschen in der Sonne liegen können. Ich habe dann oft genörgelt, dass ich sie aber streicheln möchte. Ihnen ginge es aber viel besser so, man müsse sich mal in deren Lage versetzen, hast du mir geantwortet.

Papa, war das ein bisschen von deinem SÖV gewesen? Oder wenn du die allen verhassten Quallen am Strand immer wieder zurück ins Meer geworfen hast? Ich habe es blöd von dir gefunden, sollten sie doch vertrocknen. Sie nässelten uns ja auch, wenn wir ihre langen Beine berührten. Geschähe ihnen doch recht! Du hast dich nicht beirren lassen und immer weiter gemacht und einigen von ihnen wahrscheinlich das Leben gerettet...

War auch das dein SÖV? Ich hatte ja bisher keine Ahnung davon, tut mir leid. Dass es dich wohl immer mehr bedrängt hat.

Ich schluchzte kurz auf.

Meins habe ich ja bis heute nie bewusst wahrgenommen. Aber Mey hat wohl verdammt nochmal recht. Mit Echslein habe ich schon immer gesprochen, sie ernst genommen, als Freundin angesehen. Mehr als diese blöde Angelina. Echslein hat Respekt vor mir. Angelina nicht.

Papa, Mey und Oma haben mir heute gezeigt, wie ich SÖV bewusst anwenden kann. Naja, erstmal an mir selbst. Aber den Weg dahin. Und bei Echslein hat es wirklich funktioniert. Warum ist Mey nicht auch schon in deinem Leben aufgetaucht? Sie hätte dich vielleicht retten können. Hätte auch dir zeigen können, dein Söv bewusst anzuwenden und ihm damit mehr Ausprägung zu schenken. Damit deine unendliche Traurigkeit von dir nehmen, weil du es nicht richtig ausleben konntest.

Einige Tränen kullerten traurig die Wangen hinunter. Wie nah war Papa mir gerade wieder...

Papa, ich verspreche dir, ich werde es besser machen. Ich werde mir verdammte Mühe geben, es für dich wieder gut zu machen. Du hast mir SÖV wohl in stärkerer Form weitervererbt. Und damit habe ich Echslein retten können. Im Allgemeinen scheint es also doch auch Positives bewirken zu können, meinst du nicht?

Ich dachte weiter angestrengt nach.

Könnte es so sein, liebster Papa, dass auch Mutter Erde deinem schwächelndem SÖV vielleicht etwas Nachhilfe hätte geben können, wenn ihre eigenen Kräfte nicht so in den Seilen hingen?

Könnte es sein? Könnte es? Sag's mir Papa!!

Noch ein paar Tränchen kullerten.

Auszuschließen war es nicht. Es könnte so sein. Es könnte verdammt noch mal so sein! Ja! Und in diesem Moment wurde ein unbändiger Wille in mir wach: Ich würde Mey mit aller Kraft unterstützen.

Nun dachte ich an Mutter Erde. So irgendwie konnte ich sie mir nicht wirklich vorstellen. Sie war das, worauf wir lebten. Wovon wir lebten. Wofür wir leben sollten. Sie hatte uns beseelt. Sie sollte eigentlich die totale, übermächtige Kraft für uns darstellen. Die, die sie von dem Außerirdischen mitbekommen hat, einst. Wie konnte es sein, dass das

Außerirdische ihr keinen Kraftnachschub lieferte?

Ich schaltete Pandy ein.

„Mey! Mey, bist du da? Ich hätte eine Frage an dich", rief ich laut in das Mikrophon. Und siehe da, Pandy begann zu zischen und zu vibrieren.

„Ja, Soe?" Mey schaute mich erfreut an. "Hast du nachgedacht?" fragte sie.

„Mey, erklär mir bitte nochmal, warum Mutter Erde nicht einfach von außerirdisch einen neuen Kraftanschub erhält? Ich versteh das immer noch nicht!"

Mey lächelte gütig.

„Das ist Teil der Abmachung zwischen CEO und Mutter Erde. Es ist zunächst ein universelles Gesetz, dass ein Stern eine gewisse Kraftdosis erhält am Anfang. Und Mutter Erde bestand darauf, diese hauptsächlich in Liebe umzusetzen. Ein bisher unbekannter Versuch. Welcher zunächst vielversprechend begann. Aber dabei muss dann im Lauf der Entwicklung irgendetwas schiefgelaufen sein. So genau wissen wir auch nicht, was da los ist. Dazu brauchen wir dich."

„Hmm…, ich soll euch bei etwas helfen, das ihr selbst nicht kennt? Oh Mey, was soll das alles?" Hier kam ich scheinbar nicht weiter und ich klickte sie wieder weg.

Paps, es kann nur so sein, dass Mutter Erde Frust schiebt, weil wir sie alle anpampen. Wie wir äußerlich mit ihr umgehen, hört und sieht man doch. Aber psychisch? Ich würde so gerne mal mit ihr darüber reden. Kann mir sie so gar nicht vorstellen. Wo kann ich sie auf oder in sich selbst finden? Unvorstellbar, Papa.

Ich dachte weiter nach.

Aber Papa, Oma hat ja gesagt, dass es in unserem Dasein immer wieder Dinge gibt, die wir nicht erfassen können. Die wir erfühlen müssen. An die wir glauben müssen. Ich werde mich sowas von anstrengen, Papa. Du hast übrigens eine so liebe Mama. Es

kommt mir so vor, als ob ich sie durch Mey erst richtig kennen gelernt habe. Und sie mir ein Stück weit
dich ersetzen hilft. Aber nur ein bisschen... bin so
traurig, dass du nicht mehr da bist, aber ich fühle
dich noch ganz dolle.

Wasser

Der morgendliche, kühle Dunst lag noch über dem
See und ich parkte mein Fahrrad in der Nähe der
kleinen Bucht, an der gestern Angelinas Party stattgefunden haben musste. Wie erwartet ließen die
Überreste leider keinen Zweifel daran.

Einerseits schmerzte es mich schon, dass sie mich
nicht dazu eingeladen hatte. Andererseits fühlte ich
in mir Abwehr gegenüber Angelinas oberflächlichem
Gesäusel. Sie hielt sich für den begehrtesten Mittelpunkt vor allem der Männerwelt. Phh!

Ich inspizierte den Grillplatz genauer: Wenigstens
hatten sie einigen Müll in die überquellenden Abfalleimer gestopft, aber Kronkorken, Tütenschnipsel und
zerborstene Glasscherben auf dem Boden neben den
Parkbänken erinnerten leider an meine Mitschüler.

„Mit"schüler. „Mit" mir auf einer Schule. Ok. Das
war aber das Maximum, das ich gerade mit ihnen gemeinsam haben wollte. Selbst über den bestaussehenden Andy ärgerte ich mich maßlos. War Schönheit ein wertvolleres Attribut als Rücksicht?
Wahrscheinlich hatte er wie die anderen wieder so
viel getrunken, dass sie sich gar nicht mehr hätten
bücken können, um den Abfall ordentlich zu

entsorgen. Hierzu könnte Frau Schnippelberger-Rothschild auch mal ein paar Strafreferate verteilen. Aber nein, gerade mich hatte es treffen müssen! Ich haderte leise fluchend mit meinem Ferienschicksal und wurde schließlich richtig zornig auf die Rücksichtslosen.

„Oje, Mutter Erde, verstehe, dass du so enttäuscht von uns bist. So einen wunderschönen See hast du uns geschenkt, so eine schöne saubere Natur. Und was tun wir damit?"

Ich knallte mich auf einen Baumstamm am Uferrand und blickte hinaus auf die ruhige, blaue Wasserfläche. Ihre friedvolle Atmosphäre beruhigte mich langsam. Um diese frühe Morgenzeit war selbst in den Ferien noch niemand unterwegs. Und so hatten die Enten Frieden, um mit ihren kleinen Küken durch den See zu paddeln und immer mal die Schnäbelchen auf Futtersuche ins Wasser zu strecken. Was für ein zartes Plätschern ihre Bewegungen im Wasser erzeugten.

Ich lauschte. Und versank dabei immer mehr in meinen Gedanken. Ich hörte das Wasser. Ich roch die feuchte Kühle. Ich spürte die Nebelschwaden sich auf meiner Haut niederlassen. Ich sah das aufsteigende Sonnenlicht sich rötlich im Wasser spiegeln.... Atmete tief. Schloss meine Augen...

Und plötzlich war es mir, als hörte ich dem Wasser zu. Atmete seine kleinen Tröpfchen ein und begann es in meiner Nase zu fühlen... nur noch das Wasser war in meinen Gedanken...hörte die leichten Wellen...und, war das möglich, als sprachen sie sanft zu mir? Nicht in Worten, die durch meine Ohren eindrangen, sondern sie waren in meinen Gedanken. So wie Echslein gestern zu mir gesprochen hatte.

„Hallo Soe, wie schön, dass du mich hier besuchst. Ein besonders schöner Ort, stimmt's? Mir gefällt es hier auch sehr gut, zumindest zu dieser friedlichen Tageszeit!"

„Huch, wer bist du?", fragte ich gedanklich.

„Na das Wasser. Endlich bist du in der Lage, mich zu verstehen. Bei deinen früheren Besuchen, hast du mich nicht sonderlich beachtet, geschweige denn konnten dich meine Worte erreichen. Ich habe so viel zu erzählen, aber es gibt nur so wenige Menschen, denen ich meine Gedanken öffnen kann." Und seine Wellen schlugen weiter beruhigend auf den Strand.

SÖV! SÖV war wieder aktiv! Ich wurde neugierig. Konnte ich also auch mit Wasser Kontakt aufnehmen? Aber was könnte Wasser schon von sich geben? War es doch nur eine durchsichtige, kalte, leblose Flüssigkeit. Jedoch könnte ich es ja mal auf die Probe stellen.

„Weißt du vielleicht was davon, dass mein Papa sich damals über die Stöcke im Bach aufgeregt hat?", forderten meine Gedanken es auf. Mal sehen, ob es wirklich was draufhatte oder nur gluckern konnte?

„Natürlich weiß ich das noch", antwortete es empört. „Ich bin das Wasser. Als solches ruhe ich nicht nur in diesem See, wo es natürlich sehr schön für mich ist. Solange die Menschen nicht ihren Müll reinwerfen oder den Benzingestank ihrer Boote in mich reindrücken. Sondern ich bin eins: das Meerwasser, das Wasser im Bach, das Wasser in deinem Zuhause. Sogar der Dunst, den du sehen kannst, die Nebelschwaden und die feinen Wolken über dir."

„Ach wirklich?", staunte ich und runzelte die Stirn. Klang ja gar nicht so einfältig. „Klar, du bestehst aus lauter einzelnen gleichen Wassermolekülen, wie unsere Chemielehrerin uns erklärt hat, aber dass auch die Wolken und der Schnee zu dir gehören, cool, darüber habe ich nie nachgedacht."

Erstaunlich, alles Wasser dieser Erde sollte eins sein? Der friedliche See, das Wasser in unserer Waschmaschine, in Omas Brünnchen, das der großen Meere, das von Überschwemmungen und Sturmfluten oder Tsunamis, alles ein und dasselbe?

„Aber hör mal Wasser", führte ich mein Gespräch ohne gesprochene Worte fort. „Eigentlich finde ich dich ganz toll hier im See. Aber wenn alles zu dir gehört, bist du auch ganzschön böse. Lässt Menschen in dir ertrinken, überflutest Häuser. Und lässt dich oftmals nicht in ausreichender Menge blicken und Lebewesen verdursten. Schämst du dich nicht?" Mein Tonfall wurde ärgerlich. Es antwortete nicht. Ich holte nochmal tief Luft und konzentrierte mich.

„Soe, da hast du leider Recht. Aber findest du, dass du mir so einfach eine Schuld geben kannst?"

„Naja, wem denn sonst?", schnaubte ich.

„Nun mach mal halblang, Kleine!" Auch das Wasser schien sauer zu werden. PH-Wert des Wassers kleiner 7, schoss es in meine Gedanken und ich kicherte innerlich.

„Was macht ihr Menschen denn mit mir?" Und eine hohe Welle brach sich energisch am Ufer. „Ich gehöre zu einem gemeinsamen riesigen System, als Teil der Erde und der Zeit."

„Der Zeit?", fragte ich erstaunt.

„So weit denkst du nicht, war zu erwarten", sprach das Wasser weiter. „CEO hat mich der Erde bei ihrer Beseelung mitgegeben. Ich war die besondere Zugabe, die es in unserer näheren Sternenwelt nicht noch mal gibt. Er scheint sie sehr zu mögen."

Ich konnte mir gerade vorstellen, wie es sich stolz erhobenen Hauptes auf die Brust schlug, hätte es denn eine.

„Ich durfte von Anfang an unsere irdische Chefin dabei unterstützen, das System Erde zu entwickeln und durch mich alle Elemente zu verbinden. Somit stelle ich die Grundlage für all ihre wunderbaren Geschöpfe dar. Dass wir alle miteinander leben können."

„Eingebildet bist du gar nicht, oder?", schoss es aus meinen Gedanken.

„Habe ich gar nicht nötig", entgegnete es mir. „Ihr

seid alle abhängig von mir. Es gibt nur eine bestimmte Menge von mir für alle Zeiten dieser Erde. Ich habe somit ein Alleinstellungsmerkmal und ihr alle braucht mich. Ist dir wohl auch neu, oder?"

„Nein", erwiderten meine Gedanken langsam. Das Wasser hatte Recht. Es verdampfte in die Wolken, stieg auf, regnete wieder herab. Das stimmte. „Was ist mit dem Klimawandel? Den neuen Trockenzonen?"

„Stimmt, Soe, dass ich meine Anwesenheit hier und da verändere. Wegen des sich verändernden Klimas. Was hauptsächlich ihr Menschen zu verantworten habt! Durch eure Gier und nicht genug bekommen zu können. Dadurch muss ich an manchen Orten fehlen, dann laufe ich dafür woanders über und überflute. Ich kann das nicht selbst bestimmen. Ich muss bestimmten physikalischen Gesetzen folgen. Wenn Hitze mir vorgibt ‚verdunste', dann muss ich verdunsten. Oder durch die Elektrizität der Gewitter in den Wolken muss ich schlagartig abregnen. Ist es fair von dir, mir dafür die Schuld zu geben?"

War es wahrscheinlich nicht, wenn ich so darüber nachdachte.

„Auf jeden Fall bist du ganzschön viel, Wasser. Und du warst immer du und dasselbe?"

„Ja, denk doch mal nach, wo sollte ich denn hin entschwinden? Ich bin ein fester Teil von Mutter Erde. Sie hat entschieden, dass ich auf ihrer Oberfläche und in ihrer Atmosphäre wirken soll. Seit Anbeginn. Und so kenne ich alle eure beseelten Vorfahren."

Wow, jetzt holte es aber wirklich weit aus. Das flüssige Erdenelement! Das hieße ja: das Wasser, welches ich heute trank, hätte schon vor mir vielleicht mein Urgroßvater getrunken? Der mit dem Vorfahren-SÖV. Oder ein Dinosaurier und wieder ausgeschieden und dieses „Wasser" ist durch Wolken oder Meere wieder zu mir gekommen in meine

Wasserflasche. Igitt, mein Rücken reagierte mit Gänsehaut pur.

Im Unterbewussten spürte ich beruhigender Weise, dass ich immer noch am Ufer meines Baggersees saß, im Hier und Jetzt, und nicht im Zeitalter der Dinos. Aber meine Gedanken umspannten gerade den ganzen Erdkreis in Raum und Zeit. Welche Dimensionen!

„Findest du immer noch, dass du mir die Schuld für Überschwemmungen geben solltest, Soe? Wo ich doch nur dem großen Erdensystem folgen muss und darf. Hab schließlich Verantwortung, erfülle meine Bestimmung. Da könntet ihr Menschen euch mal eine Scheibe davon abschneiden. Seid ihr auch so gewissenhaft, frage ich dich? Auch wenn ihr denkt, die Allerwichtigsten zu sein. Dann verhaltet euch doch endlich mal verantwortungsvoll. Eurer ‚Wichtigkeit‘ entsprechend.“

Ich musste zugeben, dass seine Worte nicht ganz von der Hand zu weisen waren.

„Ich kann nicht nur euch dienen“, fuhr es fort, „auch wenn ihr meint, dass ich zum Kühlen eurer Atomreaktoren nütze sei. Ich habe meine Aufgaben zu erfüllen. Und vielleicht rettet die Überschwemmung eine seltene Ackerpflanze vorm Austrocknen? Die ist Mutter Erde mindestens genauso wichtig wie eure Kühlsysteme. Hast du mal darüber nachgedacht?“

Nein, hatte ich bisher noch nicht.

„Oder ihr stellt eure Häuser einfach da auf, wo mein angestammter Flusslauf schon immer war. Ihr könnt doch nicht erwarten, dass ich zum einen immer da sein soll, wo ihr wollt und dann wieder fernbleiben, wo es euch nicht passt.“

War das so? Ich schlug abrupt meine Augen auf und legte mich ins feuchte Gras. Meine Augen folgten den vorbeiziehenden Morgenwolken.

„Hallo, Wasser der Lüfte“, rief ich ihnen mit

meiner Stimme zu. Wohin sie wohl zogen? Wer einst ihr Wasser trinken würde? Und wer schon alles diese Wasser Tröpfchen vorher aufgenommen hatte? Kaiser Nero oder meine Urahnen? An die Dinosaurier dachte ich jetzt lieber nicht wieder.

Mey wohl eher nicht, denn sie war ja nicht von der Erde. Ob sie einst auch eine Wasserportion mit auf ihren zu beseelenden Stern bekommen würde? Oder würde sie eine andere Beigabe erhalten, die unsere Vorstellungskraft überstieg?
Wasser schien schon ein besonderes Geschenk für unsere Mutter Erde gewesen zu sein. Was wäre, wenn CEO Mutter Erde nicht damit bedacht hätte? Dann würde es uns alle in dieser Form wohl nicht geben. Dann wären wir nur ausgetrocknete Lehmklumpen. Ich seufzte. Gut, dass das nicht so war. Welch ein Glück und Privileg hatten wir. Nicht nur wir Menschen. Jede Pflanze, jedes Tier brauchte Wasser zum Leben und schickte es danach wieder in das Wassersystem zurück. Damit es zu einem anderen Lebewesen weiterziehen würde. Oder zu einem See oder Meer, damit darin andere Lebewesen leben konnten. Wow. Der Delphin freute sich über das Wasser unserer Waschmaschine, das ins Meer zurückfloss.

Wirklich? Erschrocken setzte ich mich auf und schaute über den See. Über das Wasser ja, aber über das Waschpulver? Reste blieben immer drin, hatte uns Frau Schnippelberger-Rothschild erklärt, trotz aller Kläranlagen. Und die hineingewehten Plastikschnipsel von Angelinas Party würden auch noch eine Zeitlang zu den Fischen unseres Baggersees hinabsinken. Ich seufzte.

Die Menge Wasser bliebe immer unverändert. Wir bekommen kein neues, wenn wir es verschmutzen. Ja so war es. Wir nahmen das verschmutze nicht nur den Fischen weg, sondern auch uns selbst. Und unseren Kindern, Enkelkindern .... Die Wassermenge bliebe immer dieselbe! Was machen wir da eigentlich?

Papa, du hast dich als Kind darüber aufgeregt, dass jemand Stöcke in den Bach gelegt hatte. Aber diese Fakten hier, die waren ja viel schlimmer. Wir störten das ganze System, das Mutter Erde so wunderbar belebte. Und dass wir nicht nur Lehmklumpen waren. Unser Körper bestand doch aus so und so viel Prozent Wasser, das wusste ich noch aus dem Biounterricht. Hieße also auch, wenn wir durch den Klimawandel Wüsten schaffen, dann verliert alles Leben dort seine Existenz.

Papa ist das so? Was muss Mutter Erde dabei fühlen?

Ich schloss wieder meine Augen und atmete tief ein.

„Wasser, wir benehmen uns ganz schön blöd zu dir, oder? Du kümmerst dich echt gut um uns. Und wir machen es dir unnötig schwer, deine Aufgabe zu erfüllen."

„Ja, scheinbar hast du es endlich verstanden, Soe. Ich durchfließe alles und jeden. Ein entscheidender Teil eures Lebens, von Mutter Erde euch geschenkt. Sie hätte mich auch für sich behalten können, vielleicht als inneren See ihrer Erdkugel. Aber nein, sie hat mich so verteilt, dass es euch alle durch mich verbunden geben soll. Ihr alle braucht mich und Mutter Erde braucht mich als Teil ihrer selbst."

Das hatte ich jetzt wieder nicht so ganz verstanden. Wasser ein Teil von Mutter Erde? Aber das war jetzt sicher wieder so ein Punkt, wo Oma sagen würde, „Soe wir können nicht alles verstehen, wir müssen fühlen."

„Wasser, du bist ja eigentlich ein cooles Wunderwerk. Sorry, war mir bisher noch nicht so klar gewesen. Hätte ich dir gar nicht zugetraut. Danke, dass du trotzdem für mich da bist. Ich glaube, ich werde mal überlegen, ob wir das Waschmittel nicht reduzieren könnten? Oder solches benutzen, das du nicht bis zum Delfin mitnehmen musst. Ciao."

Ich sprang auf und lief fröhlich zum See, rannte mit hochgekrempelten Hosen ein paar Meter hinein, schöpfte mit meinen Händen das kühle Nass und ließ es mir über den Kopf laufen. Oh wie tat das gut...ob darin einst ein Wikinger gebadet oder es Kolumbus' Schiff übers Meer getragen hatte? Würde ich nie erfahren, aber könnte ja so gewesen sein.

Gordon

„Hey, Soe, was machst du denn hier? Du bist ja klitschnass!", tönte eine tiefe Jungenstimme vom Grillplatz herüber.

Mit triefendem Haar schnellte ich erstaunt herum und wischte mir flugs das Wasser aus den Augen, um zu erkennen, zu wem sie gehörte.

„Gordon, du Großer", lachte ich zurück. „Schmales Hemd, wer hat dich so früh geweckt?"

Mein blondgelockter Mitschüler, dessen Gesicht mit Sommersprossen übersäht war und der heute grüne Sommershorts trug, war von den anderen, seiner stoischen Ruhe wegen, als Langweiler verrufen. Wegen seiner besonderen Fähigkeiten als hilfsbereiter Handy-Doc wurde er andererseits jedoch von vielen auch sehr geschätzt. Nicht aber von Schülern wie Angelina und Co, die ein kaputtes Handy üblicherweise einfach von ihren wohlhabenden Eltern durch ein nagelneues ersetzt bekamen.

„Ähm, ich wollte mal nach dem Grillplatz gucken", stammelte er sichtlich verlegen, „ich habe in den

Socialmedia von der gestrigen Angelina-Party gelesen
und weiß ja, wie die das immer hinterlassen. Und
stimmt ja auch wieder", murmelte er, während er den
Platz näher inspizierte. „Ich ärgere mich da einfach
maßlos drüber", grummelte er, als er einige der Glasscherben aufsammelte und vorsichtig in den überquellenden Mülleimer quetschte. „Stell dir vor, einmal kam unsere arme Katze mit einem
aufgeschnittenen Pfötchen heim, wahrscheinlich
hatte sie sich hier verletzt. Wir wohnen ja nicht so
weit von hier. Ist doch einfach heimtückisch für Mia,
wenn der Abfall hier rumliegt", ärgerte er sich.

„Oje, ja hast recht. Aber dass du deswegen extra
hierherkommst, finde ich schon außergewöhnlich
fürsorglich", lächelte ich ihm zu. „Warum bist du
nicht auf dem Weg nach Mallorca wie die anderen?"

„Ich bleibe in den Ferien zu Hause. Meine Eltern
halten nichts von Flugreisen, wegen der Luftver-
schmutzung. Sie meinen, man könne die Ferien öko-
logisch wertvoller zu Hause verbringen. Naja...",
stammelte er. „Und so räume ich denn hier das Seeufer auf", seufzte er kaum hörbar beim Bücken, sah
mich grinsend von unten an und begann dann so
laut zu lachen, wie ich es noch nie von ihm gehört
hatte! Kichernd hielt er sich den Bauch. Huch, was
war denn mit dem los?

„Klar, hätte ich mit den anderen fliegen können."
Er rang nach Luft. „Hätten mir meine Eltern auch erlaubt, ich bin doch kein Baby mehr! Aber will ich
das? Ganz ehrlich, meine ‚Älteren' haben doch Recht.
Klar, gibt es dort ein wunderschönes Meer. Aber fliegen die anderen deswegen hin? Wie siehst du das?"
Er legte eine kurze Pause ein. „Die wollen doch nur
Party und laut sein und alles achtlos von sich
schmeißen, genauso wie hier".

Mit einem angewiderten Gesichtsausdruck machte
er eine abwertende Handbewegung.

„Wir haben es doch viel schöner hier als am

Ballermann mit dem ganzen Krach, Trubel und Alkohol. Aber um das zu verstehen, müssten die mal die Augen richtig aufmachen und ihre Gehirne nicht dauernd mit Alkohol vernebeln."

„Meinst du das jetzt ernst oder veräppelst du mich?" Ich wusste nicht, ob ich so viel Vernunft trauen sollte.

„Ich meine es so, wie ich es sage. Du scheinst ja auch gerade viel Spaß in unserem zauberhaften Sommer-See zu haben", lachte er und musterte mich von oben nach unten. „Was machst du denn eigentlich hier?", fragte er auffordernd weiter. „Solltest du nicht an deinem Referat sitzen? Ist doof gelaufen für dich. Ich fand es nicht gut, dass du das schreiben sollst. Und dieses Thema." Er rollte seine Augen, während ein zarter Pfeifton über seine Lippen kam. „Hast du schon angefangen?"

„Ehrlich gesagt nicht", murmelte ich und ließ mich tropfend auf dem Baumstamm nieder. Gordon warf derweil in meiner Nähe kunstvoll einige Kieselsteine in den See.

„Oder vielleicht doch", runzelte ich die Nase. „Sammle theoretische Erkenntnisse."

„Wie jetzt?", staunte Gordon mich an. „Hier am See? Ach ja, sollte ja auch Geographie mit drin vorkommen. ‚Erdkunde des Baggersees gepaart mit der Biologie der Enten und der Ethik deiner Mitschüler' oder wie?", spöttelte er stirnrunzelnd.

„Verstehst du nicht", entgegnete ich ärgerlich.

„Dann erklär es mir doch", forderte er mich auf und setzte sich neben mich. War mir ein bisschen peinlich. Er würde mich sicher auslachen, mich zum Gelächter der Schule machen. Ich kannte Gordon ja kaum. So zögerte ich verlegen.

„Los", forderte er mich nochmals auf. „Mach schon", stupste er mich an die Schulter. Ich wurde ein bisschen rot, hoffentlich sah er das nicht von der Seite.

„Du wirst mir sowieso nicht glauben und mich bei den anderen lächerlich machen."

„Na komm schon, Indianerehrenwort, werde ich nicht tun. Was ist denn so schlimm? Glaubst du, ich verpetze dich vor denen, auf die ich auch wütend bin wegen ihrer Glasscherben?"

„Glaubst du an Außerirdische?", ergriff ich die Flucht nach vorne. Sicher wäre das peinliche Gespräch dann schnell beendet, hoffte ich.

"Kenn ja keine, außer fürs Fernsehen Erfundene. Du etwa?"

Diese Antwort hatte ich nicht erwartet.

„Naja, sie heißt Mey und möchte was von mir."

Jetzt müsste es ihm zu blöd werden.

Sprachlos sah er mich an.

„Siehst du, du glaubst mir nicht. Jetzt können wir das Verhör endlich beenden." Wie energisch meine Stimme plötzlich klang.

„Ganz ehrlich, Soe, du bist jetzt schon so lange in meiner Klasse. Wir hatten wohl nie viel miteinander zu reden. Aber warum solltest du mich anlügen? In der Regel finde ich dich ok. Manchmal etwas mürrisch und genervt, aber ich schätze dich nicht als unehrlich ein."

Ich schaute ihn skeptisch an. Würde er mich nun auslachen?

„Glaubst du, dass man mit Wasser und Eidechsen Gedanken austauschen kann?"

Seine blauen Augen wurden immer größer, so dass ich einen Teil seiner weißen Augäpfel erkennen konnte.

„Soe, du hast aber nicht etwa doch bei der Party mitgetrunken?", musterte er mich kopfschüttelnd.

„Ich sag doch, du hältst mich für verrückt!"

Von hinten sprang plötzlich ein braun-weißes Knäuel auf Gordons Schoß.

„Mia, wo kommst du denn her? Pass bloß auf, hier liegt überall kaputtes Glas herum."

Er untersuchte seine schnurrende Katze auf Verletzungen und streichelte sie zärtlich. Genussvoll blieb sie auf seinem Schoß liegen.

„Ja wie, du kennst jetzt wirklich eine echte Außerirdische? Wo ist die denn, ich sehe keine?"

Ich holte Pandy aus meiner Hosentasche. Ups, es hatte auch ein paar Tropfen von Mutter Erdes Flüssigmedium abbekommen, aber es schien noch zu funktionieren.

„Hierüber kann ich mit Mey sprechen, meiner außerirdischen Freundin", konfrontierte ich Gordon schonungslos mit meinen unglaublichen Fakten. Wenn er es unbedingt wissen wollte. Er blickte von Pandy in meine Augen und wieder zurück.

„Echt jetzt? Du bist sicher, dass das kein Internet Fake ist?"

Ich sprach in Pandy hinein: „Mey kommst du mal, hier glaubt jemand nicht an dich!" Und tatsächlich erschien Mey mit einem fröhlichen „Hallo" auf dem Display.

„Hallo!" Erstaunt schaute Gordon auf Pandy.

„Hallo Gordon", lachte Mey freundlich zurück.

Was war das denn jetzt?

„Gordon, du kannst Mey sehen und hören?"

„Ja klar, wenn du die Wahrheit gesagt hast, wieso denn nicht?"

„Aber niemand außer mir kann sie sehen. Mey, was ist da los, dass Gordon dich sehen und hören kann?"

„Das liegt einerseits daran, dass du ihm von unserer Verbindung erzählt hast und er dir geglaubt hat. Wie deine Oma auch. Aber Gordon scheint außerdem im Umgang mit Pandy sehr vertraut zu sein, richtig Gordon?"

„Ja, genau...", er überlegte. „Ich habe dir vor ein paar Monaten den Akku getauscht, erinnerst du dich? War ziemlich kompliziert damals und habe lange daran rumgeschraubt. Ich musste dir anschließend ein paar Daten neu laden, die dadurch verloren gegangen waren. Mey, ich repariere nämlich alte Handys, die andere wegwerfen würden, und stelle sie wieder her. Ist doch schade darum.“

„Und deswegen kann er dich verstehen, Mey?“, fragte ich stirnrunzelnd.

„Ja, er ist ein besonderer Ausnahmefall“, erklärte Mey. „Es wird nicht viele Menschen geben, die mit Pandy so gut zurechtkämen und denen du noch dazu von mir erzählen würdest.“

„Das ist ja cool, Gordon, dann brauch ich dir gar nicht zu übersetzen, was Mey sagt“, freute ich mich. „Sonst weiß nur Oma und Mama von ihr. Aber Mama gibt nur vor, mich in dieser Beziehung ernst zu nehmen, damit sie ihre Ruhe hat“, seufzte ich.

„Wow, Mey! Und du bist wirklich nicht von dieser Erde?“, starrte Gordon in Pandys Display.

„Gordon, ich denke, es ist nun an Soe, was sie weiter mit dir teilen möchte. Da möchte ich mich nicht einmischen“, wich Mey seiner Frage aus. „Auf jeden Fall ist sie ein sehr vertrauenswürdiger Mensch. Sie würde dich nicht anlügen. Vertrau ihr.“

„Danke Mey“, lächelte ich ihr zu. Ihr Vertrauen in mich spornte mich an, ihren Weg weiter mitzugehen. Und es machte mir Spaß, dass Gordon auch neugierig geworden war. „Übrigens, ich hatte ein sehr gutes Gespräch mit dem Wasser, wirklich erstaunlich. SÖV fängt an, mir Freude zu machen. Ich bin sehr gespannt, was da noch alles kommen wird. Tschüss!“ Ich winkte ihr zu und klickte sie weg.

Gordon sah mich fragend an. Ich ihn vielsagend. Was ich alles wusste, wovon er keine Ahnung hatte! Der würde sich noch wundern! Ich schwieg eine Weile.

„Gordon, wenn du mir versprichst, mich nicht auszulachen, dann werde ich dir alles erzählen. Vielleicht kannst du mir ja ein bisschen helfen.“

„Bei deinem Referat, oder was? Ja, ich bin ja ganz gut in Deutsch, kann dir schreiben helfen, gern.“

„Gute Idee. Aber später. Erst mal muss ich noch die Welt retten...oder besser: die Erde!", sagte ich geheimnisvoll und sah in die Ferne. Tat gut, seine Aufmerksamkeit damit zu fesseln.

Gordons Blick würde ich nie vergessen: Ungläubig, aber doch irgendwie vertrauensvoll. Hin- und hergerissen. Es arbeitete in ihm auf Hochtouren. Das sah ich ihm an. War doch ein bisschen viel auf einmal. Er kraulte immer noch seine Katze und ich begann zu erzählen. Von Mey, von SÖV, von Mutter Erde, von Meditieren, von Echslein, vom Wasser...

Und Gordon unterbrach mich nicht. Er lauschte gespannt, schaute abwechselnd zu mir, über den weiten See und in den fernen Himmel. Und streichelte Mia. Ob sie auch lauschte? Entspannt kuschelte sie in seinem Schoß.

Wow

„Wow", war alles, was Gordon schließlich herausbrachte.

Ich hatte im Erzählen die Zeit vergessen und keine Ahnung, wie lange wir da zusammen auf dem Baumstamm am See gesessen hatten. Es musste wohl gegen Mittag sein, denn die Sonne stand inzwischen hoch über uns und einige Ruderboote kreuzten auf dem blauen See.

Gordons offensichtliches Interesse an meinen Ausführungen hatten meine Worte nur so aus mir heraussprudeln lassen. Die Flut meiner unglaublichen

Neuigkeiten hatte ihn nicht wie ein reißender Strom, sondern eher wie einen sanft überlaufenden See überschwemmt. Die Aktivität seiner Gedankengänge schienen in der Art, wie er Mia kraulte, Ausdruck zu finden: Mal fest, dann pausierte seine Hand, dann wieder massierten seine Finger ihr zartes Fell sehr sanft aber schnell. Und das Kätzchen genoss dies offensichtlich behaglich schnurrend.

Sein einziges „Wow" sagte mir mehr als tausend Worte es gekonnt hätten: dass er mich ernst nahm, sein Interesse, sein gleichzeitiges Erstaunen. Es tat mir gut. Ich hatte nicht erwartet, mit einem Gleichaltrigen über meine Geheimnisse überhaupt sprechen zu können ohne ausgelacht zu werden.

Angelina hätte mich doch vor allen lächerlich gemacht. Sie besaß keine Tiefgründigkeit wie Gordon, das wurde mir gerade sehr klar. Die Besonnenheit seiner Miene war wirklich erstaunlich. Langweiler? Was fiel uns Klassenkameraden eigentlich ein, ihn so zu betiteln? Nur weil ein Mensch ruhig und besonnen war, hieß das doch lange nicht, dass er nichts „drauf" hätte, nicht nachdächte. Ganz im Gegenteil! Zu gerne hätte ich gerade Angelina angerufen und ihr das genauso gesagt. Gordon schien ein viel vernünftigerer Mensch zu sein als die oberflächlichen Partymacher mit ihren achtlos hinterlassenen Glasscherben.

Mit diesem zwischen uns schwingenden „Wow" machten wir uns schließlich wortlos auf den Heimweg. Mia durfte, weiter von Gordons Streicheln verwöhnt, in meinem Fahrradkorb Platz nehmen, während ich mein Rad über den holprigen Feldweg schob.

„Eigentlich sollte ich jetzt mein Referat schreiben", murmelte ich, als wir an dem mit Blumen übersäten Naturgarten vor seinem Elternhaus ankamen. Zarte Blümchengardinen in den kleinen roten Holzfenstern und rankender Efeu an der zartblauen Fassade gaben seinem Zuhause einen märchenhaften Stil. Bei diesem Anblick kam mir in den Sinn, dass Gordons Mutter eine sehr feinfühlige Frau sein musste, die wiederum Gordon zu einem ebensolchen Sohn erzogen hatte.

Mia verschwand sofort im hohen Gras hinter den Sommerblumen. Nach so viel Menschenkontakt sehnte sie sich sicher nun nach ihren Mäuschen. Das fühlte ich, auch ohne, dass ich mein SÖV sehr anstrengen musste.

„Wie soll ich das alles schaffen? Referat, Mey, Mutter Erde retten! Vor allem, wie soll ich es überhaupt angehen?" Mein flehender Blick traf auf den immer noch in Gedanken versunken Gordon. Seine Sommersprossen tanzten in seinem Gesicht als er seine Stirn angestrengt runzelte und nur sagte: „Ich werde darüber nachdenken." Er sah mich kurz an. Dann kam noch mal das „Wow!" Wie ein Abschiedsgruß.

Ich stieg auf mein Fahrrad und fuhr erleichtert heim. Erleichtert, denn es fühlte sich so an, als ob ich gerade ganz Vieles von dem, was mich so sehr beunruhigt hatte, bei Gordon gelassen hatte. Ich wusste es in sicheren Händen. Wie viel Vertrauen hatte dieses intensive Gespräch hinterlassen. Ich hatte Gordon mit ganz anderen Augen, oder besser: Gefühlen, kennen lernen dürfen. Alleine durch sein andächtiges Schweigen zur richtigen Zeit.

Wenig später zu Hause flog ein zerknüllter Zettel knapp an Omas Gesicht vorbei, zu all den anderen in meinem Papierkorb.

„Verdammt! Sorry Oma, dieses Referat! Keine Ahnung, was ich da schreiben soll. Nicht mal eine Gliederung fällt mir ein. So ein Mist!"

Oma war in meiner Zimmertür aufgetaucht und schreckte leicht zurück, dann aber war es wieder da: ihr gütiges Lächeln, ihr ansteckendes Lächeln. Sie setzte sich zu mir auf meine Bettkante und lauschte interessiert, als ich auch ihr von meinem Gespräch mit dem Wasser erzählte.

„Wow, Liebes! Wie wunderbar!" Mehr sagte auch sie nicht und schaute mich nur liebevoll an.

„Wow". Dieses vielbedeutende Wort auch von ihr: Erstaunen. Unglauben und doch glauben wollen. Es hatte wieder zu tun mit dem nicht verstehen und dafür dann fühlen. Wie tiefgründig war das? Ich wollte mehr davon erfahren und wurde immer neugieriger. Als ob ich ein bisschen ahnte, was da noch alles kommen würde.

Des Referates Gliederung

Mist, Mist, Mist! Erdkunde, Biologie, Ethik. Verantwortung und Verbindung zu anderen Wesen. Wie sollte man das denn verknüpfen? Mein Papierkorb machte seinem Namen alle Ehre, denn er füllte sich weiter mit all dem zerknüllten Papier, das nur jeweils mit wenigen Notizen bekritzelt war. Ich fand einfach keinen Anfang.

Wir Menschen sollten im Sinne von Klima- und Umweltschutz Verantwortung für die Erde übernehmen, soviel war klar: das könnte man dann als Erdkunde ansehen. Und Mutter Erdes Verbindung zu uns, die ich langsam anfing, zu erahnen, könnte man als ethischen Aspekt ansehen. Und Biologie? Wie sollte die da reinspielen? Echslein als biologisch anderes Wesen, für das ich Verantwortung mithilfe meines SÖVs übernehmen konnte?

Das konnte Frau Schnippelberger-Rothschild ja

sicher nicht gemeint haben. Sie wusste doch gar nichts von meinem SÖV. Ich fragte mich, ob sie selbst überhaupt eine Idee davon hatte, wie man dieses Thema interpretieren könnte? Vielleicht hatte sie mich einfach nur ärgern und bestrafen wollen? Um dann nach den Ferien zu sagen: „Dachte ich mir schon, dass du keine Lösung finden würdest, Soe. Aber so hast du wenigstens mal ein bisschen darüber nachgedacht." Und würde ohne weiteren Kommentar zum Unterricht übergehen. Keine Ahnung. Nein, aber diese Blöße würde ich mir vor den anderen nicht geben wollen. Zu dumm, um ein Referat zu schreiben. Neeeein!!

In meine Gedanken hinein piepste sich Pandy in Erinnerung. Mey? Nein, es war ein irdischer Call. Gordon! Was wollte der denn jetzt von mir? Meine Stimmung war gerade auf null.

Als ich den Anruf annahm, ließ er mich erst mal gar nicht zu Wort kommen. Dieses Mal übersprudelte er mich mit einem Wortschwall. Eher in Gestalt eines reißenden Flusses. Hatte ich nun davon, dass ich ihn am See so überschüttet hatte.

„Halt, halt, was ist denn los?", versuchte ich ihn zu unterbrechen. „Jetzt mal langsam, ich verstehe so gar nichts!"

Ganz aufgeregt erzählte er was von „nachgedacht...Plan gemacht...er wolle mir helfen und würde das schon machen."

Ich schluckte. Was mischte er sich ein? Es war doch schließlich und erstmal meine Angelegenheit, auch wenn ich ihn vertrauensvoll eingeweiht hatte. Dachte auch er, ich sei zu blöd, das alles hinzubekommen?

„Nun aber mal langsam Gordon! Was willst du eigentlich?", unterbrach ich ihn unwirsch. „Du glaubst also auch, dass ich zu dumm oder faul bin, ein Referat zu schreiben, oder? So wie das alle in der Klasse sicher auch erwarten? Glaubst du, ich habe kein bisschen Stolz?", rief ich entrüstet. Ich erwartete Gordons Widerworte, wie: „War doch gar nicht so gemeint."

Aber es kam einfach gar nichts. Stille! Komisch. War er noch dran? Ich beruhigte mich langsam, mein Herz pochte nicht mehr so heftig wie eben. Echslein schaute verstört durchs Dachfenster.

„Gordon?", murmelte ich nach einer halben Ewigkeit. „Bist du noch dran?" Nichts. Ich überlegte, ob ich ihn durch meine starke Reaktion beleidigt hatte? Einfach nichts. Sollte ich auflegen? So richtig hatte ich ihm eigentlich gar nicht zugehört. Was hatte er mir überhaupt sagen wollen?

„Gordon?", fragte ich etwas nachdrücklicher. Bestimmt würde er nicht mehr mit mir sprechen wollen. Ich war wohl zu heftig gewesen.

Als ich noch zögerte, den Anruf zu beenden, fing es am anderen Ende an zu lachen. Fast wie dieses Lachen am See, als er den armen, einfältigen Jungen vorgespielt hatte und ich schon vor Mitleid hatte zerfließen wollen.

„So, hast du dich jetzt wieder beruhigt? Was hast du für ein Temperament, Soe?", keuchte er noch prustend. „Du hast mir ja überhaupt nicht annähernd zugehört. Gleich die Klappe runter und mir unterstellt, ich würde dich für zu blöd halten! Dieses Misstrauen gegen alles und jeden. Ist es das, wie wir alle miteinander umgehen sollten?"

Ich kam mir vor wie ein kleines Kind, das eine Strafpredigt erhalten hatte.

„Also was willst du? Dann sag es einfach und lass mich dann in Ruhe", fragte ich kleinlaut.

„Ich würde dich gerne unterstützen, nicht dir deine Aufgaben abnehmen. Mit dir deine Gedanken ausdiskutieren, wenn du vielleicht unsicher bist. Oder einfach nur wieder jemanden vor Frust anschreien möchtest. Ich könnte das Background-Management in deiner Ferienarbeit darstellen, wenn du magst. Die

Welt retten und dann noch Referat schreiben, ist schon ein bisschen viel auf einmal."

Ich fühlte sein ironisches Grinsen durch Pandy hindurch. Background-Management, was sollte das werden?

„Hast du nichts Besseres mit deinen Ferien anzufangen?", fragte ich schnippisch.

„Nein", war seine kurze, aber resolute Antwort.

Warum wollte er das tun? Seine freien Tage meiner Strafarbeit widmen.

„Ich verstehe es nicht wirklich, aber gut. Dann mach mit deinen Ferien, was du willst."

In seinen folgenden Worten hörte ich sein Lächeln heraus: „Ok, dann hör mir jetzt zu: Du bist Chefin. Du hast das SÖV. Ich bin dein höriger Untergebener in geheimer Mission", säuselte er. Er hätte einen Ellenbogenstoß verdient, schoss es mir durch den Sinn. „Aber eins muss klar sein: Vertrauen! Ehrlichkeit! Sonst bin ich weg. Dann kannst du alleine schauen, wie du ohne deinen Profi-Manager klarkommst!" Er klang entschlossen. „Erst Mutter Erde und dann wird sich dein Referat von alleine ergeben, darüber habe ich wirklich intensiv nachgedacht. Ich denke, das Erscheinen von Mey war, warum und wieso auch immer, eine logische Folge auf der Suche nach Inhalten für deine Schularbeit. Warts ab! Morgen früh geht's los. Wir treffen uns um die gleiche Zeit am See. Ciao!"

Und er beendete das Gespräch, noch bevor ich etwas erwidern konnte.

Baum

Gordon war pünktlich, das musste man ihm lassen.
Er setzte sich rittlings zu mir auf den ausgetrockne-
ten, kahlen Baumstamm am See, um mir seine Pläne
zu erläutern. Obwohl sich meine schlechte Laune von
gestern wieder gebessert hatte, hätte sich Widerstand
in mir regen können. Aber er tat es in einer zwar ent-
schlossenen, aber doch so behutsamen Art und
Weise, dass ich so etwas wie Geborgenheit in seinen
Ideen fand. Ein eigenartiges Gefühl.

Viel später würde mir klar werden, dass Gordon
mir vom Himmel, Mey oder CEO oder wem auch immer geschickt worden sein mochte. Oma war ja sehr
lieb, aber sie war eben so viel älter und mehr für den
Aspekt „verständnisvolle Lebenserfahrung" zustän-
dig. Und Mey war außerirdisch. So tat es gut, dass
Gordon Vieles mit den Gleichen-Alters-Augen betrachten konnte.

„Also wie geht's los?", fragte ich ihn gespielt genervt, um ihn herauszufordern.

„Verrate ich dir nicht. Vertrauen, erinnerst du
dich?"

Ich sah ihn erstaunt an.

„Und was machen wir dann hier?"

„Ich kann mir das alles noch nicht so richtig vorstellen, mit dem SÖV und dem ‚Öffnen' der Seelen
von Lebewesen oder Elementen. Ich würde das gerne
mal miterleben, soweit das natürlich möglich ist.
Kannst du mich ein bisschen daran teilhaben lassen?"

„OK, dann los!", erwiderte ich nur kurz. „Was hättest du denn gerne? Heute vielleicht mal ein lebendes
Wesen? Weiß ja auch nicht, ob das überhaupt wieder
so funktioniert."

Er überlegte kurz und wippte auf dem Stamm hin

und her.

„Wie findet der Holzstamm das, dass Menschen ihn gefällt haben und wir nun auf ihm rumsitzen?“

Überrascht über diese komische Idee schaute ich ihn an.

„Was soll das denn?“, schnaubte ich empört. „Ein trockenes Stück Holz kann doch niemals mit mir reden, ist doch tot.“

„Och, Soe, gerade das macht es doch interessant. Ob das überhaupt geht? Wasser lebt in diesem Sinne ja auch nicht, oder? Hat es einen Herzschlag?“, fragte er rhetorisch.

„Nein hat es nicht. Aber vielleicht ein Herz im Sinn von Mitgefühl oder Barmherzigkeit“, murmelte ich. „Irgendwie anrührend finde ich es schon. Und ein Teil unserer Mutter Erde, die gefühlsmäßig in den Seilen hängt, so muss es doch auch etwas fühlen, oder?“

„Also versuch es doch wenigstens mal“, ließ Gordon nicht locker.

„Was soll mir denn so ein knorriges, ausgetrocknetes Ding erzählen?“

Ich klopfte genervt auf das trockene Holz, was einen hellen äußeren Klang sowie einen dumpfen inneren gleichzeitig erzeugte. Ich versuchte es nochmal.

„Hey, hast du die beiden verschiedenen Töne schon mal gehört, Gordon?“, fragte ich ihn verdutzt. „Ist mir noch nie aufgefallen!“

„Frag es doch mal danach, los mach schon Soe!“

Neugierig schloss ich kurz meine Augen und atmete tief ein.

„Naja vielleicht erinnert es sich wenigstens an sein Leben als Baum am Seeufer?“

Gordon nickte mir ungeduldig zu.

„Mach schon, los!“

„Ich probier‘s ja. Aber stör mich nicht!“, sagte ich, setzte mich in eine entspannte, aber gerade Position, während meine Hände sanft über das trockene Holz strichen und seine glatte Oberfläche erfühlten. Gordon, den See und die frische Morgenluft ließ ich in den Hintergrund rücken und konzentrierte mich nur noch auf den, der mich trug. Wie stabil und fest er mich hielt.

„Holz, hallo Holz", schickte ich meine Gedanken los. Nichts. Ich probierte es nochmal. „Hey, du knorriges, vertrocknetes Ding. Warum kommen zwei verschiedene Töne aus dir? Und wie findest du das, dass wir auf dir sitzen? Bitte rede mit mir! Hallo, Baaauuum", riefen ihm meine Gedanken ungeduldiger zu. Und tatsächlich, es wirkte.

„Du solltest nie zu einem lebendigen Baum Holz sagen oder mich noch einen Baum nennen", krächzte es meinem Gehirn zu. „Ich bin in den Zustand Holz übergegangen, in dem Moment, als mich deine Mitmenschen abgeschnitten haben von meinen Wurzeln, der physischen Vereinigung mit meinen Mitbäumen und so vieler anderer Lebewesen. Geistig werde ich ihnen immer verbunden bleiben, aber physisch liege ich jetzt hier rum, damit ihr euch draufsetzen könnt."

Es räusperte sich, kein Wunder, wie sein Material war auch die krächzende Stimme ausgetrocknet, dachte ich.

„Abgeschnitten, ja, damit ihr an diesem Grillplatz andere von uns verbrennen könnt, Sauerstoff verbraucht, um das Fleisch von Tieren zu grillen. Irgendwann wird meine Gestalt auch so enden."

Ganzschön krass, was ich da zur Antwort bekommen hatte und ich formulierte es in meinen Worten, damit Gordon uns folgen könnte.

„Ich hätte noch ewig meine Dienste hier am See für uns alle tun können", krächzte der Stamm weiter. „Wenn ihr Menschen mal ein bisschen nachdenken würdet darüber, dass wir für euch den Sauerstoff produzieren. Statt nur einen Platz für euer Vergnügen zu schaffen. Findest du es sinnvoll, dass man seine eigene Lebensgrundlage zerstört?", knurrte er weiter.

„Tut mir leid", murmelte ich.

„Ach, braucht dir nicht um mich leid zu tun, sondern um euch, beziehungsweise um uns alle und vor allem um Mutter Erde!", sagte er geheimnisvoll.

„Was weißt du von Mutter Erde?", fragte ich ihn überrascht.

„Nicht dein Ernst, Soe, dass du mich das fragst?", entrüstete er sich. Dann wurde seine Stimme sanfter und verträumter: „Wir Bäume und Büsche sind genau wie ihr ein Teil von ihr. Mit ihr und allem verbunden, was sie beseelt hat. Das weißt du nun aber doch, oder?"

„Ich versuche es herauszufinden. Das Wasser hat mir etwas darüber erzählt."

„Ja genau, das Wasser zum Beispiel. Wir Bäume helfen ihm bei seiner Verbreitung."

„Hä, wie denn das? Ihr steht doch nur an einem Ort fest. Wo bringt ihr das denn hin? Ihr könnt euch doch gar nicht aktiv bewegen!", deutete ich Zweifel an.

„Soe, du scheinst nur zu sehen, was du mit deinen Augen aufnimmst." Leise und getragen sprach er weiter zu meinen Gedanken. „Glaubst du, dass wir nur so hier herumstehen? Damit würden wir unserer Beseelerin aber wenig zurückgeben in ihr System. Dafür, dass sie uns eine so wunderschöne Natur geschenkt hat. Weißt du, wie das Wasser des Sees zu den Ameisenbabys gelangt? In den Haufen, da drüben im Wald?"

„Nein", erwiderten meine Gedanken. „Wie denn?"

„Unsere Wurzeln, die tief im Boden verankert sind, saugen das Wasser aus dem Grund auf und senden es durch unsere Stämme und die Zweige in unsere Blätter, die damit sehr saftig sind", erklärte er.

„Ok, das verstehe ich. Und dann?"

„...delektieren sich die Blattläuse an unseren

Blättern und dann…"

Meine Gedanken folgten seinen Ausführungen gespannt, was würde jetzt kommen?

„Unter den Zweigen sitzen die Ameisen und fangen das süße Pipi der Läuse auf und tragen das Zuckerwasser zu ihren Babys und ernähren diese."

„Waaaas, echt?", schoss es aus meinen Gedanken und ich erzählte es Gordon mit geschlossen Augen in hörbaren Worten.

„Das war nur ein Beispiel, Soe, damit du dir mal vorstellen kannst, dass Mutter Erde auch in uns lebt. Das ganze System. Damit auch du und alle Menschen", sprach er weise.

„Wie kann ich sie finden? Ich soll ihr doch helfen, weißt du was darüber?", fragte ich ihn, denn er schien schon ein bisschen Ahnung davon zu haben, was er mir hier so erzählte.

„Sie ist wir alle", sinnierte der Stamm. „Wenn du uns alle und unsere Verbundenheit in der Tiefe des Seins verstehen und fühlen lernst, dann wirst du Mutter Erde gedanklich erreichen können."

„Wie jetzt?", entwich es mir ungeduldig.

„Geduld, Soe. Du bist auf einem guten Weg. Sie hat uns allen ihre Liebe und Fürsorge übertragen, als sie uns beseelte. Dadurch sind wir eins."

„Hä? Wie, ‚eins'?"

„Es hatte alles gut funktioniert. Um genauer zu sein, wunderbar. Ein Paradies hat sie uns geschenkt. Alle füreinander."

„Versteh ich nicht ganz", entgegneten meine Gedanken.

„Hast du schon mal einen Baum seine eigenen Früchte essen sehen? Eine Blume duftet nicht für sich selbst. Der See trinkt nicht sein eigenes Wasser. Richtig? Wir Bäume atmen nicht unseren produzierten Sauerstoff. Und so gibt in unserem System jeder sein Bestes für die anderen Wesen und Elemente dieses wunderbaren Planeten. Damit er leben soll und nicht nur ein öder Stern ist, wie die anderen um uns herum. Verstehst du das jetzt?"

Ich nickte und wandelte meine Gedanken für Gordon in hörbare Worte um.

„So gab ursprünglich jeder Mutter Erdes Liebe und Fürsorge weiter. Bis irgendwann ihr Menschen, der Teufel oder wer auch immer weiß warum, zu denken begannt, ihr wärt was Besseres. Mehr für euch beansprucht, als euch zusteht. Mehr rauszieht, als ihr weitergebt, und damit alles aus der Balance gerät." Er stöhnte laut auf. „Für euern Grillplatz bekommen die Ameisenbabys jetzt weniger Nahrung."

Uff, ich fühlte mich gerade sehr unbehaglich dabei, zu der Spezies Mensch zu gehören. Das Wasser und jetzt auch der Baum hatten mir ganz schön die Leviten gelesen. Aber mir schwante, dass das Holz wohl Recht hatte mit dem, was es sagte.

„Bist du sauer auf uns, dass wir dich gefällt haben?", seufzte ich.

„Soe, darum geht es nicht. Ich bin und bleibe trotzdem ein Teil unseres Systems. Es geht mir gut damit, dass ich nun Insekten und Pilzen dienen kann, die in meinem Inneren Zuflucht finden, Nester bauen für ihre Nachkommen. Deshalb übrigens die verschiedenen Klänge, die du erzeugen kannst, wenn du auf mich klopfst. Ich bin weiter für unsere Natur nützlich. Und sie wird an meinen verbliebenen Wurzeln vielleicht neue Triebe sprießen lassen oder an meinem alten Standort wird ein junges Bäumchen Platz finden und emporwachsen. Meine Art wird weiterbestehen, solange sie die Chance dazu bekommt, mit unserem unerbittlichen Lebenswillen weiter zu existieren. Da kommt es nicht auf den Einzelnen an, der für die anderen Platz macht. Unser aller irdisches, körperliches Leben ist vergänglich. Aber wir leben weiter in den anderen. Unsere Seelen bleiben verbunden mit den anderen. Auch denen, deren irdische Existenz noch kommen wird oder denen, deren irdisches Dasein schon vergangen ist. Meine Flugsamen haben schon vor langer Zeit andernorts kleine Abkömmlinge von mir aussähen können. Der Wind hat sie fortgetragen. Die Wolken haben Regen geschickt. Und so lebe ich fort in den neuen Gewächsen. Nicht körperlich als genau die Buche, die ich einst war. Aber meine Seele lebt in verschiedenen Formen weiter", seufzte er. „Das ist der unendliche Kreislauf von Mutter Erde." Er stöhnte laut auf. "Solange sie in ihrer Liebe kraftvoll fortbesteht. Denn wenn sie diese Kraft nicht mehr beisteuern kann, dann geht für unser aller Fortbestehen das Licht aus. Dann werden wir wieder zu dem unbelebten Lehmklumpen im unendlichen Weltraum."

Ich folgte ihm gedanklich und vor meinen inneren Augen sah ich kleine Samen durch die Luft fliegen und sich auf dem Erdboden verwurzeln. Dachte daran, dass sie nicht sprießen würden, wenn Mutter Erde ihnen nicht ihre Energie sandte.

„Aber ist es nicht das Sonnenlicht, das die Pflänzchen hauptsächlich brauchen?", wandte ich nachdenklich ein.

„Schoon, aber Sonnenlicht ist leblose außerirdische Strahlung. Ohne die dämpfende Wirkung von Mutter Erdes Atmosphäre würde alles verbrennen und verstrahlt werden. So wie das mit fast allen außerirdischen Kräften ist. Sie würden unser Leben zerstören. Zum Beispiel extreme Hitze, Kälte, Energie. Mutter Erde legt ihren liebevollen Mantel um unseren Planeten und macht unser Leben möglich. Verstehst du?"

Ich hörte seinen fragenden Blick aus seinen Worten heraus.

„Soe, es geht darum, dass das System durch Ausbeutung und Gier so zu eurer Spezies Mensch verschoben wird, dass alles aus den Fugen gerät."

„Oh, mir ist das alles zu hoch, wie soll man das denn alles verstehen, Herr Baumstamm?", klopfte ich in meinen tief versunkenen Gedanken auf den

Stamm. „Wie kann ich sie mir denn vorstellen, du scheinst mir schon ganzschön viel Ahnung zu haben? Hast du sie schon mal gesehen? Alle erzählen mir nur von ihrer Seele. Aber kann ich sie mir als Person irgendwie vorstellen?"

„Nun, wenn du genügend Empathie für sie empfindest, erscheint sie dir vielleicht als Person deiner Art. Damit du am besten mit ihr Kontakt aufnehmen kannst."

Meine Stirn runzelte sich fragend über meinen verschlossenen Augen. Sicher würde mich Gordon sehr intensiv beobachten.

„Stell dir das vor wie bei Mey, sie ist nicht die Frau in dem Display deines Handys, sondern ihre Existenzform nimmt nur so den Kontakt zu dir auf, damit du sie verstehen kannst. Mir erscheint unsere Chefin als Baum, den meine Wurzeln fühlen konnten. Versuch es doch mal, du hast ja nun schon einiges erfahren", sprach er geheimnisvoll weiter.

Nervös rutschte ich auf ihm herum und gab seine Gedanken an Gordon weiter. Er sagte nichts, ich spürte seine Nähe nur an seinem angespannten Atmen.

„Ganz tief in deine Gedanken und Gefühle gehen, Soe, ganz fest an sie denken. Dein SÖV wird dir helfen."

Ich gab mir ganz viel Mühe. Dachte an sie, ihre unglückliche Lage, ihre Trauer über uns, wie wir sie durch unseren Egoismus beleidigten. Tief, ganz tief.

Und plötzlich merkte ich so etwas wie eine verschwommene Wolke in meinen Gedanken. Und sie wurde klarer und klarer und gab den Blick frei auf ein altes Frauchen, das zusammengekauert in ihrem Lehnstuhl saß. Grau, verhärmt, mit traurigem Blick schaute sie in meine Richtung. Ihren trockenen Mund halb offen, atmete sie schwer und rasselnd. Ihr einfaches Kleid hing in Fetzen an ihrem schmalen Körper. Die blanken Arme und Beine schienen

übersät mit Wunden, die notdürftig mit Lumpen
verbunden waren. Der hoffnungslose Ausdruck ihrer
Augen erschütterte mich. Sie wimmerte so herzzerrei-
ßend, dass ich erschrak. Und bevor ich etwas sagen
konnte, verschwamm die graue Wolke wieder und ich
kam wieder zurück an den See.

Boa, mein Körper, den ich nun wieder bewusst
wahrnahm, fühlte sich an, als ob ein massiver Strom
durch ihn geflossen wäre. Ich öffnete meine Augen
und als ich Gordon berichtete, was mein Geist gerade
gesehen hatte, riss auch er seine Augen weit auf.
Was war da gerade geschehen? Hatte ich tatsächlich
Mutter Erde gesehen? Dieses erbärmliche Wesen
sollte sie gewesen sein? Wir sahen uns erschrocken
an. Unendliche Traurigkeit und Mitgefühl durch-
strömte meinen Körper. Gordons verdrossene Miene
zeigte mir, dass es ihm wohl ähnlich erging.

Entsetzen

„Das war Mutter Erde, Gordon, das war sie! Das
kann nicht anders sein, als dass ich sie wirklich in
dieser Wolke gesehen habe", stammelte ich und
starrte tief in Gordons weit aufgerissene Augen.

„Ja", hauchte er fast stimmlos.

„Aber sie sah nicht aus wie unsere mächtige Erde,
beileibe nicht! Ein altes, verhärmtes, kraftloses Frauchen!" Ich schüttelte langsam und ungläubig meinen
Kopf. „Das kann doch nicht sein! Diese Wunden auf
ihrem Körper, dieser ungepflegte, gebrechliche

Ausdruck. Stünde die hier neben mir, ich würde den Krankenwagen rufen!"

Erschrocken hielt ich mir meine Hand vor den Mund.

„Geht es ihr wirklich sooo schlecht? Wenn es so ist, dann haben wir keine Zeit, Gordon!"

Hilfsbereitschaft übernahm langsam die Oberhand über mein Erschrecken. Ähnlich wie wenn man einen Verletzten findet und dann wie automatisch weiß, dass man handeln muss. Was wäre zu tun? Stabile Seitenlage, Beatmung, Pulsmessen, Wundkompressen. Das hatte unsere Klassenlehrerin mit uns im Erste-Hilfe-Kurs so intensiv geübt. Doch dann schlug ich mir gedanklich leicht auf die Wange. So ein Quatsch, das war doch hier gar nicht möglich!

„Einen Krankenwagen für Mutter Erde gibt es nicht...", murmelte auch Gordon verdrossen. Ihm ging es wohl gerade ähnlich wie mir.

„Intensivstation wäre angebracht, Gordon. Was fehlt ihr, was machen wir jetzt?", flehte ich ihn an. „Was sind diese Wunden, diese Atemnot, dieser ‚Nichts-Geht-Mehr-Blick'?"

Gordon überlegte.

„Ich glaube, Soe, das ist wirklich Ausdruck ihres Zustandes. Umweltverschmutzung und –zerstörung sind ihre Wunden. Ja genau – Atemnot, die klimafeindlichen Gase, würde passen: die Zerstörung der Atmosphäre. Haben wir doch ausführlich mit Frau Schnippelberger-Rothschild diskutiert und die Nachrichten sind doch voll damit."

„Der trockene Mund: Dürren. Die Tränen: Überschwemmungen", fügte ich nachdenklich hinzu. „Triefender Schweiß: die Erderwärmung. Es wird ihr bald den Kreislauf zusammenhauen! Gordon!" Ich schaute ihn hilflos an. „Hättest du gedacht, dass es wirklich schon so schlimm um sie steht? Diesen trostlosen Blick fand ich das Schlimmste! Sie ist doch unsere starke Chefin! So sah sie aber gar nicht aus! Akuter Notfall, Gordon!"

Er sah mich an.

„Lass uns mit Oma und Mey darüber sprechen, ich glaube, wir sollten sie einweihen und sie um Hilfe bitten, was meinst du?"

Ich nickte und schnell machten wir uns auf den Weg, um bei Oma vielleicht ein bisschen der Geborgenheit zurückzuholen, die uns gerade verloren schien.

Trost

Oma Gertrud hatte unseren verstörten Gesichtern wohl sofort angesehen, dass uns etwas tief erschüttert hatte. Sie brachte uns kühle Limonade und bestand darauf, dass wir uns setzten. Ich neben ihr auf ihrer Schaukel und Gordon auf ihren Meditationssessel neben dem beruhigenden Brunnen. Dann hörte sie sich in Ruhe unseren Bericht an.

„Ooommmaaaa!", flehte ich sie um ihre Meinung an. „Meinst du, unsere Erde wird bald aufhören zu existieren, wir alle mit ihr untergehen? Ich habe Angst, Oma!"

„Liebes", da war trotz dieser aufregenden Situation tatsächlich wieder ihr gütiges Lächeln. Wo nahm sie nur diese Ruhe und Gelassenheit immer wieder her? „Beruhige dich! Wenn du ihr helfen willst und kannst, dann nur, wenn du jetzt einen klaren Kopf bewahrst und dein Herz befragst. Ich glaube, nur so kannst du wirklich einen positiven Einfluss auf sie nehmen. Du kannst nicht einfach den verlorenen Regenwald wieder aufforsten und alles ist wieder gut." Sie nahm mich zärtlich in den Arm. Oh wie gut das gerade tat. Geborgenheit in Omas Arm, wo es mir gerade Mutter Erdes Boden unter den Füßen wegzuziehen schien.

Mal wieder im „passenden" Augenblick erschien Mama in der Terrassentür, chic in ihrem hellgrünen Kostüm wie immer.

„Ach da seid ihr ja alle! Na ihr besprecht wohl gerade dein Referat. Super, wünsch euch viel Erfolg, ciao", wedelte sie mit ihrer Handtasche und weg war sie. Wie immer.

Merkte sie eigentlich gar nichts? Selbst wenn sie tieferen Gesprächen aus dem Weg gehen wollte. Hier ging es um unser aller Zukunft und sie meinte, nur ihr Geschäft wäre wichtig? Wie verdreht war das alles? Mir fehlte ihre Hilfe, ihr Verständnis. Ich müsste das bald aus der Welt schaffen. Wenn ich hier heil rauskäme, würde ich sie mir vorknöpfen...naja, besser: mal mit ihr reden. Sie konnte sich doch nicht einfach so aus meinem Leben herausnehmen, nur um einem Trauergespräch aus dem Weg zu gehen.

Oma sah mich verständnisvoll an. Sie hatte meine Gedanken wohl gerade gelesen.

„Ja, Soe, das ist die nächste Baustelle in deinem Leben", seufzte sie. „Aber jetzt lass uns erst mal überlegen, was wir tun können. Ruf doch mal Mey an. Vielleicht kann sie uns eine Idee geben."

Ja, Mey, die hatte ich ganz vergessen.

„Hallo ihr alle, na das sieht nach einer wichtigen Versammlung aus, was gibt es?", lächelte sie uns freundlich an.

„Mey, ich glaube, ich habe Mutter Erde ganz kurz gesehen! In einem erbärmlichen Zustand." Und ich erzählte ihr mehr von ihrem jämmerlichen Anblick.

„Ja klar, Soe", antwortete mir Mey traurig ohne

Zögern. „Das war ein Anfang, ein erster Eindruck ihres Zustandes. Ich habe dir die Wahrheit gesagt, glaubst du mir nun?“

„Aber wie kann das sein, dass ich sie als Frauengestalt gesehen habe?“, fragte ich weiter.

„Soe, das ist so, wie der Baumstamm dir auch schon erklärt hat. Sie erscheint dir in Menschengestalt. Ihr könntet ja schlecht mit einem Kontinent reden oder so. Genauso wie ich auch, das ist ja nicht meine richtige Existenzform. Noch hast du ihr Vertrauen nicht wiedergewinnen können, deshalb ist sie schnell wieder verschwunden. Du hast ja gesehen, in welchen Zustand ihr sie versetzt habt! Grausam oder?“

Schweigen und Nachdenken erfüllten Omas sommerliche Terrasse.

Bis es plötzlich aus mir herausbrach: „Aber Mey, was soll ich denn tun? Du hast gesagt, ich solle sie retten. Ich kann doch nicht die Dürren, die Umweltzerstörung und -verschmutzung, ihre ganzen Wunden heilen. Wie soll ich das machen?“

Hilflos blickte ich abwechselnd zu Mey und Oma. Das war eindeutig zu viel, nicht zu schaffen. Ich war ein kleines Schulmädchen, hatten das alle vergessen?

„Soe, das wirst du sicher nicht können, das große Ganze zu verändern. Aber ich bin sicher, du wirst einen Weg finden, auf deine ureigene, besondere Art. Ich kann dir da kein fertiges Rezept liefern. Du erinnerst dich? Ich bin außerirdisch. Wie du ihr helfen kannst, ist irdisch. Ich weiß nur, welch ein besonderes Paradies ihr mit eurem blauen Planeten geschenkt bekommen habt. Wenn du wüsstest, welch ein Juwel das ist. Wenn du vom Weltall aus daneben die anderen, noch unbewohnten Sterne sehen könntest. Kämpft um eure kranke Erde! Ihr habt kein anderes Zuhause. Daran musst du immer denken, Soe. Du schaffst das, du bist stark und du hast SÖV.“

Und mit einem aufmunternden Lächeln verschwand sie vom Display.

Am liebsten wäre ich davongelaufen. Du schaffst das, Soe, du schaffst das! Ja wie denn nur? Tränen stiegen mir in die Augen. Gordon kam zu mir herüber und legte den Arm beruhigend um mich.

„Soe, du wirst nicht einfach mit dem Finger schnipsen und alles ist wieder gut. Dazu hängt Mutter Erde zu sehr in den Seilen", sagte Oma schließlich. „Mey hat doch anfangs immer vom Burnout gesprochen, der ihr hauptsächlich zu schaffen macht. Nicht von ihren äußeren Wunden. Wenn ich mich so an deinen Papa erinnere, dann weiß ich, dass das Seelische den ganzen Körper dermaßen herunterziehen kann, dass dann auch körperliche Gebrechen sich verschlimmern. Psychosomatisch nennt man das wohl. Wenn es der Seele schlecht geht, dann geht es auch dem Körper schlecht. So war es bei ihm. Seine Depression hat auch körperliche Leiden aufbrechen lassen. Und so könnte es auch bei ihr sein."

„Aber die körperlichen Leiden sind doch da, Klimakrise, Regenwald und so weiter", sprach Gordon nun wieder mit. „Das ist einfach Fakt."

„Ja, aber wisst ihr, ich denke die Psyche spielt trotzdem keine unbedeutende Nebenrolle. Das hat Mey ja auch gesagt. Mutter Erde leidet sicher auch in dieser Hinsicht. Klar ist sie verletzt, körperlich. Aber ein psychisch gesunder Körper kann viel mehr ertragen, viel mehr heilen, als ein mental kranker. So ist das zumindest bei den Menschen. Ein stabiler Geist kann enorme Kräfte der Selbstheilung aufbringen. Oder sich mit schwierigen Situationen arrangieren lernen."

Liebevoll sah sie uns an.

„Der Marienkäfer, den ich vorhin aus dem Brunnen gerettet habe. Erst hat er um sein Leben gestrampelt und dann wurde er fast starr. Er hatte aufgegeben. War verzweifelt. Aber du hättest ihn sehen müssen,

als ich ihm meinen Zeigefinger als Hilfe ins Wasser
streckte, er den Hoffnungsschimmer sah: mit welcher
Kraft er plötzlich auf meine Hand krabbelte, mit großer Anstrengung sich aufpumpte und schließlich
glücklich wegflog. Alleine die Hoffnung hat ihm unendliche Kraft geschenkt", seufzte sie. „Könnte es bei
Mutter Erde nicht auch sein, dass sie einfach wieder
Hoffnung, einen Zeigefinger, braucht?"

Oma, ich fragte mich erneut, wo sie nur diese Ruhe
und Gelassenheit hernahm? Es ging hier doch nicht
um irgendwas! Es ging um unsere Erde, um unsere
Lebensgrundlage, um unser aller Leben. Um unser
Paradies, wie Mey es nannte. Ums Ganze! Und Oma
sinnierte über Psyche und Marienkäfer!

Ich schaute Gordon an, in ihm arbeitete es.
Schließlich kam dann ein ganz kleines zustimmendes
Nicken von ihm. Und ein bisschen Zuversicht, die allmählich auch auf mich abzufärben schien. Vielleicht
war ja noch nicht alles verloren?

Konfrontation

Bimm, Bimm: ein Foto aus Mallorca! Angelina mit ihrem sonnengebräunten Andy und drei anderen sie anhimmelnden Jungs am Strand, auffordernd einen Plastikbecher in der einen Hand, in der anderen eine Schampus Flasche.

„Prost, liebe Soe, hoffe es geht dir auch so gut wie uns", der Untertitel.

„Na dann Prost", murmelte ich ärgerlich und stand auf, um mir in der Küche auch etwas Kaltes zu trinken zu holen, denn Angelinas Sektparty ließ auch mich in der abendlichen Sommerhitze Durst verspüren. Auch wenn ich sonst gerade nicht die geringste Lust verspürte, bei dieser Party mitzumachen.

Und so holte ich mir eine kalte Limonade aus dem Kühlschrank. Beim Eingießen aus der Plastikflasche hielt ich inne: gesüßtes Wasser, aus irgendeiner fernen Quelle abgezapft, hierhergefahren, leergetrunken. Die Flasche würde bestenfalls wiederaufbereitet oder verbrannt. Kohlendioxid. Mutter Eeeerrrddeee! Und das für die paar Schlucke kühles Getränk? Wieder ein paar Wunden mehr für sie? Igitt. Ich stellte die Flasche weg und holte mir Wasser aus dem Wasserhahn. Hmmm, ich ließ das kühle Nass genüsslich meinen Rachen runterrinnen und dachte an mein Gespräch mit dem Element Wasser am See. Danke liebes Wasser, dass du mir gerade so guttust, danke Mutter Erde!

Leise Stimmen drangen aus dem Wohnzimmer und so spitzelte ich neugierig hinein. Mama und Oma kauerten gemütlich in ihren Hausanzügen auf dem Sofa und flüsterten angeregt sich mit einem Glas Rotwein zuprostend.

„Wasser täte es auch!", sagte ich laut und ließ mich auf einem Stuhl in ihrer Nähe nieder. „Was macht ihr zu so später Stunde noch hier?"

„Hast du was gegen Alkohol, Soe?", fragte Mama verblüfft.

„Nein, aber Wasser aus dem Hahn setzt ihr weniger zu", murmelte ich.

„Wem ,ihr'?", fragte Mama stutzig.

„Na unserer Erde! Wie viele Giftstoffe haben die Weinreben dafür geschluckt und woher wurden die Flaschen hergefahren? Naja immerhin nicht in Plastikflaschen. Wasser gibt es hier. Also trinkt doch lieber Wasser."

„Sag mal, wie bist du denn drauf, Soe? Machst einen Aufstand wegen eines Gläschen Weins. Solltest dich vielleicht mal um wichtigere Dinge kümmern, oder? Was macht eigentlich dein Referat, hast du es bald fertig?"

Besorgten Blickes verfolgte Oma unser Gespräch, sagte aber nichts. Sie wollte sich in den Mutter-Tochter-Konflikt wohl lieber nicht einmischen. Aber man konnte ihr ansehen, dass sie nicht sehr glücklich war, welchen Verlauf unsere Diskussion zu nehmen schien.

„Nein, habe ich nicht. Um ehrlich zu sein, habe ich überhaupt noch nicht damit angefangen. Seit wann interessierst du dich dafür? Ist dir doch sonst auch egal, was ich den ganzen Tag mache!"

„Soe, nicht in dem Ton, bitte!"

Mamas Stimme wurde laut und ärgerlich.

Aber stimmte doch, was ich sagte. Nichts wusste sie von meinen Problemen! Nichts interessierte sie! Immer nur ihre Arbeit. Von meinen derzeitigen Sorgen und Herausforderungen bekam sie rein gar nichts mit. War ihr doch schnurzpiepegal!

„Dann gebe ich am besten gar keine Töne mehr von mir! Dann trink doch deinen Wein, wenn du das mit deinem Gewissen vereinbaren kannst! Mach sie weiter kaputt! Wirst schon sehen, was du davon hast! Bald ist sowieso alles egal!"

„Ich glaube, meine Tochter, der Umgang mit diesem Gordon bekommt dir nicht. Hängst nur noch mit dem herum und der bringt dich auf solche komischen Gedanken. Ist das ein „Grüner"? Kein Wunder, dass es mit deinem Referat nicht voran geht. Ich möchte ihn solange nicht mehr hier sehen, bis deine Arbeit fertig ist, klar?"

„Waaas?" Ich traute meinen Ohren nicht. „Du hast doch absolut keine Ahnung, Mama! Einfach gar keine, sage ich dir! Um was es überhaupt geht! Aber dazu müsstest du ja mal an was anderes denken als deine Arbeit oder alleine deine Trauer in dich hineinzufressen. Papa wäre schockiert darüber, wie gleichgültig ich dir geworden bin. Aber gut, wenn du mich nicht mehr verstehen willst, dann lass es sein. Gordon wird nicht mehr herkommen. Aber es könnte sein, dass ich dann auch nicht mehr hier bin!", schrie ich wütend.

Oma seufzte erschrocken und stand kopfschüttelnd auf. Es fiel ihr sichtlich schwer, sich nicht einzumischen. Sie stellte ihr Glas auf den Tisch und schritt langsam Richtung Tür. „Gute Nacht", murmelte sie noch leise im Gehen.

„Untersteh dich abzuhauen, Soe, solange dein Referat nicht fertig ist. Dann kannst du deine Ferien verbringen wie du willst. Aber erst dann!"

„Du kapierst einfach Null!"

So viel Ignoranz hatte ich Mama nicht zugetraut. Sie versuchte es erst gar nicht, den Hintergründen auf die Spur zu kommen. Sie sah nur oberflächliche Fakten, die sie noch dazu total missdeutete. Um mir dann noch Befehle zu erteilen! Das ging wirklich zu weit! Ich rannte aus dem Zimmer und schlug die Tür kräftig hinter mir zu. Nur weg hier!

Leider schien Eidechslein schon zu schlafen. In dieser Nacht hätte ich ihren tröstenden Blick brauchen können. Für mich war an Schlaf nicht zu denken. Ich wälzte mich in meinem Bett hin und her und ganz sicher war es nicht die heiße Sommernacht, die mich wachhielt.

Wie kam Mama dazu, Gordon die Schuld daran zu geben, dass ihr Töchterchen ihre Strafarbeit nicht zu erledigen schien? Sie fragte doch nicht mal nach, warum? Unterstellte mir einfach, dass ich zu faul sei und nur mit Gordon herumhinge. Frechheit! So eine Unverschämtheit, dass sie ihm auch noch ein Hausverbot erteilte! Pff!

Ich dachte an Oma. Es tat mir irgendwie leid, dass sie sich vorhin so zurücknehmen musste. Sie hätte Mama die Meinung sagen können. Ihr meine wirklichen Beweggründe erörtern, Mutter Erde und so. Aber sie hatte einfach nichts gesagt. Was für eine Disziplin, denn es hatte ihr sichtlich in der Seele weh getan, mich nicht in Schutz nehmen zu können. Sich nicht einzumischen. Denn damit hätte sie mein anvertrautes Geheimnis preisgegeben. Sie war ganz sicher der Meinung, dass ich das selbst tun müsse. Arme Oma! Ich seufzte, denn ich hatte Oma sicher enttäuscht mit meiner zornigen Reaktion. Aber Mama hatte mich auch unberechtigt provoziert. Mich wie ein Kleinkind hingestellt, dass man bestrafen müsste. Bei allem Verständnis, dass sie selbst sehr belastet war, aber das ging wirklich zu weit! Ich hatte doch schließlich meine wichtigen Gründe. Ich faulenzte doch nicht einfach nur so herum. Ich hatte ja nun neuerdings noch eine Mutter: „Mutter Erde", die mich gerade noch viel dringender bräuchte und der ich sozusagen Priorität im Gehorsam schuldig war, oder nicht? Was hätte Mama davon, wenn ich mich nicht um unsere große Chefin kümmern würde und stattdessen brav mein Referat schriebe? Der große Burnout könnte eintreten, Gott bewahre! Wen interessierte dann noch ein Referat? Ich schlug mit der Hand mehrmals wütend an meine Wand. Entschuldige Papa, aber ich muss mich entscheiden. Sorry.

In meinem Kopf überschlugen sich weiter die

aufwühlenden Gedanken. Ich schaffte es einfach nicht, Ordnung hereinzubringen. Referat für Mama, mit Mutter Erde Kontakt aufnehmen, um sie zu retten, Gordon nicht mehr sehen. Verdammt noch mal. So ginge das nicht!

Weg, ich musste weg! Ich musste zur Ruhe kommen. Ich war zu wütend auf Mama. Ich könnte nicht hier im Haus sitzen, während unsere Welt unterzugehen drohte. Fort! Aber wohin? Egal. Es war Sommer und warm und irgendwo würde ich schon hinkönnen. Mutter Erde wäre schließlich überall bei mir. Da musste meine unbelehrbare Leibes-Mutter eben mal auf mich verzichten.

Ich war fest entschlossen und holte leise meinen Rucksack aus der Ecke, leerte die Schulsachen auf den Boden und steckte Pandy noch mal an die Ladestation. Hoffentlich würde es nicht schlapp machen. Ich würde es für Mey und als Navi brauchen, wenn ich in Richtung großes Waldgebiet jenseits des Sees fahren wollte. Dort war es sehr unübersichtlich und man konnte sich mit dem Fahrrad leicht verfahren. Aber dort würden mich alle in Ruhe lassen müssen, ganz einfach aus dem praktischen Grund, dass mich dort im dichten Wald niemand finden würde.

Schnell packte ich Ersatzkleidung und eine warme Jacke in den Rucksack und schlich mich in die Küche, von wo ich mir Essen und Trinken für einige Tage holte. Einen Augenblick setzte ich mich danach mit dem Gepäck auf dem Schoß noch einmal auf mein Bett und schloss die Augen, um tief Luft zu holen. Papa, hoffentlich schaffe ich das alles. Du findest es doch auch gut, dass ich das jetzt alleine durchziehen möchte? Man darf sich nicht von Zielen, von denen man überzeugt ist, abhalten lassen. Das hast du mir beigebracht. Das mache ich jetzt so, Paps, ok?

Plötzlich schoss es mir wie ein Blitz durch den Kopf: Oma, Mama und Gordon, sie würden sich Sorgen machen! Mama würde es recht geschehen. Ganz ehrlich, nach diesem Auftritt. Sich als autoritäre Mutter aufzuspielen. Und dabei gar nicht mal zu versuchen, sich in ihr Kind rein zu fühlen, was eigentlich der Rolle einer Mutter gerecht würde. Genau dieses Fühlen, mit dem ich mich Mutter Erde zu nähern vorhätte. Stattdessen zu meinen, Bevormundung sei die beste Erziehungsmethode. Für diese zur Show getragene Oberflächlichkeit sollte sie ruhig mal büßen. Kind lässt sich nicht mehr von oben herab abspeisen! Nein!

Die beiden anderen musste ich informieren. Mey nicht, die hätte ich ja bei mir.

Und so riss ich zwei Zettel aus meinem Notizblock: „Liebe Oma, ich muss fort, mach dir keine Sorgen. Du weißt, was meine Aufgabe ist und die kann ich hier nicht von Mama ungestört erfüllen. Drück mir die Daumen, dass ich es schaffe. Ich habe dich lieb. Soe." Hoffentlich konnte sie das Gekrakel lesen, wenn sie es morgen früh vor ihrer Zimmertür finden würde.

„Hi Gordon, meine Mutter spinnt total. Ich darf dich nicht mehr sehen. Ich muss fort, um das zu versuchen, was jetzt wichtiger ist. Soe."

Es dämmerte schon ganz leicht. Auf Zehenspitzen schlich ich mich aus dem Haus, holte mein Fahrrad aus dem Schuppen und fuhr im Mondlicht vorsichtig und möglichst lautlos über die unbelebte Straße zu Gordons Haus. Sicher würde er den Zettel erst morgen Mittag in dem Briefkasten finden. So hatte ich genügend Vorsprung. Sonst würde er bestimmt versuchen, mich an meinem Alleingang zu hindern.

Ich drückte Pandy, um mich zu vergewissern, dass es fest in meiner Hosentasche steckte. Mey war somit bei mir. Das beruhigte mich etwas. Und so radelte ich langsam weiter über den holprigen Feldweg Richtung See. Trotz des vertrauten, frühmorgendlichen Vogelgezwitschers, das ich sonst aus meinem Halbschlaf kannte, empfand ich das gelegentliche

Rascheln in den dunklen Feldern als unheimlich. Der majestätische Vollmond war mein einziger sichtbarer Begleiter und strahlte unendliche Ruhe aus. Ich nickte ihm dankbar zu. Du bist ein Lieber, danke, dass du bei mir bist! Du bist ja aber auch ein Außerirdischer. Schade, dass du mir da bei meinem Vorhaben auch nicht weiterhelfen kannst. Trotzdem bist du ein Guter! Hilfst mir mit deinem Licht weiter, auf dem Weg Mutter Erde zu retten. Vielleicht ist sie ja eine Verwandte von dir? Eine Cousine dritten Grades oder so was? Ach Soe, du bist albern, schüttelte ich nun meinen Kopf über mich selbst. Und so radelte ich, getrieben von der Wichtigkeit meiner geheimen Mission, tapfer weiter durch die Dämmerung.

Alleingang

Zack, Bumm, autsch! Ein kräftiger Stoß von der Seite ließ mich plötzlich zusammen mit meinem Fahrrad auf dem steinigen Weg landen. Ich fühlte noch etwas Weiches, Warmes, das schrill aufschrie und sich langsam humpelnd von mir entfernte. Indes begann mein Knie zu pochen. Erschrocken klammerte ich mich an meinen Fahrradlenker. Warum eigentlich, wir lagen doch beide auf dem Boden? Sein Beistand schien mir irgendwie gut zu tun, bis ich die Situation langsam verstand. Ein Reh mit seinem Kitz war mir wohl aus Versehen in die Seite gesprungen und lief nun sichtlich geschockt vor mir weg.

„Och ihr beiden Süßen, habt ihr euch verletzt?"

Das Kleine fiepte leise und schaute kurz zu mir zurück. Dann aber bemühte es sich eilig darum, mit seiner Mutter Schritt zu halten, um im hohen Feldbewuchs Schutz zu suchen. Langsam stand ich auf und klopfte mir den Staub ab. Ich schob mein Rad an und merkte beim Laufen, dass mir mein Knie ordentlich wehtat. Zu bluten schien es Gott-sei-Dank nicht, denn meine Hose war trocken an dieser Stelle. Was tun?

Das Seeufer war nicht mehr weit von hier und so entschloss ich mich, dort hin zu schieben und mich auf unserem Baumstamm von dem Schrecken zu erholen.

Dort lief ich zunächst kurz ans Ufer und schöpfte mit den Händen kühles Wasser.

„Hi, hmm tust du mir gerade gut." Ich kühlte mir erst den Kopf und mein schmerzendes Knie und dann genoss ich jeden Schluck des wohlschmeckenden Wassers. Tausendmal besser als Mamas Wein, pff! Mama! Wegen dir musste ich mutterseelenallein durchs Dunkle flüchten. Ohne meine Mutterseele, tja, wenn die aber auch so blöde Ideen hatte. Mutterseele. Die Mutter-Erde-Seele fühlte sich aus anderen Gründen alleine gelassen. Und ich als kleines Erdenkind bin auf der Suche nach dir, meine Gute! Ich seufzte.

„Hey, alter Freund Baumstamm, schön, dich zu sehen." Komisch, aber das vertraute Stück Holz beruhigte mich wirklich ein wenig. „Darf ich?", fragte ich und setzte mich vorsichtig. Warum antwortete er nicht? Ob es sowas wie Schlaf für ihn gab? Naja, lag wohl eher daran, dass ich mein SÖV nicht genug anstrengte.

Inzwischen hatte ich schon erstaunlich viel Vertrauen entwickelt in dieses Vermögen zur Kontaktaufnahme, von dem ich noch vor wenigen Tagen keine Ahnung hatte.

Der Mond stand immer noch in mächtigem Gelb-

orange über mir und ich konnte mir die Frage nicht
verkneifen: „Bist du nun ein Großcousin von ihr oder
nicht? Du hast ganzschön die Ruhe weg und gibst sie
gleichzeitig weiter, finde ich. Aber du hast ja auch
keine Menschen auf dir, die dich rücksichtslos ausbeuten. Die hast du damals schnell wieder wegge-
schickt, als sie dich mal besucht haben, gell? Eingeladen hattest du sie wahrscheinlich auch nicht
wirklich gehabt, oder?“, lachte ich. Als unfreundli-
cher Gastgeber hatte er ihnen einfach keinen Sauerstoff und Wasser angeboten und so wurde er sie
schnell wieder los. Clever!

„Aber wem gibst du deine Liebe dann weiter?“,
fragte ich meine große nächtliche Laterne am Himmel
weiter.

Ich konnte mir nicht vorstellen, dass der Mond einfach ein brach liegender Planet sein sollte. Wie all die
unbewohnten Sterne. Irgendwie war er für mich
schon eine eigene Persönlichkeit. Aber wahrscheinlich kannte er sowas wie Liebe nicht, denn beseelt
war er ja wohl nicht. Damit war ihm viel Ärger er-
spart. Und er würde vielleicht länger durchhalten als
unsere Mutter Erde, wenn es mit ihr so weiter ginge.
Aber wenn er wüsste, wie viele Menschen doch sehn-
süchtig zu ihm hinschauten, wie er so souverän da
über uns stand, würde er eitel, ganz sicher. Hoffentlich kam er dann nicht auf den Gedanken, mit anderen Planeten konkurrieren zu wollen. Und wer wäre
der Schönste? Gegen die attraktive Mey hätte er natürlich keine Chance, in dem Moment, wenn sie ihren Stern bekäme. Auf sich selbst brauchte er durch
die Nichtbeseelung andererseits keine Machtkämpfe
zu ertragen, wie wir hier auf der Erde. Er konnte in
Frieden seine Mächtigkeit beweisen, wenn er ohne etwas zu tun, in wenigen Stunden unsere ganzen Welt-
meere hin und her bewegte. Möglich wäre natürlich
auch, dass er lunare Lebewesen vor vielen, vielen
Jahren ja mal gehabt hatte? Und sich schließlich der

Störenfriede entledigt hatte, um lieber Ruhe zu haben? Oder er beobachtete Mutter Erde von Ferne erst mal, um seine Lehren zu ziehen und es einst besser zu machen?

Am wahrscheinlichsten schien es mir aber letztlich, dass er vom obersten Chef die Beseelungs-Skills noch nicht erhalten hatte.

„Schade, dass du ein Außerirdischer bist, alter Herr da oben. Mein SÖV kann dich da genauso wenig erreichen wie du wahrscheinlich deiner Großcousine aus der Patsche helfen kannst. Höchstens so viel, dass du weiter die Meere bewegst, damit wir mit deiner Energie unsere Umwelt weniger belasten mögen. Aber ich werde bei Gelegenheit vielleicht mal Mey fragen, ob sie mir mehr von dir erzählen kann. Auf jeden Fall hast du mir heute Nacht viel Mut gemacht, danke dir dafür!“

Meine Augen ruhten sich noch ein paar Minuten dankbar auf ihm aus, dann folgten sie neugierig dem leisen Rascheln in der Nähe des Ufers. Die beiden vorsichtigen Schatten kannte ich doch! Rehlein mit Kitz schritten ganz vorsichtig zum Wasser und tranken einige Schlucke. Auch sie hatten augenscheinlich Durst von der Aufregung vorhin. Wie süß sie waren. Ich brauchte SÖV, denn ich wollte nicht, dass sie gleich wieder aus Angst wegliefen, wenn sie mich erspähten. Und so holte ich tief Luft, schloss meine Augen und konzentrierte mich ganz fest auf sie.

„Tut mir leid ihr beiden, hoffe ich habe euch nicht verletzt vorhin“, sprach ich in meinen Gedanken. „Ich heiße Soe, könnt ihr mich verstehen?“

„Was bist du denn für ein Tier?“, fiepte das Kleine zart.

„Das ist ein Mensch, Kitzi, vor denen musst du dich in Acht nehmen. Hast du ja vorhin selbst erlebt. Wir haben noch mal Glück gehabt. Nun trink, Kleines, wir sollten besser abhauen.“

„Ich tue euch nichts und mein Fahrrad steht jetzt

still. Ich brauche eure Hilfe! Habt ihr schon mal Mutter Erde gesehen oder gefühlt?", fragten meine Gedanken vorsichtig weiter.

„Menschen tun uns immer was, Kitzi. Vor denen musst du weglaufen! Entweder töten sie uns mit lauten Knallen oder so großen Dingern, die über uns drüberfahren. Sogar auf den Feldern, wo wir sonst immer Schutz finden konnten. Möchte wissen warum, wir haben ihnen noch nie was getan. Aber so sind die. Trau ihnen nicht."

„Tut mir leid, ihr Süßen. Nicht alle Menschen sind so blöd, aber ja, seid vorsichtig. Kennt ihr nun Mutter Erde?", fragte ich erneut.

Die Rehmutter schien zu überlegen, ob ich ihr vielleicht gerade eine Falle stellte und sie nicht doch besser schnell weglaufen sollten. Dann aber antwortete sie sehr zärtlich: "Natürlich. Wir sind eins ihrer liebsten Geschöpfe. Obwohl sie natürlich alle liebt. Aber wir verkörpern für sie Zartheit, Rücksicht und Zurückhaltung. Wir töten niemanden und fressen nur so viele Pflanzen, wie wir zum Überleben brauchen. Deshalb erscheint sie uns oft persönlich und streichelt uns liebevoll." Ich konzentrierte mich noch tiefer auf die beiden und plötzlich sah ich in meinen Gedanken, wie...

Ich erschrak: ein altes, gebeugtes Mütterchen erschien hinter den beiden Rehen und nahm vorsichtig das Kleine in den Arm und wiegte es liebevoll. Dann streichelte die faltige Hand der Rehmutter zärtlich über den Kopf. Mutter Erde! Ihre trostlosen Augen füllten sich plötzlich mit einem hellen Glanz und ein leichtes Lächeln erschien auf ihren Lippen.

„Ihr seid so liebevoll und zart, respektvoll zu mir und den anderen und macht mir viel Freude", seufzte sie und verschwand so plötzlich in der imaginären Nebelwolke wie sie gekommen war.

Ich öffnete meine Augen und sah die Rehe noch wie vorhin am Ufer stehen, als wäre nichts gewesen. Sie tranken und schauten vorsichtig zu mir herüber. Ich schloss nochmal konzentriert meine Augen.

„Ihr bringt sie zum Lächeln, ihr seid wunderbar", murmelten meine Gedanken ihnen zu. „Könnt ihr mir bitte helfen? Ich möchte Mutter Erde näherkommen, um sie wieder mit den Menschen zu versöhnen. Sofern das möglich ist. Dafür brauche ich einen ruhigen, einsamen Platz in dem großen Wald. Ich kenne mich dort aber nicht aus, ihr aber bestimmt, oder? Gibt es dort einen geeigneten Ort?"

„Einem Menschen vertrauen? Unseren Wald verraten?", entrüstete sich das Mutterreh.

„Ihr verratet euern geliebten Wald und seine Tiere nicht. Tut es für sie. Ihr liebt sie doch auch und habt gesehen, wie schlecht es ihr geht. Ich muss mit ihr reden. Biiiiittte", flehte ich die beiden an.

Das Reh überlegte lange. Dann antwortete es entschlossen: „Ich tue es für sie. Aber wehe, wenn du die Situation missbrauchst. Folge uns, wir bringen dich an einen schönen Ort tief in dem Wald. Aber pass auf, dass du nicht wieder gegen uns fährst. Wir müssen uns beeilen, es wird langsam hell!"

Ich konnte nichts mehr erwidern und öffnete schnell meine Augen, denn ich hörte, wie sich die Tiere schon in Bewegung setzten. Ich sprang auf, schnappte schnell mein Fahrrad und versuchte ihnen zu folgen. Mann, waren die schnell! Und so musste ich kräftig in die Pedale treten. Mutter-Reh spitzelte nur ab und zu mal zurück, wohl um zu sehen, ob ich noch folgte.

Und so hatten wir bald den Waldrand erreicht. Unter den Bäumen wurde es dunkler und ich musste absteigen, um nicht über Wurzeln und Zweige zu stürzen. Wir waren abseits jeglicher Wege und manchmal folgte ich nur noch dem Rascheln, weil ich fast nichts sehen konnte. Hin und her, ständige Richtungswechsel, aber meine Leittiere schienen doch darauf zu achten, dass ich ihnen folgen konnte.

Wie lange wir so unterwegs waren, konnte ich nicht sicher sagen, denn ich musste mich so darauf konzentrieren, sie nicht zu verlieren. Ich schwitzte, kam außer Atem. Uff, auf was hatte ich mich da eingelassen? Aber ich konnte und wollte jetzt nicht alleine zurück, hätte viel zu viel Angst gehabt, mich zu verlaufen. Vielleicht noch angriffslustigen Wildtieren dabei begegnen? Die Rehe hatten ja ihren schützenden Instinkt und führten mich sicher durch den dunklen Wald.

Als sie plötzlich stehen blieben, hatte ich keinerlei örtliche Orientierung mehr. Ich hörte ein Plätschern und der Untergrund fühlte sich jetzt weich an, im Gegensatz zu dem wurzligen unter dem vorher durchquerten Gehölz. Die Rehe wandten sich zu mir und schauten mich kurz an, als wollten sie sich verabschieden. Dann sprangen sie so schnell weg, dass ich ihnen nicht mehr folgen konnte. Offensichtlich war ich da angekommen, wohin sie mich hatten führen wollen.

Ich hatte, wie gesagt, keine Ahnung, wo genau in dem großen Waldstück ich jetzt war. Naja, ich konnte ja auf mein Navi schauen und griff in meine Hosentasche. Pandy? Ich checkte auch die andere. Nichts! Pandy? Wo war mein Handy? Nochmal, alles abklopfen, nichts! Hatte ich es vorhin vielleicht in meinen Rucksack gesteckt? Beim erfolglosen Durchsuchen ergriff mich langsam Panik. Nichts! Es war weg. Weg! Mey! Ich könnte sie nicht mehr erreichen! Weg! Das letzte Geschenk von Papa! Und ich war ganz alleine, wer wusste wo? Wie sollte ich hier wieder herausfinden? Mist! Tränen stiegen mir in die Augen.

Alleine

Immerhin wurde es nun langsam hell. Mein lieber Mond versank im angrenzenden Gebüsch und machte allmählich der Sonne Platz, deren erste Strahlen ich in den Baumwipfeln erahnen konnte. Ich sah mich aufmerksam um.

Ein kleiner, grüner Teich lag vor mir. Gespeist von einem sanften Wasserfall, der von einem grasbewachsenen Hügel zartplätschernd herunterfloss. Das rinnende Wasser erinnerte mich ein bisschen an Omas Brunnen, das stehende war von vielem grünen Moos und kleeartigen Pflanzen umrandet. Ich stand auf einem sandigen Zugang zum Wasser, der fast wie ein kleiner Strand auf mich wirkte.

Tausende ungeordnete Gedanken durchschwirrten meinen Kopf. Jetzt hatte ich sogar einen Strand für mich alleine, viel schöner als der von Angelina und ihren Schönlingen auf Mallorca. Und mein Freund, das Wasser war auch hier. Ich war also gar nicht alleine. Sogar Papa im Himmel war bei mir. Vielleicht sendete er mir gerade die Morgenröte, die in meine kleine Lichtung spitzelte?

„Du bist nicht allein, Soe", sagte ich nochmals zu mir selbst. „Also reg dich doch mal ab und beruhige dein Wirrwarr im Kopf."

So schöpfte ich mir eine Hand voll Wasser und setzte ich mich auf einen ufernahen großen Felsbrocken. Hmm, Wasser, du schmeckst ja noch viel zarter als das aus dem großen See.

Ich dachte weiter nach über meine Situation. Auch mein SÖV war schließlich bei mir. Und ich war hierhergekommen, gerade weil ich doch irgendwie alleine sein wollte. Nur weil ich nun den Heimweg nicht mehr kannte, bräuchte ich doch keine Panik zu schieben. Hätte hier doch ganz viele Naturgeschöpfe zum Reden und... Mutter Erde. Naja, eigentlich waren diese Geschöpfe ja Mutter Erde.

Du lieber Planet, wie schön warst du genau hier an diesem Ort. Noch so ursprünglich wie vielleicht damals, nachdem du dich ursprünglich beseelt hattest? Noch nicht von Menschenhand verdreckt oder zerstört. Zumindest bemerkte ich das hier nicht. Ich sah, roch und fühlte nur die unberührte Schönheit in diesem zarten Moos, dem weichen Sand, der so zart durch meine Finger rieselte und die frische, wohlig duftende Waldluft.

Ob die Version von Mutter Erde, die ich hier vorfinden könnte, eine zufriedenere und gesündere wäre? Aber eigentlich gab es doch nur die eine? Ich wollte es ausprobieren. Und so setzte ich mich am Rand des Teiches in den weichen Sand und stieß mit voller Konzentration mein SÖV an. Ganz tief in meine Atmung versunken, bat ich Mutter Erde, sich mir zu öffnen. Wieder und wieder. An diesem ruhigen Ort schien meine Geduld besonders ausgeprägt.

Und in meinen Gedanken erschien sie mir tatsächlich noch einmal. Wieder als altes, krankes Frauchen. Leider schien auch hier ihr Zustand nicht besser zu sein. Ein Jammer, sie wieder so traurig und körperlich verletzt zu sehen. Als ich sie ganz vorsichtig ansprach, drehte sie ihren Kopf mit weiter gesenktem Blick in meine Richtung.

„Mutter Erde, ich bin es, deine Soe. Bitte, erlaube mir, mit dir zu sprechen. Es tut mir so leid, dich in diesem elenden Zustand zu sehen. Ich möchte dir so gerne helfen", sagte ich langsam und gedämpft. So als hätte ich Angst, dass zu harte Worte ihre armselige Gestalt umwerfen könnten. Ihre Augenlider bewegten sich kraftlos, doch ein klein wenig leuchteten ihre Augen auf, als sie allmählich zu mir aufsah.

„Wie willst du mir helfen?", fragte sie fast lautlos. „Meine Kraft geht zu Ende...", schauderte sie. Hatte ich ein leichtes Beben unter mir gefühlt oder bildete ich mir das nur ein?

Wie auch immer, ich musste versuchen, ihr Vertrauen zu gewinnen. Sie durfte nicht gleich wieder verschwinden.

„Bitte, liebe Mutter Erde, gib mir eine Chance!", flehte ich sie an.

„Hast du gerade ‚liebe' gesagt?", kamen ihre Worte schwerfällig zurück.

„Ja! Liebe! Du bist sehr lieb, denn du hast uns so viel geschenkt, unser Dasein und die Natur, dich selbst."

„Und meine überschwängliche Liebe, die ihr letztendlich nur noch für euch selbst vereinnahmt. Es ist beschämend! Wenn ihr so weiter macht, werdet ihr mein Beseelungsmodell zum Scheitern bringen."

Ihre harten Worte trafen mich unvorbereitet und ich war sicher kreidebleich geworden.

„Ihr seid dabei, mein Vertrauen und die von mir geschenkte Freiheit nur noch für euch alleine auszubeuten. Ich denke, du bekommst eine Ahnung davon, wie es mir dadurch geht", murmelte sie stockend und mit trockenem Mund.

Meine Gedanken versuchten ihren mühsamen Worten zu folgen und ich war unfähig, darauf zu reagieren. Zu sehr berührten sie mich. Zu sehr verstand ich aber auch den tieferen Sinn dahinter nicht.

„Du hast mich tatsächlich ‚Liebe' genannt, Soe", ungläubig schüttelte sie ihren Kopf. „Dass jemand von euch wirkliche Liebe für mich empfindet, damit hatte ich nicht mehr gerechnet. Das tut gut, Soe." Ihr Mund zeigte ein kurzes Lächeln. „Vielleicht lebt ja ein bisschen meiner Liebe doch noch in euch?"

Nun platzte es laut aus mir heraus: „Natürlich ist die noch da! Bitte, du Gute, gib nicht auf! Wie sollen wir auf einer schwächelnden Mutter Erde weiterleben?"

Sie sah mich zunächst freundlicher an, doch dann wurden ihre Gesichtszüge wieder starr.

„Es geht mir so schlecht, Soe. Euer Egoismus setzt mir zu sehr zu. Raubt mir meine Energie. Hat mich verletzt. Das ist so, wie wenn man ein Stromkabel kappt und dann erwartet, dass die Maschine weiterläuft."

Erstaunt sah ich sie an, was wusste sie von ‚Strom'?

„Halt mich nicht für einfältig, Soe. Ich bin nicht altmodisch und dumm. Nur weil ich schon so alt bin. Meine Kraftlosigkeit beruht nicht auf meinem Alter. Wir Sterne könnten unendlich lange existieren."

Sie sprach jedes einzelne Wort mit viel Bedacht.

„Das kann euer auf Zeit und Materie fixierter Geist nicht mehr verstehen. Eure ewige Seele erkennt ihr nicht mehr. Ein hoher Preis, den ihr dafür zu zahlen bereit scheint".

Wie meinte sie das? Ich verstand das nicht!

„Ihr macht euch keine Gedanken mehr über das Ganze. Durch eure großartigen Erfindungen und Entwicklungen haltet ihr eure Körper für unsterblich und unverletzlich. So wie ihr euch aufführt: alles an euch reißt und für euch alleine einnehmt. Wofür?"

Wieder schüttelte sie leicht den Kopf.

„Ich bin einerseits sehr stolz auf euch Menschen." Jetzt nickte sie. „Ja wirklich sehr. Zunächst wie ihr euch zu intelligenten Menschen entwickelt habt. Wie ihr euch dann so viele kluge, hilfreiche Dinge ausgedacht habt. Aber es ist euch zu Kopf gestiegen." Sie seufzte tief. „Unsinnigerweise braucht ihr viele eurer Errungenschaften nun nur noch dafür, um das, was ihr in meiner Natur durch eure Arroganz und Gier zerstört habt, wieder zu reparieren. Ein oft sehr kläglicher Rettungsversuch! Und die Entwicklung eurer Persönlichkeit steht immer mehr im Gegensatz zu euren erfinderischen Fähigkeiten. Der Respekt ist auf der Strecke geblieben. Hochmut hat ihn ersetzt."

Wieder nickte sie traurig.

„Soe, ich wüsste nicht, wie du mir wirklich noch

helfen könntest."

Neiiiin, schoss es mir durch den Kopf, dazu ein Stich tief in meine Magengrube.

„Bitte, Mutter Erde, denk nach, was ich tun kann! Lass dich und uns nicht im Stich. Kämpfe für uns, auch wenn wir dich so sehr enttäuschen. Kämpfe für dich selbst. Du bist so wunderbar und einzigartig. Du allein hast es verstanden, einen öden Stern zu einem Paradies zu machen. Ein Paradies, auf das du echt stolz sein kannst."

Ich überlegte kurz. Machte mich meine Panik zu überschwänglich? Den tieferen Sinn von dem, was sie mir gesagt hatte, hatte ich doch noch gar nicht verstanden. Ihre Worte hatten eigentlich ganz und gar nicht nach Stolz geklungen. So grenzte ich meine Aussage ein bisschen ein: „Naja, mal abgesehen von den Naturkatastrophen und Krankheiten und sowas. Oder dass sich Lebewesen gegenseitig auffressen. Gibt schon viel Brutalität hier, die nicht so toll ist. Die nicht nur von uns Menschen ausgeht."

Durfte ich überhaupt Kritik an ihr äußern? Schnell versuchte ich sie zu relativieren.

„Auch CEO ist wohl schon ganz stolz auf dich. Das hat Mey mir gesagt. Du bist ihr großes Vorbild."

Sie schien nachzudenken, es fiel ihr sichtlich schwer, sie atmete mühsam.

„Ich soll stolz auf mich sein? Meinst du das ernst? Stolz darauf, wie ich von meinen eigenen Geschöpfen zugerichtet werde? Sieh mich doch an!", seufzte sie. „Und CEO? Ach, der wird doch eher Zweifel an meinem Projekt Erde entwickelt haben. Anders kann ich mir das nicht vorstellen. Er hat mir damals absolute Freiheit geschenkt, meinen Planeten nach meinen Ideen zu gestalten. Er hielt nichts von meiner neuen Idee, dass Liebe alles regeln würde. Die hatte es in seinen Sternprojekten bis dahin noch nicht gegeben. Aber er hat großzügig meine Vorstellungen toleriert. Mit der Vorgabe meiner eigenen Verantwortlichkeit."

„Gerade deshalb darfst du doch ‚dein Projekt‘, wie
du es nennst, nicht so leicht aufgeben!“, erwiderte
ich drängend.

„Es hat keinen Sinn mehr, Soe. Ich habe sehr lange
Geduld gehabt und so viele äußere Verwundungen
von euch hingenommen. Euern Raubbau und die
Zerstörung meiner schönen Natur.“

„Ja, aber Vieles mussten wir doch auch entwickeln.
Du hast uns quasi dazu gezwungen. Es ist kalt im
Winter, da mussten wir uns doch Heizungen bauen,
um nicht zu erfrieren. Oder vor ein paar Jahren hatte
Oma eine schwere Lungenentzündung. Ohne Antibio-
tika hätte sie das nicht überlebt. Dadurch entstehen
doch nun mal Abgase in deiner Atmosphäre. Warum
hast du uns das Überleben so schwer gemacht?“

Die Angst in mir wuchs, dass sie das Gespräch wegen meiner kritischen Worte abbrechen könnte. Wir
Menschen hatten doch wirklich nicht immer eine andere Wahl, wollten wir weiterleben. Ich fand, dass sie
die Schuld des drohenden Scheiterns ihres Projektes
zu sehr auf uns abschob. Aber sie ignorierte meine
Einwände.

„Das war erforderlich für eure Entwicklung. Ich
war gespannt, wie weit sie gehen könnte. Ich wollte,
dass ihr immer klüger werdet. Solch interessante Wesen hatte selbst CEO noch nie erschaffen. Wenn
euch alles in den Schoß gefallen wäre, was für einen
Ansporn hättet ihr gehabt? Und so habe ich wieder
und wieder versucht, durch kleine Wunder den leider
zunehmenden Folgen eurer Veränderung in euerm
Sinne etwas entgegenzusetzen. Wenn ihr dadurch
über die Stränge geschlagen hattet. Euch immer
doch noch mal wieder Regen geschickt, wo ihr durch
den Klimawandel schon trockene Zonen verursacht
hattet. Vielleicht war ich zu ehrgeizig, mag sein.“

Nachdenklich schaute sie mich an.

„Aber jetzt kann ich einfach nicht mehr. Es tut mir
leid, Soe. Mein Einfluss reicht nicht mehr. Ich bin

nicht CEO. Und der hält sich raus, weil ich die
Beseelung alleine durchziehen wollte. Du weißt doch
selbst, wie stur man sein kann." Sie schaute mich
mit intensivem Blick an. „Auch ich war jung und ehrgeizig."

Mit ihren dramatischen Worten wurde ich immer
unruhiger.

„Bitte. Nicht aufgeben! Tu es für mich! Ich habe
doch mein Leben noch vor mir. Lass es mich doch
versuchen. Ich werde der ganzen Welt erzählen, wie
schlecht es dir geht und dass wir uns alle besser zu
dir verhalten müssen. Biiittte!"

Traurig sah sie mich an.

„Du rührst mich, Soe. Aber glaubst du ernsthaft,
alle deine Mitmenschen werden plötzlich auf dich hören? Ihr Verhalten wegen dir verändern? Ihre Heizungen kalt lassen? Das haben doch schon viele versucht. Und immer wieder gewinnt die Gier der
Rücksichtslosen."

Na als Gier würde ich eine warme Heizung im Winter nicht bezeichnen, den riesigen SUV von Angelinas
Papa vielleicht schon eher. Mutter Erde schien mir
gerade auch ein bisschen stur. Vielleicht kam das
durch ihre Schwäche? Das beobachtete man doch
häufiger bei kranken, kraftlosen Menschen. Und
ganz Unrecht hatte sie ja nicht. Wieder schüttelte sie
kraftlos ihren Kopf, bevor sie schließlich einlenkte.
Vielleicht nur um meine Verzweiflung zu lindern?

„Ich mache dir einen Vorschlag: Bleib ein bisschen
hier in diesem noch weitgehend funktionierenden
Wald. Ich werde dich an den Gedanken und dem Miteinander meiner hiesigen Geschöpfe teilhaben lassen. Lass dich auf die irdische Verbundenheit ein,
von der sich die meisten deiner Mitmenschen gelöst
haben."

Wie jetzt?

„Was ist das? Wie soll ich das machen?", wollte ich
erwidern, aber ich sah sie nur noch mit zum Gruß

erhobener Hand entschwinden.

Verbunden

Ich öffnete langsam meine Augen und war wieder am
Teich zurück. Was sollte das werden? Gleichgültig.
Nach ihren sehr offenen, wenig ermutigenden Worten, würde es meine einzige Chance sein, mit ihr in
Kontakt zu bleiben. Die musste ich ergreifen, sonst
würde sie mich vielleicht überhaupt nicht mehr an
sich heranlassen?

Ich brauchte einen Moment, um ihre tiefgründigen
Worte zu überdenken. Ich kam mir vor, wie in der
Kirche, wenn ein Priester mit dem erhobenen Zeigefinger vor uns stand. Wie im Büßergewand, kam es
mir in den Sinn. Ich war zwar ein Menschenkind,
aber war es fair, dass ich nun für all die offensichtli-
chen Fehler der Menschheit die Strafpredigt abbe-
kam? So wie auch schon das Wasser und der alte
Baumstamm wenig Gutes an uns im Allgemeinen gelassen hatten. Ich fühlte mich nun in meinem Leben
nicht für alles verantwortlich, auch wenn die Waschmaschine auch für mich liefe und ich bisher Limo
aus Plastikflaschen getrunken hatte. Warum tat ich
mir das hier an, anstatt mit Angelina am Strand zu
liegen?

Irgendwie ließen mich Mutter Erdes Worte aber
nicht los. Angelina hätte jetzt wahrscheinlich einfach
ihre Musik lauter gedreht und nicht weiter gegrübelt.
Ich war scheinbar anders als sie. Und doch hatte

mich Mutter Erde gerade mit ihr gleichgesetzt. Oder auch nicht? Denn sie hatte diese deutlichen Worte an mich gerichtet und nicht an meine sorglose Klassenkameradin.

Projekt Erde, Ewigkeit und Endlichkeit, Verlust der irdischen Verbundenheit. Das war alles ein bisschen viel auf einmal. Und keine Oma Gertrud bei mir. Ob sie das wirklich hätte verstehen können?

„Soe, was du nicht begreifen kannst, musst du versuchen zu fühlen, zu glauben oder was auch immer", hätte sie mir jetzt sicher gesagt. Ich wünschte, ich wäre bald wieder bei ihr. Aber nun war es wirklich besser, dass ich mich erst mal auf Mutter Erdes Angebot, hierzubleiben, einließ.

Was Mutter Erde wohl gemeint hatte mit „ewiger Seele"? Soe, nicht versuchen, logisch zu verstehen! Glauben, einfach mal unserer Chefin vertrauen, sagte mir meine innere Stimme die Meinung. Ok, ok!

Dass unsere Körper endlich sind, war mir klar. Auch wenn Mutter Erde sicher nicht unrecht hatte, dass viele Menschen das verdrängten. Wir alle sterben irgendwann. Manche viel zu früh, wie Papa. Aber was meinte sie mit „Unvergänglichkeit unserer Seele" und dass wir die Verbindung dazu verloren hätten? Klar sagte man das so, damit wir an ein ewiges Leben und so glaubten. Zumindest in der Kirche. Oder in Frau Schnippelberger-Rothschilds Ethik-Unterricht hatten wir auch immer mal wieder über solche Vorstellungen gesprochen. Das war doch aber nur eine Vertröstung, damit wir nicht über den Tod geliebter Menschen verzweifeln sollten. Oder etwa nicht? Wenn ich mit Papa im Himmel redete, so sprach ich doch nur so als Hilfe für mich mit ihm. Er antwortete mir doch nicht. Wenn seine Seele noch da wäre, müsste er das doch?

Ach was, war das jetzt wieder kompliziert geworden, durch diese Andeutung. Warum redete sie mit mir über etwas, das ich bisher nur für Einbildung gehalten hatte? Sie hätte doch keinen Grund mir die Unwahrheit zu sagen. Aber „ewige Seele"?

Was, wenn Papas Seele wirklich noch irgendwo da wäre, hier bei mir? Auch wenn sie nicht zu mir sprechen könnte. Warum sollte Papas Seele mir nicht durch Zeichen zeigen, was er mir mitteilen wollte? Oder seine Seele verband sich mit der Seele des kleinen Wasserfalles und ließ das Wasser besonders zart plätschern, um mich zu beruhigen? Mutter Erde hatte doch von irdischer Verbundenheit gesprochen. Warum sollten dazu nicht auch die Seelen der Verstorbenen gehören?

Das Wasser hatte mir doch erzählt, dass es in der Vergangenheit und Zukunft dasselbe Wasser sei, wie das heutige. Vielleicht wollte Mutter Erde mir auch zu verstehen geben, dass es nicht die ewigen Seelen, sondern nur die eine Seele gäbe? Die irdisch verbundene? Wow, was kamen mir da gerade für philosophische Gedanken? Frau Schnippelberger-Rotschild wäre sicher begeistert. Davon musste unbedingt was mit hinein in das Referat.

Was war ‚Zeit' in dieser Ewigkeit? Das worauf sich unser Geist fälschlicherweise fixiert hätte. Wenn das nicht richtig sein sollte, dann gäbe es auch diese eigentlich gar nicht, ging es mir durch den Kopf. Sie war nur auf dem Handy als Zahl abzulesen. Die hatten wir Menschen definiert. Eigentlich gab es keine ‚Zeit' in diesem Sinne. Nur die verschiedenen Zustände von uns, die sich veränderten. So könnte es sein. Hatte irgendjemand schon mal ‚Zeit' gesehen? Die 'Zeiten' sind gut oder schlecht. Wie kann etwas gut oder schlecht sein, was es gar nicht gibt? Wir waren gut oder schlecht, oder die Natur so oder so, aber die ‚Zeit'? Machte gar keinen Sinn, nach dem was unsere Chefin gerade angedeutet hatte.

Soe, komm zurück, deine Denktiraden laufen ja gerade ins Unendliche, ähm, Ewige, sagte ich zu mir selbst und kicherte. Angelina würde mich gerade sowas von auslachen. War eigentlich wirklich ganz entspannt, dass sie mich nicht anklingeln konnte. Pandy, wo warst du nur abgeblieben?

Was würde Gordon wohl von Mutter Erdes Aussagen halten? Wie würde er sie deuten? Ich glaubte, er würde versuchen, meinen Gedanken zu folgen. Käme dabei aber auch bestimmt gerade ins Schleudern. Ich vermisste ihn. Und Mey. Sie hätte mir bestimmt gerade einiges erklären können. Sie wusste sicher viel mehr, als sie mir gesagt hatte. Ich musste sie irgendwie wiederfinden, aber wie?

Gedankenversunken streichelte ich über das Gras neben mir. Wie weich es war und sanft meinen Fingern nachgab. Und doch stellte es sich nach meiner Berührung wieder auf.

„Nicht wundern, manchmal bedeutet weich sein, Stärke!"

Huch, die Halme sprachen offensichtlich mit mir. Nicht nur in meinen Gedanken wie beim aktivierten SÖV, sondern so, dass ich es wirklich hören konnte. Hatte Mutter Erde das so gemeint? Die Verbindung, die sie mir eine Zeitlang schenken wollte? Das würde ja spannend.

„Mit Weichheit und Gefühl erreichst du viel mehr. Ein starrer, unbiegsamer Ast wird oft vom Sturm gebrochen, ich zartes Grashälmchen richte mich einfach wieder auf. Denk mal drüber nach!"

Das machte ich. Mit dem Kopf durch die Wand hatte auch mir schon viel Schaden angerichtet. Angelina! Der blöden Kuh die Tasche nicht tragen wollen und zack, hatte ich das Referat verpasst bekommen. Nett gewesen und nichts wäre passiert. Naja, passte jetzt nicht wirklich, denn diese Strafarbeit hatte ja jetzt viel Gutes angestoßen.

Aber dann kam mir auch Oma in den Sinn. Sie war eine unendlich starke Frau, indem sie zart und liebevoll reagierte. Damit erreichte sie viel mehr, als ich mit meiner Ungeduld und meinem Starrsinn.

Vielleicht hätte ich mit Mama ja auch noch mal in Ruhe reden können, anstatt abzuhauen. Egal, jetzt war ich hier und war neugierig geworden. Redete nun mit Grashalmen.

„Das heißt aber nicht, dass ich wegen eines gebrochenen Astes wertloser wäre", krächzte es von oben.

Huch, noch eine Stimme!

„Ich habe nämlich so viele davon, dass meine Sauerstoffproduktion für unsere Natur nicht darunter leidet", rief mir die prächtige Buche zu, die vor mir bis in den Himmel zu ragen schien. „Das tut sie vielmehr, wenn ihr meint, uns im Gesamten fällen zu dürfen. Nutzt ihr damit etwa dem Großen? Wie einfältig von euch! Meint Profit daraus zu schlagen und schadet in Wirklichkeit doch vielmehr euch selbst. Wer ist so dumm und dreht sich selbst die Luft ab? Das soll einer verstehen!" Sie schien all ihre Blätter im sanften Wind zu schütteln.

„Bisher kann ich noch ganz gut atmen, nun übertreib mal nicht!" Hatte ich doch im Moment gar keine Lust darauf, mich von ihr oberlehrerhaft belehren zu lassen.

„Meine wahre Stärke liegt in meinem Wurzelwerk, nicht in dem vielleicht brüchigen Ast. Aber davon hast du ja erst recht keine Ahnung, stimmt's?", beharrte sie weiter.

Ich warf ihr einen genervten Blick zu. Was würde denn jetzt noch kommen?

Sie ließ nicht locker: „Ich habe es gar nicht nötig, mich damit im Äußeren zu profilieren. Ich verbinde mich nämlich unsichtbar mit den anderen."

Wie eingebildet war die denn?

„Mit wem ‚anderen'?", fragte ich schnippisch.

„Na, ich leihe, wenn es nötig ist, mein Wasser den Wurzeln meiner Nachbarbäume. Oder bin verbunden mit unterirdischen Pilzgeflechten, mit denen ich Nährstoffe austausche. Wir ergänzen uns. Mit wem ergänzt du dich?"

Hörte die denn gar nicht mehr auf?

„Oder Mäuse können unter meinem Schutz ihre Nester graben. Oder die Würmer. Hast du überhaupt eine Ahnung, was da alles so los ist in dem Erdreich, dem ich auch noch Festigkeit gebe, wenn das Wasser von oben es mal wieder übertreibt?“

Sollte ich mich jetzt wieder schlecht fühlen, weil ich mich als Mensch nicht unter der Erde mit anderen verwurzelte? Oder es mir gerade nicht in den Sinn kam, mit wem ich mich ergänzte? Das wurde ja jetzt aber doch ein bisschen lachhaft.

„Willst auch du mir nur ein schlechtes Gewissen machen? Wofür? Dass ich anders bin als du? Was habe ich dir persönlich getan, du großartige Buche“, rief ich zu ihrer Krone hoch. War das ihr Steuerzentrum oder doch eher ihre Wurzeln? Ich wandte mich ab, weil ich keine Lust hatte, weiter mit ihrer Arroganz zu wetteifern.

Sprach da wirklich Mutter Erde durch eins ihrer Geschöpfe mit mir? Sie hatte uns zu Menschen werden lassen, die umherlaufen konnten. Und da konnte sie doch nicht erwarten, dass ich mich unterirdisch verwurzelte. Quatsch! Scheinbar funktionierten auch andere Geschöpfe nicht ganz in Mutter Erdes Sinn und schlugen über die Stränge. Sie hatte es aber auch wirklich nicht leicht.

Vielleicht war sie zu blauäugig gewesen, mit ihrem System „Liebe“? Uns allen bei der Beseelung zu viel vertrauensvolle Freizügigkeit mitzugeben. Die nicht nur wir Menschen ausnutzten. Die Buche mochte vielleicht nicht anderen direkt schaden, aber ihre Überheblichkeit war ja schon auffällig.

Wäre es jedoch wirklich schöner, wenn Mutter Erde von Anfang an demütigen Gehorsam von uns eingefordert hätte? Hätten wir uns dann alle so prächtig entwickeln können? Nein, bestimmt nicht. Hatte sie es durch ihre Großzügigkeit vielleicht mit verschuldet, dass wir ihr nun auf dem Kopf herumtanzten? Schuld? Nein, Schuld hatte sie nicht. Wer wollte sich anmaßen, ihr eine Schuld geben zu wollen? Nur weil wir ihr nicht ausreichende Dankbarkeit für das Geschenk unseres Lebens erwiesen?

Der Vorwurf der Buche ließ mich wieder an mein Bild denken, welches ich damals im Kunstunterricht gemalt hatte und das in meinem Zimmer hing. Ich im Mittelpunkt des Kreises, der von anderen Lebewesen gebildet wurde, die sich ihrerseits an ihren Händen oder Pfoten hielten. Etwa so, wie mir das die Buche von ihren Wurzeln, den Würmern und den Pilzgeflechten erzählt hatte.

Mein Bild spiegelte aber offensichtlich die ganze Misere wider, wenn ich Mutter Erde richtig verstanden hatte. Wir Menschen hielten uns für den Mittelpunkt, die Wichtigsten von allen. Dabei hatten wir selbst uns aus dem äußeren Kreis gelöst, um uns von ihnen abzuheben. Und waren stolz darauf, nicht mehr zu dem vermeintlich primitiveren Lebenskreis zu gehören. Eigentlich machten wir uns damit zu den Außenseitern. Wir hatten die innige Verbindung zu denen verloren, die sich einander an den Händen hielten. Die „irdische Verbundenheit", wie Mutter Erde sie genannt hatte.

Wieder regte sich Widerstand in mir. So ganz stimmte das ja wohl aber auch nicht. Auch wenn mir, neben Echslein vielleicht, immer noch kein Lebewesen einfiel, mit dem ich mich gegenseitig ergänzte. Es war doch aber nicht so, dass wir jegliche Verbindung zu anderen irdischen Elementen und Lebewesen verloren hatten. Musste ich mit Würmern oder Spinnen Händchen halten wollen? Iiiii! Gordon liebte und verwöhnte doch sein Kätzchen über alles. Ich sprach mit Echslein und hatte ihr doch gerade das Leben gerettet. Wir hatten Tierärzte, die Tieren halfen, gesund zu werden. Wir hatten Förster, die sich um die Wälder kümmerten. Wie meinte Mutter Erde es dann? Was war der Punkt, der mir einfach nicht einleuchten wollte?

Hunger

Das unbarmherzige Knurren meines Magens brachte
mich schlagartig zu den primitiven menschlichen Be-
dürfnissen zurück. Hunger! Seit gestern Abend hatte
ich nichts mehr gegessen. Ich sprang auf, holte meinen Rucksack, den ich vor meinem plötzlichen Aufbruch vorsorglich noch reichlich mit Nahrungsmitteln bestückt hatte, und nahm die gelbe Packung
meiner Lieblingskekse mit Schokogeschmack heraus.
Hmm, lecker! Tat das gut!

Schnell hatte ich sie leergegessen und hielt die
leere Plastikfolie in der Hand. Wohin damit? Einen
Mülleimer gab es hier natürlich nicht. Hier im Wald
würde diese Folie vielleicht einhundert Jahre brauchen, um zu verrotten? Keine Ahnung. So würde ich
den Kunststoff besser wieder mitnehmen und dann
zu Hause in den Recyclingmüll werfen. Alles halb so
wild.

Halb so wild? Dieses menschliche Produkt bliebe
auf unserer Erde, ob nun in der Recyclingtonne oder
nicht. Würde unter Energieaufwand bestenfalls zu
neuer Verpackung gemacht? Oder verbrannt? Oder
doch unterwegs wegwehen und im Bach landen, gar
im Meer?

„Soe! Greif dir mal an die Stirn", sagte ich ärgerlich

zu mir selbst. Für meine paar Kekse? Die mein Körper in wenigen Stunden vergessen haben würde. Das
einzig Positive, was ich dazu beitragen könnte, wäre,
diesen schönen Wald nicht direkt zu vermüllen.

Sorry Mutter Erde! Wie konnten dies meine Lieblingskekse sein, wenn sie dir automatisch weitere
Wunden zufügten? Hatte ich nicht mehr Gutes zu
dem Großen, wie die Buche es genannt hatte, beizu-
tragen, als das Schädliche etwas zu begrenzen?

Viele Erfindungen von uns Menschen waren zwei-
fellos hilfreich und verdienten Anerkennung. Medikamente oder Solaranlagen oder sowas. Man konnte
doch nicht alles verdammen, was wir Menschen uns
ausgedacht hatten. Oder dass wir es uns gut gehen
ließen. Mutter Erde hatte ja auch gesagt, dass sie
überaus stolz auf Vieles davon sei. Es ja sogar ihre
Intension gewesen war, uns durch Forderung dazu
zu bringen, uns weiterzuentwickeln.

Aber durften wir unsere Produkte deshalb mit ihren Schöpfungen gleichstellen? Durfte unser Müll
und andere Umweltverschmutzungen, die dadurch
entstanden, diese sterben lassen oder zerstören?
Hatte Mutter Erde die wunderschönen Meerestiere
dafür geschaffen, dass sie elendig in unserem Plas-
tikmüll umkamen? Irgendwie stellten wir uns damit
auf eine Stufe mit ihr. Wir entschieden unbewusst
oder oft gar bewusst, wer weiter auf ihr leben und
existieren könnte. Das war nicht unser Recht!

Ich erschrak. So hatte ich das noch nie gesehen.
Mist! Was fiel uns ein? Für unsere Erfindungen, die
von Mutter Erde zu zerstören? Sie war unsere Schöpferin. Sie war die Chefin. Sie war unser Leben. Indem
wir ihr schadeten, zerstörten wir zwangsläufig in letzter Konsequenz uns selbst. Nicht nur das! Ihr ganzes
System geriet aus den Fugen. Waren wir eigentlich
größenwahnsinnig? Wir hatten doch gar nicht die
Kompetenz, das alles wieder in Ordnung zu bringen.
Wie ein Kind das Kinderzimmer nach dem Spielen

wieder aufzuräumen!

CEO hatte wohl einst Mutter Erde das Projekt „Erde" ermöglicht. Und wir waren auf dem besten Weg, ihm und ihr dieses zu zerstören! Wie überheblich waren wir eigentlich, uns da einzumischen? Ihr alles zu vermasseln? Sie schien ihre Kraft verloren zu haben, das Kinderzimmer nach unserem Spiel wieder aufzuräumen. Hatten wir eigentlich noch alle Tassen im Schrank?

Warum mussten es die Kekse in künstlichem Stoff eingepackt sein, die ich aß? Wie hast du denn deine Menschen sich früher entwickeln lassen, Mutter Erde? Sie satt bekommen ohne Kekse? Denn du hast uns ursprünglich schon die Möglichkeit gegeben, uns ohne diese modernen Stoffe zu ernähren, sonst gäbe es uns heute nicht mehr. Verhungert in der Steinzeit, würde sich keiner mehr an uns erinnern. Außer sie selbst vielleicht.

Was für ein Wunder, dass es uns nicht so gegangen war wie den Dinos. Artensterben. Aber hatten wir uns daran nicht auch schuldig gemacht? Nicht an den Dinos, aber dass viele Arten unserer Epoche nun nicht mehr existierten, weil wir ihnen das Leben unmöglich gemacht hatten. Nur damit es uns gut ging! Das hatten wir in der Schule auch schon so oft angesprochen. Aber wirklich betroffen hatte es mich nie. Kannte ja viele dieser Tiere und Pflanzen gar nicht.

Aber jetzt, da ich mit Mutter Erde selbst gesprochen hatte, begann ich zu verstehen, dass all die ausgestorbenen Wesen auch einmal von ihr beseelt worden waren. Sie auch an ihnen gehangen hatte. Als Mutter, die ihnen ihre Existenz einst geschenkt hatte. Und wir hatten sie ihr quasi weggenommen. Nicht darüber nachgedacht, dass wir ihr damit wehtaten.

Das wäre fast so, wie wenn ich Mama ein Geschwisterkind von mir wegnähme. Grausam. Mutter Erde müsste rasend wütend auf uns sein. Warum hatte sie uns nicht dafür bestraft, uns eine Ohrfeige verpasst für unsere Frechheit? Warum hatte sie so viel Geduld mit uns? Warum? Das hatte sie doch nicht nötig. Wenn sie weiter an die Liebe glaubte, hätte sie sich doch einfach ein Wesen beseelen können, das mehr Liebe an sie zurückgab. Wir Menschen an ihrer Stelle hätten das wahrscheinlich so gemacht.

Was fühlte ich mich gerade schlecht. Aber doch auch wieder gut aufgehoben hier in diesem schönen Wald. Mutter Erde hatte uns Menschen noch nicht fallen lassen. Noch nicht. Sie schenkte mir hier irgendwie Geborgenheit, obwohl ich ganz alleine war. Aber wenn sie keine Kraft mehr dazu hätte?

Ich beschloss, mich auf die Suche nach Essbarem ohne Plastikfolie zu machen. Die Steinzeitmenschen hatten doch auch überlebt. Ich stand auf, holte meinen Rucksack und lief langsam los, durch das dichte Gras den kleinen Hang neben dem Wasserfall hoch.

Mutter Erdes Wald

Aufmerksam schaute ich mich nach Essbarem um und musste leider feststellen, dass ich die meisten Pflanzen, Beeren und Pilze gar nicht kannte und ganz sicher auch giftige dabei sein würden. Also lieber Finger weg davon, Soe, sagte ich zu mir selbst. Immerhin ein paar wilde Himbeer- und Heidelbeersträucher ließen sich willig ein paar wunderbare Früchte abpflücken. Hmm, welch ein Aroma die hatten!

„Danke“, murmelte ich gedankenverloren, während ich sie genüsslich lutschte. Zum Kauen waren sie eigentlich viel zu schade.

„Bitte, gerne. Lass es dir schmecken!“

Ich musste grinsen, immerhin der Himbeerstrauch war wohl ein ganz höflicher!

„Wer möchte mir denn noch etwas anbieten? Wovon haben sich denn unsere Vorfahren so ernährt?“, rief ich neugierig in die vor mir liegende Lichtung mit einem von Gras umwucherten kleinen Bachlauf in der Mitte.

„Wenn gar nichts mehr ging, von uns“, quakte mir ein kleiner grünbrauner Frosch zu, der vor mir am Wasser herumhopste. Er guckte mich mit seinen kleinen Klubschaugen unschuldig an. Ich beugte mich zu ihm herunter.

„Och, du Kleiner. Du bist ja ein Süßer“, streckte ich ihm meine Hand entgegen. „Aber dich will ich gar nicht essen. Würdest du das denn wollen?“

„Natürlich nicht. Ich liebe das Leben. Aber wenn es denn mein Schicksal sein soll. Was soll ich dagegen tun? Du bist zu groß und schnell für mich und da würde weghüpfen auch nichts nutzen“, erwiderte das kleine Tierchen tapfer.

Ich streichelte ihm zart über seinen glitschigen Rücken.

„Keine Angst, ich mag keine Frösche essen. Da müsste ich schon wirklich kurz vorm Verhungern sein“, lachte ich ihm zu. „Du meinst wirklich, unsere Vorfahren haben euch gegessen? Hatten vielleicht keine andere Wahl.“ Ich überlegte. „Obwohl, wenn ich mir vorstelle, dass Froschschenkel auch heute noch als Delikatesse gelten.... Igitt. An dir ist doch gar nichts dran, da wird man doch noch nicht mal satt. Das ist doch wirklich unnütz, dass sie euch liebe Kerle dafür umbringen!“ Ich schaute ihn entsetzt an.

„Wir fallen anderen Lebewesen zum Opfer. Damit diese überleben können. Genauso fressen wir Mücken. Fressen und gefressen werden. So ist der Lauf der Natur. Ihr Menschen jedoch habt inzwischen genug anderes zu essen und tötet uns nur zum Genuss. Das ist sowas von respektlos und gemein!"

Ein Tränchen kullerte aus seinem kleinen Auge. Auch meine füllten sich kurz.

„Tut mir so leid! Ich jedenfalls werde niemals nur aus Spaß einen von euch verzehren. Pass gut auf dich auf und alles Gute!"

Ich winkte ihm nach, während er mit kraftvollen Sprüngen zurück ins dichte Gras am Wasser hüpfte.

„Kannst mal unseren süßen Honig versuchen", brummte mir eine Waldbiene zu, die vor meinem Gesicht nervig nah ihre Kreise zog.

„Hey, stich mich nicht", fuchtelte ich ärgerlich vor mir herum. Die war ja wirklich sehr aufdringlich.

„Da drüben in dem hohlen Baumstamm lagern wir unser wertvolles Gut. Von dem haben unsere Vorfahren euch Menschen früher immer mal was abgegeben, freiwillig meine ich. Aber jetzt klaut ihr ihn uns einfach im Ganzen weg, deshalb müssen wir uns hier verstecken und ihn notfalls mit Stichen verteidigen. Könnt sprichwörtlich euern Rachen einfach nicht vollkriegen."

Na diese Kleine hier war ja wohl auch nicht gerade auf den Mund gefallen.

„Komm endlich und quassele nicht so viel! Wir haben noch viele Blüten vor uns", rief ihr eine etwas scheuere Artgenossin im Vorbeibrummen zu und schwupp waren beide verschwunden.

„Kinder, langsam nach vorne fallen lassen und dann ganz fest mit euren Flügeln schlagen!" Huch, wo kam das her? Ich schaute nach oben. Eine kleine Meisen-Familie startete wohl gerade von einer nahen Tanne wild flatternd ihren ersten Ausflug.

„Einer nach dem anderen, sonst knallt ihr

zusammen und stürzt ab!"

Waren die Kleinen niedlich! Erstaunlich, wie geschickt sie das schon machten.

„Los, pack mit an, wir schaffen die Tannennadel! Ist ja nicht mehr weit!"

Zwei kleine Ameisen mühten sich vor meinem Fuß mit ihrer übergroßen Last ab. Vorsichtig stieg ich über sie hinweg, damit ich sie nicht verletzte.

So vernahm ich immer mehr Stimmen, aus allen Richtungen, in den verschiedensten Tonlagen und Lautstärken. Das meiste hätte ich auch verstehen können, wenn es nur nicht alles so wirr durcheinandergegangen wäre.

Mutter Erde schien mir nun nach einer anfänglichen Schonphase ihr volles Repertoire aufzufahren. Vielleicht um mir zu imponieren? Wollte sie mir zeigen, wie vielfältig sie war? Wen und was sie alles erschaffen hatte? Das so unterschiedliche und doch harmonische Zusammenleben hier in diesem eigentlich ruhigen Wald vorführen? Das Durcheinander war nun fast nicht mehr auszuhalten und dröhnte in meinem Kopf! Und so hob ich mir erschrocken die Ohren zu.

„Mutter Erde, bitte nicht! Nicht zu viel! Habe verstanden, wie toll du bist! STOOOP!", rief ich verzweifelt. Allmählich wurde es ein bisschen leiser und vorsichtig nahm ich meine Hände wieder von den Ohren. Ich hörte zwar immer noch Gespräche der Waldtiere und Pflanzen, aber wie durch einen Filter nicht mehr so ungeheuerlich durcheinander.

„Danke", murmelte ich Mutter Erde zu. Sie schien irgendwie noch bei mir, auch wenn ich sie nicht sehen konnte. Was für ein Quatsch, natürlich war Mutter Erde bei mir, ich lebte gerade auf ihr, atmete von ihr, traf auf sie in Form ihrer Lebewesen, roch sie. Aber die Möglichkeit, mit ihr wie mit einem Mitmenschen zu kommunizieren, konnte ich immer noch nicht glauben. Natürlich konnte ich nicht sicher sein, ob sie das noch einmal zulassen würde.

Gemächlich lief ich weiter am Bachlauf entlang, trank ein bisschen von dem kühlen Wasser und sah ein paar kleine Fische schnell entwischen. Die Armen hatten auch Angst vor mir. Bei aller Liebe, Mutter Erde, die du uns geschenkt hast: Diese Brutalität des „Fressens und Gefressen-Werdens", wie der kleine Frosch das treffend ausgedrückt hatte, war doch nur grässlich.

Hast du damit nicht unsere Ich-Bezogenheit erst gesät? Wir mussten auf uns aufpassen. Wie konnten wir deine Liebe weitergeben, wenn wir gleichzeitig andere umbringen mussten, um zu überleben? Oder auch nur, um uns vor ihnen zu schützen. Wie kannst du erwarten, dass ich mich freiwillig einem wilden Bären ergeben sollte, damit dieser was zu fressen hatte? So wie der kleine Frosch das angedeutet hatte. Die Menschheit hätte sich nie weiterentwickeln können, wenn sie sich aufopferungsvoll einfach hätte auffressen lassen. Jaaaaa, du würdest mir jetzt sagen, ihr habt euch nur so prächtig entwickelt, weil ihr euch dagegen was einfallen lassen musstet. Aber ganz ehrlich, wo war da noch was von Liebe und Verbundenheit?

Es wurde langsam dämmrig. Mein erster Tag im Wald würde bald in der Dunkelheit versinken. Ich musste mich nach einem Schlafplatz umsehen, an dem ich etwas geschützt sein würde. Ein Schauer lief mir über den Rücken. So richtig wohl war mir bei dem Gedanken gar nicht, ganz alleine hier zu verbringen. In der ersten Nacht waren immer noch die Rehe bei mir gewesen und ich hatte mich fortbewegt. Was würde mich nun hier mitten im Wald erwarten? Viele Tage und vor allem Nächte würde ich bestimmt nicht mehr hier ganz alleine sein wollen, das wusste ich jetzt schon. Ich rollte die Augen: eigentlich war ja Mutter Erde mit all ihren Geschöpfen, die ich gerade kennen lernen sollte, bei mir. Aber für Geborgenheit in dunkler Nacht in ihrer Natur, reichte dazu die Begegnung mit ihr wirklich schon?

Meine Gedanken wechselten eigenständig das Thema: Verdammt noch mal, vielleicht sollten wir gar keine Tiere töten zum Überleben? Pflanzen und Beeren liefen nicht vor uns weg, vielleicht war es Mutter Erdes ursprünglicher Wunsch, dass wir nur von denen lebten? Vegetarier, Veganer. Auf jeden Fall war mir der Gedanke angenehmer, von Himbeeren und Heidelbeeren zu leben als von Fröschen oder Rehen. Aber wie mühsam war das?

Naja immerhin hatten wir Menschen ja inzwischen den Ackerbau entdeckt oder konnten Pflanzen züchten, um uns alle zu nähren. Wir machten die Himbeeren einfach größer, um besser satt zu werden. War das eigentlich in deinem Sinne, Mutter Erde, dass wir dir da ins Handwerk pfuschten? Warum lebten wir nicht ausschließlich vegetarisch? Unseretwegen würden das Bären sicher nicht so handhaben: nur noch Honig zu essen und keine Menschen attackieren. Naja, wir könnten ja auch mal mit gutem Beispiel vorangehen, so intelligent wie wir anscheinend waren.

„Vorsicht, ihr Süßen, versteckt euch im Dickicht und keinen Mucks", hörte ich plötzlich eine aufgeregte und doch gedämpfte Grunz-Stimme aus dem dichten Tannenwäldchen neben mir. Wer war denn das? Es knackste immer wieder im Unterholz, aber ich konnte im Gestrüpp nichts erkennen.

„Das ist ein Mensch. Die töten uns. Obwohl sie uns erst vorgaukeln, uns zu füttern. Im kalten Winter, wenn unser natürliches Futter knapp wird. Und dann knallen sie auf uns. Wie auf eure Tante." Es folgte eine kurze Pause. Dann: "Wir müssen warten, bis Papa wieder da ist, der macht das schon!" Ich erschrak.

Dann folgte eine beängstigende Stille. Denn ich wusste, dass sich da irgendein größeres Tier mit seinen Jungen versteckt hielt. Ich musste weg, keine Frage. Was sollte denn heißen: „Der macht das schon?"

Ein leises Quieken und Grunzen und ein beschwörendes „Pst!" drang nun wieder zu mir. Wildschweine! Mit Frischlingen! Oh weh, das könnte brenzlig werden! Schnell! Nein, besser langsam, damit sie nicht merken würden, wohin ich verschwand. Bis ihr Papa „das schon machen würde."

Was sollte das, ich hatte denen doch gar nichts getan! War ich doch hier friedvoll auf der Suche nach Mutter Erdes Liebe unterwegs! Von ihr selbst hierher eingeladen! Was fiel denen eigentlich ein? Ich war sozusagen ein „VIP"! Mutter Erde, wo war deine Security? Von wegen Harmonie in deinem Wald.

Vorsichtig trat ich rückwärtsgehend die Flucht an, schaute aber gebannt in die Richtung der Stimmen. Außer einem Knacken kleiner Äste, Rascheln trockenen Laubes und einem tiefen Schnauben hörte und sah ich aber nichts. Schritt für Schritt bewegte ich mich vorsichtig weg, knickte in dem unebenen Gras aber immer wieder meine Füße um. Autsch! Das könnte ich jetzt gar nicht brauchen. Und so lief ich schließlich wieder vorwärts weiter entlang des Bachlaufs und schaute mich regelmäßig kurz um. Bald würde ich wieder mehr Bäume erreichen, dahinter würde ich mich verstecken können. Doch so weit kam ich nicht.

Denn plötzlich hörte ich ein wildes, lautes Grunzen hinter mir.

„Lass ja meine Kinder in Ruhe, hau ab du Menschenbiest! Ihr habt meine Schwester auf dem Gewissen!", schnaubte der augenscheinlich großgewachsene Wildschweinvater und rannte mit schäumendem Maul und hervorblitzenden Eckzähnen mit zum Angriff gesenktem Haupt aus dem Gebüsch kommend auf mich zu.

Schnell! Ich musste weeeeeg und ich begann

instinktiv auch zu rennen. Schneeeelll!

„Lass mich in Ruhe, ich tue euch doch gar nichts!", rief ich erschrocken. „Mutter Erde selbst hat mich hierhergeschickt! Du bist doch auch einer von ihr!"

Aber entweder konnte das wildgewordene Tier mich nicht verstehen oder es wollte nicht. Nachdem ich es dank Mutter Erde verstehen konnte, müsste es meine Worte doch auch deuten können? Es war augenscheinlich zu sehr in Rage! Wollte mir wohl zeigen, wer hier Herr in seinem Wald war. Vielleicht auch vor anderen Artgenossen angeben? Welche kräftige, von Mutter Erde wohlgeformte, Statur er sein Eigen nennen durfte. Angst vor einem Menschen gab es für ihn wohl nicht. Egal! Ich musste weg!

„Habe kein Gewehr!", schrie ich ihm noch angstvoll zu. „Mutter Erde will, dass wir uns vertragen!" Aber der Frischlings Papa schien nicht in Stimmung für friedvolle, philosophische Gespräche. Oder gar über Mutter Erdes Miteinander mit mir zu diskutieren.

Fressen und Gefressen werden, zischte es mir durch den Kopf. Schneeeelll! Fressen wollte es mich sicher gar nicht, nur wegjagen und verletzen, um mich außer Gefecht zu setzen. Das machte es für mich aber auch nicht besser. Ich lief keuchend Richtung Wald, um Schutz hinter den dortigen Bäumen suchen zu können. Hatte schon bald furchtbares Seitenstechen. Stolperte immer wieder über Grasbüschel und kleine Stöcke. Traute mich kaum noch, aber drehte mich mehrmals wenigstens kurz um. Die großen Keilerzähne blinkten immer deutlicher. Er war nur noch wenige Meter von mir entfernt. Los, Soe, renn weiter, feuerte ich mich selbst an!

Und als nichts mehr half, schrie ich verzweifelt: „Hilfe, Mutter Erde! Hi ...!"

Weiter kam ich nicht. Denn plötzlich verlor ich den Halt unter meinen Füssen, stolperte und flog schier

endlos durch die Luft nach unten, überschlug mich
wohl im Fallen, denn es drehte sich alles um mich.
Schaute dem wilden Waldtier beim Fliegen noch ins
Gesicht. Hiiilfe! Ich merkte noch den dumpfen Auf-
schlag und dann wurde es dunkel vor meinen Augen.
Hilflos schlitterte ich in schwarzes Nichts!

Dunkelheit

Wie lange meine Bewusstlosigkeit angedauert hatte,
vermochte ich natürlich nicht zu beurteilen.

Als meine Gedanken sich langsam wieder zu regen
begannen, wusste ich erstmal nichts mehr von den
vorangegangenen Ereignissen. Und auch als ich behutsam die Augen aufschlug, war da nichts als
Schwarz. Was war los? Ängstlich blinzelte ich mehrmals, aber es blieb dunkel.

Beim vorsichtigen Bewegen meines Kopfes tat er
mir unglaublich weh. Als ob jemand mit einem Vor-
schlaghammer abwechselnd von außen, dann von innen dagegen hämmerte. Warum auch immer, kam
mir Angelinas Nikolausfete in den Sinn.

Angelina? Ich brauchte einen Augenblick, um
mich daran zu erinnern, wer Angelina war. Nikolausfete? Ich grübelte, was der schmerzende Kopf aus-
hielt.

Jaaa, schließlich kam was: Angelina, die Schönste, hatte die ganze Klasse damals zu sich eingeladen. Und am nächsten Morgen hatte sich mein Kopf so ähnlich angefühlt wie jetzt. Was hatten wir damals Unmengen von Glühwein in uns reingebechert, um genauso cool zu wirken, wie die tolle Gastgeberin. Daran musste ich jetzt automatisch denken. Papa hatte mich damals spät nachts mit dem Auto heimgebracht.

PAPA! Allmählich erinnerte ich mich, dass er jetzt im Himmel war. Papa, du kannst mich hier und jetzt nicht mehr abholen, schluchzte ich auf. Auch wenn sich mein Kopf genauso anfühlte wie damals. Papa, aber wer soll mich dann hier wegbringen? Immer mehr wurde mir klar, dass ich Hilfe brauchen würde.

OOOHHHH, mein Koooooopf. Ich hielt ihn mit beiden Händen an den Schläfen fest, aber das Dröhnen besserte es nicht.

Nochmal rieb ich mir die Augen. Wieso konnte ich nicht mehr sehen? Verzweifelt stützte ich mich stöhnend auf meine Ellenbogen und versuchte in alle Richtungen zu schauen. Wo war ich?

Da blieb mein Blick an einem hellen Punkt hängen. Ich versuchte ihn blinzelnd zu deuten.

Ein Stern! Ich sah einen Stern am Himmel! Und als ich mich weiter sehr anstrengte, erblickte ich noch einen und dann noch ganz, ganz viele!

Gott oder CEO oder wem auch immer sei Dank! Ich war nicht blind! Erleichtert atmete ich auf.

Und langsam dämmerte es mir: es war einfach stockdunkel um mich und die einzigen Lichter waren die Sterne.

Mey! Meine Außerirdische! Die, die ich verloren hatte, kam mir in den Sinn. Irgendwo da draußen bei den Sternen musste sie ja immer noch sein. Vielleicht konnte sie mich ja sehen? Keine Ahnung, welche Gestalt sie eigentlich besaß? Ich kannte sie ja nur aus meinem Pandy. Vielleicht war sie in

Wirklichkeit eine unsichtbare Schwingung und konnte mich in meinem Elend hier orten?

Mey, hilf mir, murmelte ich verzweifelt in Richtung des dunklen Sternenhimmels. Aber es kam keine Antwort. War auch nicht zu erwarten gewesen, da Pandy nicht mehr bei mir war. Konnte leider nicht anders sein.

Die Dunkelheit hatte also nichts mit meinem Sehvermögen zu tun, sondern damit, dass es inzwischen wohl Nacht geworden war. Was war denn genau geschehen? Ich versuchte mich zu erinnern.

Und dann kam es: Wildschwein, Flucht, Sturz....

Wo war der Wüstling, der mich verfolgt hatte? Panik stieg in mir auf, mein Herz begann zu pochen. Ich hörte das laute Grunzen und wilde Schnaufen. Ängstlich lauschte ich in die Dunkelheit. Nein, da war wohl doch nichts. Hatte mich vielleicht getäuscht vor lauter Herzklopfen? Das Biest war wohl weg. Es herrschte Stille. Hatte sich wahrscheinlich aus dem Staub gemacht. Dachte sicher ich sei tot.

Ich setzte mich behutsam auf. Fühlte dabei einen entsetzlichen Stich in meinem linken Unterschenkel. Mist! Was war das denn? Ich fasste mir an die schmerzende Stelle. Äußerlich schien alles heil, aber jede kleine Bewegung tat tierisch weh. Als rieb etwas unter größtem Schmerz gegeneinander. Verdammt! Gebrochen? Das war nun wirklich zu viel. Tränen füllten meine Augen und liefen über meine Wangen.

Vorsichtig drehte ich meinen Oberkörper ein bisschen um meine Körperachse und sah auf der einen Seite unscharfe dunkle Umrisse, die eine steile Felswand sein konnten. Und auf der anderen Seite? Ich tastete vorsichtig vorwärts durch den Sand und einzelne Grasbüschel und fasste plötzlich ins Leere. Weiter nach rechts. Auch da war dann nichts mehr. Ich zog mich etwas weiter. Nichts! Da schien es steil nach unten zu gehen.

Neiiiin! Was soll das? Ich entschied mich, mich

eher an die Felswand zu lehnen als dorthin, wo es ungebremst runter ginge. Wusste ja nicht wie tief. Könnte ja passieren, dass ich nochmal ohnmächtig würde. Und diese Schmerzen! Kopf, Bein. Warum hörten die nicht einfach auf? AUAH!

Stöhnend ließ ich mich nach hinten fallen. Da spürte ich einen Widerstand an meinem Rücken, was war das? Ich griff nach hinten. Ach ja, mein Rucksack. Gut, dass der noch da war. Durst, Durst! Vorsichtig streifte ich die Träger ab und konnte ihn vor mich ziehen. Ich hielt ihn fest umklammert, denn der durfte nicht in diese dunkle Leere abrutschen.

Vorsichtig konnte ich meine Wasserflasche herausziehen. Gott sei Dank war sie noch fast voll. Ich trank mit zitternden Händen einige wohltuende Schlucke, die meine Kehle wiederbelebten. Ahhhh! Wie gut, dass wir Menschen die Flaschen erfunden hatten. Auch wenn diese hier aus Kunststoff war. Aber so war sie bei dem Sturz wenigstens heil geblieben und rettete mir vielleicht gerade mein Leben. Aber wie lange würde ich mit dieser einen Flasche auskommen können?

„So kann auch mal Plastik was Gutes sein, Mutter Erde", murmelte mein Mund ohne mein Zutun.

Wieder dämmerte es mir. Ja, ich war ja hier wegen ihr. Hier? An diesem gruseligen Abgrund, wegen ihr?

„Was soll das?", schrie ich verzweifelt laut heraus. „Wo bist du? Sag was!"

Nichts. Sie reagierte nicht. Ich war mutterseelenallein und brauchte Hilfe. Allein bei Mutter Erde um meine und unser aller Seelen besser verstehen zu lernen. Mutterseelenallein. Wie paradox war das eigentlich?

„Hilf mir!", rief ich noch mal verzweifelt in die Dunkelheit hinaus. Nichts! Ich schluchzte erneut auf. Deprimiert versuchte ich mich noch mal ganz fest auf sie zu konzentrieren. Schloss die Augen. Versuchte ruhig zu atmen, was bei diesen Schmerzen gar nicht so einfach war.

„Mutter Erde, bitte, sprich mit mir", konzentrierten sich meine Gedanken noch einmal ganz fest auf sie.

Aber es kam einfach gar nichts.

Warum machst du das mit mir, große Chefin? Hast du mich absichtlich hier in den Wald geschickt, mir vorgegaukelt, dass du mir deine Geschöpfe näherbringen willst? Um mich dann hier abstürzen zu lassen! Ich hätte tot sein können! Mit zunehmender Verzweiflung wurde ich immer wütender.

Wolltest du das vielleicht, damit ich dich endlich in Ruhe lasse? Damit du in deinem Selbstmitleid zugrunde gehen kannst? Ich kochte nun regelrecht vor Wut und Verzweiflung. Verdammt noch mal, du redest von Liebe, mit der du uns alle beseelt haben willst?

Ich lehnte mich verzweifelt an die vermeintliche Felswand. Immer mehr kam mir meine hilflose Situation vor wie ein Alptraum. Aber das erlösende Aufwachen geschah einfach nicht!

PAPA!

Und leise weinte ich vor mich hin. Kein Papa, keine Mama, keine Oma, die mich in den Arm nahm und sagte: „Kleine, es wird schon wieder gut." Wie gerne wäre ich in diesem Augenblick wieder die kleine, wohlbehütete Soe von früher gewesen.

Die Schmerzen nahmen zu. In meiner Hoffnungslosigkeit begann ich die Sterne zu zählen. Waren vielleicht welche von ihnen auch schon beseelt oder würden es noch oder waren es schon lange nicht mehr? Aber was nutzte es ihnen, wenn sie mit Liebe beseelt wären und dann einfach so im Stich gelassen würden. So wie ich gerade? Was machte das alles noch für einen Sinn?

Im schwarzen Dunkel jenseits des nahen Abgrundes knackte und raschelte es in einiger Entfernung. Was war das?

„Hallo", rief ich leise. "Ist da jemand?"

Dabei fiel mir auf, dass ich überhaupt keine Stimmen mehr gehört hatte nach meinem Sturz. Vorher hatte Mutter Erde mich doch geradezu damit überschüttet. Zeitweilig viel zu viel. Und jetzt war da gar nichts mehr. Es mussten doch immer noch Lebewesen hier im Wald sein. Die würden doch nicht alle schlafen. Komisch. Wieso war das so?

„Huuhuuuuu, hallo Soe, ich bin es, die Nachteulenchefin dieses Reviers", ertönte plötzlich eine tiefe, aber sehr melodische Stimme. Ich versuchte etwas zu erkennen. „Du kannst mich nicht sehen, wenngleich ich dich genau erkennen kann. Liegt an meinen nachtgeschulten Augen. HuuuHuuu. Ich sitze hier in deiner Höhe auf einer hohen Tanne."

„Es tut gut, deine Stimme zu hören! Ich brauche Hilfe, liebe Eule, ich bin..."

„Du brauchst mir nichts zu erklären, ich weiß über alles Bescheid", unterbrach sie mich. „Ich sagte dir doch, dass dies mein Revier ist. Weil ich die mental Stärkste bin. Und außerdem die Weiseste!"

„Weise? Wusste nicht, dass Eulen weise wären", murmelte ich unbedacht. Am liebsten hätte ich mir anschließend auf die Zunge gebissen. Diese Eule wäre vielleicht meine einzige Hoffnung. Wie konnte ich sie beleidigen? Sie erwiderte nichts, wieder herrschte Stille. Stille, die ich ob meiner Schmerzen und der Hilflosigkeit eigentlich nicht mehr ertragen konnte.

„Sorry", schickte ich kleinlaut in ihre Richtung. „Ich wollte dir nicht zu nahetreten. Ich kenne dich doch gar nicht!"

„Dann solltest du etwas bedachter mit dem, was du sagst, umgehen. Aber ich bin nicht nachtragend. HuuuuHuuuuu. Warum hast du nach Mutter Erde gerufen? Ich denke nicht, dass sie noch mal mit dir reden möchte. Sie hat dir doch gesagt, dass du sie nicht wirst retten können. Respektiere das doch einfach!"

Ich traute meinen Ohren nicht.

„Wie soll ich das respektieren? Mey hat mich doch angefleht, sie zu retten. Angeblich sei ich die Einzige, die das könnte“, fuhr ich sie an. „Denke, du weißt alles? Hätte mir auch andere Schulferien gewünscht! Chillen und so. Glaubst du, dies alles hier macht mir Spaß? Und jetzt sagst du, ich solle sie in Ruhe lassen? Habe wirklich keinen Nerv mehr!“

„Langsam, junges Fräulein. HuuuHuuu“, erwiderte sie scheinbar auch ein bisschen genervt. „Mey mag dich darum gebeten haben. Nun gut. Das heißt aber noch lange nicht, dass Mutter Erde ihrer Meinung ist. Mey ist schließlich eine Außerirdische und weiß auch nicht alles über unsere irdische Schöpferin. Ihre Situation ist viel komplexer als Mey ahnt!“, sagte sie geheimnisvoll. „Sie ist mit sich selbst im Widerspruch. Das kannst du, als Teil ihrer selbst, nicht so einfach mit einem Schnipp in Ordnung bringen.“ Es klang so, als ob sie mehrmals ihren Kopf schüttelte und ihr Gefieder einmal gründlich aufplusterte.

„Mann, Eule!“, stöhnte ich. „Für deine philosophischen Ausführungen habe ich jetzt wirklich keinen Kopf. Ich bin einfach sauer, dass sie mich hierhergelockt hat und mir jetzt nicht hilft!“

„Gemach! Gemach! Du bist meines Wissens freiwillig in diesen Wald gekommen. Richtig? Ich habe dich nämlich letzte Nacht mit den Rehen ankommen sehen“, rief sie mit bestimmtem Tonfall zu mir herüber. „Oder sollte ich mich irren?“, schob sie ironisch nach.

„Ja. Aber doch nur, weil Mey mir gesagt hat, ich müsse Kontakt mit ihr aufnehmen. Und woanders hätte ich nicht die Ruhe und Konzentration dafür finden können. Deshalb musste ich von zu Hause abhauen und hierherkommen. Wirfst du mir das vor?“

„An sich nicht. Aber was wäre überhaupt die ‚Rettung‘ für sie? Du bildest dir ein, das zu wissen. Aber hast du wirklich eine Vorstellung davon?“

„Nein“, erwiderte ich kleinlaut. „Will sie mich etwa loswerden, weil sie mich in diesen Unfall verwickelt hat? Das ist doch nicht fair! Was soll ich mich noch um sie bemühen?“, schluchzte ich wieder unter Schmerzen auf. Vorsichtig nahm ich noch einen Schluck aus meiner Flasche. Sicher werde ich sowieso bald verdursten oder abstürzen. Dann hat sie, was sie wollte“, murmelte ich trotzig.

„So solltest du das nicht sehen. Du hast dich ihr angeboten. Und sie scheint das nicht zu wollen.“ Sie schien kurz nachzudenken. Dann sprach sie weiter: „Im Übrigen: jedes ihrer Geschöpfe könnte ihren Schutz einfordern, aber deren Interessen widersprechen sich hin und wieder. Wen soll sie schützen, dich oder die Wildschweine? Sie kann nur für das große Ganze da sein. Und auch das schafft sie gerade nicht mehr. Das musst du so hinnehmen.“

„Hinnehmen? Nun mach aber mal halblang, du weiser Vogel! Dann ist Ende-Gelände für uns alle. Für das Projekt Erde! Gescheitert für immer. Und wir alle mit!“

„Soe, ich weiß, wie es dir gerade geht. Das halte ich dir zugute. HuuuuHuuuu. Ich sage doch nicht, dass du ganz aufgeben solltest. Aber du verrennst dich! Du siehst das Problem nur aus deiner Sichtweise. Du musst dich noch viel mehr in ihre, also unsere große Seele hineinfühlen.“

Ich stöhnte laut auf. Das war mir nun zu viel der Weisheit und ehrlich gesagt inzwischen schnurz-piep-egal! Ich wollte nur noch hier weg und dass diese elenden Schmerzen endlich aufhörten.

Die Eule redete weiter auf mich ein.

„Wie wolltest du ihr beistehen? Ihre Wunden verbinden oder was? Das kann sie nur selbst. Dich braucht sie allenthalben dazu, ihr die Augen zu öffnen. Sie sitzt in ihrer Sackgasse fest. Ich lasse dich nun alleine mit diesem Hinweis. Eines Tages wirst du erkennen, was zu tun ist“, sagte sie geheimnisvoll.

„Neiiiiin, lass mich nicht alleine, bitte nicht! Ich
werde hier sterben. Hier ist doch niemand, ich kann
hier nicht weg. Biiiitte", flehte ich sie verzweifelt an.
„Bleib hier bei mir!", heulte ich. Mein Kopf dröhnte,
mir wurde übel vor Angst.

Ich hörte, wie die Eule ihre Flügel zum Abflug aus-
streckte und sich dehnte.

„Neiiiin", schluchzte ich nochmal.

„Hab keine Angst, Soe. Ich bin sicher, dass jemand
nach dir suchen wird. Du bist ein besonderer
Mensch, der bestimmt von jemandem vermisst wird."

Meine Güte, was halfen mir gute Worte? Keine
Angst haben, pff!

„Die wissen doch gar nicht, wo ich bin."

Aber ich hörte ihre Flügelschläge, die sich immer
weiter entfernten, und bald nur noch ein Huuuhuuu
aus weiter Ferne.

Danach wurde wieder alles schwarz.

Schmetterling

Als ich wieder zu Bewusstsein kam, überschlugen
sich meine Gedanken. Ein heilloser Wirrwarr, dröh-
nende Stimmen, kreischende Geräusche. Wo war
ich? Eule, Wildschwein, AUA....

Das Durcheinander drohte meinen Kopf gänzlich
zu sprengen, als plötzlich etwas ganz Zartes meine
Nasenspitze mit einem Hauch von Frieden und Geborgenheit überzog. So sanft. Und doch so kraftvoll,
dass es meinen aufgewühlten Geist im selben Augenblick zu beruhigen vermochte. Was war das?

Neugierig öffnete ich meine Augen, um sie reflexartig gleich wieder zu schließen, denn es war inzwischen hell und die Sonnenstrahlen blendeten ungemein. So tasteten meine Finger nach dem Angenehmen auf meiner Nase. Und fühlte etwas weich Zappelndes. Was war das? Ganz vorsichtig öffnete ich meine Augen nochmal, jetzt blinzelnd. Nun erblickte ich ihn auf meinem Finger. Ein violetter Schmetterling tanzte in seiner ganzen Pracht auf meiner Hand.

„Hallo Soe, wie geht es dir?", fragte er mit zarter Stimme.

„Oh, du Schöner, wo kommst du denn her? Hast du mich eben so liebevoll geweckt?"

Aua, mein Kopf tat immer noch weh. Es war inzwischen Tag und vorsichtig sah ich mich um. Tatsächlich lag ich auf einem Felsvorsprung, denn direkt neben mir ging es einige Meter nach unten. Ich stöhnte auf. Meine Magengrube zog sich beim Blick in die Tiefe zusammen.

„Nur ruhig, Soe", fiepte mir der kleine Schmetterling zu. Seine liebevolle Aufmerksamkeit tat mir gut. Der Himmel musste ihn geschickt haben und ich streichelte ihm über seine schönen Flügel, was er sichtlich genoss.

Mein Blick ging nun in die andere Richtung und dort erkannte ich den steilen Hang über mir, den ich wohl auf meiner Flucht hinuntergefallen war. Es mochten nur so zwei Meter bis oben sein, aber er schien unbezwingbar. Da gab es nichts außer ein paar Grasbüscheln, woran ich mich hätte festhalten und hochziehen können.

„Neiiiin", schluchzte ich verzweifelt auf. „Was soll ich bloß machen? Mein Bein ist kaputt, mein Kopf!"

Der kleine Schmetterling flog auf meine Stirn und streichelte sie vorsichtig mit seinen Flügeln. Sie waren so kuschelzart. Wie Engelsflügel, kam es mir in den Sinn.

„Bist du sowas, was man in der Kirche als einen Engel bezeichnen würde?", fragte ich den Kleinen. „Du fühlst dich gerade so an, wie unser altmodischer Pfarrer die immer anpreist!", murmelte ich ihm gedankenverloren zu.

„Ich bin ein gewöhnlicher Schmetterling. Aber weißt du, jeder kann für einen anderen zu einem Engel werden. Das liegt in unserer Gemeinsamkeit, dass wir alle Mutter Erdes Geschöpfe sind. Wir alle tragen ihre Seele in uns. Und sie verbindet uns."

Ich sah das kleine Kerlchen erstaunt an. Ein einfacher Schmetterling. Mein Engel? So ein Quatsch! Ich schüttelte den Kopf. Unmöglich.

„Es gibt keine Engel, außer die, die bei uns in der Kirche von der Decke hängen", stöhnte ich und lehnte mich vorsichtig an den Hang.

„Ich bin ja auch kein Engel, nur weil ich zwei Flügel habe", lachte der Falter. „Diese Kunstgeschöpfe von euch Menschen gibt es bestimmt auch wirklich nicht. Habe ich jedenfalls noch nie als echte Wesen gesehen. Aber ich tue dir gerade gut, oder?"

Ich nickte.

„Du bist alleine und brauchst Trost. Und dafür bin ich zu dir geflogen. Und nun lass mich dir Zuversicht geben und uns überlegen, wie ich dir weiterhelfen kann."

Ich traute meinen Ohren nicht.

„Wie willst du mir helfen? Lächerlich! Ziehst mich hier den Hang hoch oder wie?"

Das kleine Tierchen begann um meinen Kopf zu fliegen, dann über meine Arme und berührte mich immer wieder ganz sanft. Es war unglaublich. Jeder Kontakt hüllte mich in eine Art friedvolle Wolke. Tatsächlich verflog kurzzeitig meine Angst.

„Wie schaffst du das?", fragte ich den Kleinen. „Wie kann mir so ein kleines Tierchen Hoffnung schenken?"

„Indem dich Mutter Erde durch mich ihre Seele

spüren lässt.“

„Nee, das ist jetzt nicht dein Ernst? Lass mich mit der in Ruhe! Von ihr habe ich gerade so die Nase voll“, schnauzte ich zurück.

Im Hintergrund hörte ich plötzlich ein leises Grummeln, fast als ob das Echo meines Ärgers zurückkam. Ich schaute mich besorgt um und sah weit über den Baumwipfeln dunkle Wolken aufziehen. Gewitter! Auch das noch, das würde mir gerade noch fehlen.

„Psst, Soe, lass dich nicht vom Zorn überwältigen“, säuselte er mir zart ins Ohr, „du wirst bald klarer sehen. Hilfe naht, sei zuversichtlich.“

„Du meinst wohl, Gewitter naht“, zischte ich.

Aber der kleine Kerl war in tanzenden Kreisen schon über den Hügel hinweg verschwunden. Nun war auch er weg.

Wieder alleine. Mutterseelenallein! Ohne Hilfe konnte ich hier nicht weg. Verdammt nochmal. Ich wurde bald wahnsinnig vor Hilflosigkeit! Vor Einsamkeit! Vor Angst!

PAPA! So paradox das klingen mochte: wenigstens er war ja noch bei mir. Obwohl er tot war. Weg für immer! Und doch immer da für mich! In mir! Wie sehr brauchte ich ihn gerade. Hilf mir doch endlich, Papa! Wenn Mutter Erde mich schon so eiskalt im Stich lässt! Das Gewitter kommt immer näher! Los!

Ok, Papa, für dich würde ich jetzt besonders stark sein! Und irgendeinen Ausweg suchen. Deine Kämpferin, auf die du immer stolz gewesen warst und auch für immer sein solltest!

Am Hang lehnend beobachtete ich mit Sorge den weiteren Aufzug der bedrohlich dunklen Gewitterfront. Schnell holte ich mir noch einige Kekse aus dem Rucksack und trank ein paar Schlucke Wasser. Ich würde Kraft brauchen. Ich musste alles versuchen, hier schnell wegzukommen.

Hopp jetzt, Soe, denk nach!

Kritisch beäugte ich nochmal den steilen Hang, den
es zu bezwingen galt. Er war nicht viel höher als ich,
aber relativ kahl und mit trockener Sandauflage.
Diese machte ein Abgleiten sehr wahrscheinlich. Dazwischen wenige kräftige Grasbüschel, die recht tief
verankert und stabil wirkten. Daran müsste ich wenigstens ein bisschen Halt finden können. Irgendwie
müsste ich probieren, mich daran klammernd, hin-
aufzuklettern. Aber nein, mit einem kaputten Bein
doch nicht! Ausgeschlossen. Sollte ich doch abrutschen, könnte ich womöglich ganz in die Tiefe abstürzen. In diese gähnende Leere, sicher zwanzig Meter hoch. Mit großen Felsbrocken und elendem
Gestrüpp. Das würde ich vielleicht nicht überleben.
Daran durfte ich jetzt nicht denken. Was hatte ich
für eine andere Wahl? Wenn ich überhaupt mit dem
Leben davonkommen wollte. PAPA! Für dich! Für
dich durfte ich nicht aufgeben!

Unweit von mir entdeckte ich einen dünnen Stock.
Er war recht gerade und so kam mir der Gedanke,
dass er mein verletztes Bein wie eine Schiene stabilisieren könnte. Mühsam gelang es mir, ihn mit dem
gesunden Bein heranzuziehen. Ich hielt ihn abschät-
zend an meine Hose. Ja das könnte funktionieren. So
zog ich meinen Gürtel aus meiner Hose und befes-
tigte damit das Holz unter Schmerzen und großer
Anstrengung an meinem Unterschenkel. Es klappte:
so fixiert tat die Bewegung nicht mehr ganz so weh.
Und so konnte ich mich unter größter Kraftaufwen-
dung auf meinem gesunden Bein zum Hang gewandt
aufzustellen.

Ein leiser Donner war in einiger Entfernung zu hören.

Los, beeil dich, Soe!

Die Zähne fest zusammengebissen und laut stöh-
nend krampfte ich mich mit beiden Händen in den
Grasbüscheln fest und zog mich ein Stück weit hoch.
Und so gelang es mir, ein wenig über den Vorsprung

in die Lichtung zu spitzeln, durch die ich gestern vor dem Wildschwein geflüchtet war.

„Hallo, ist da jemand?", rief ich laut. „Haaallllo! Hiiiiiilfe!"

Ich erwartete natürlich nicht, dass da jemand wäre. Außer den vielen Tieren, die ich gestern dort beobachtet hatte. Der kleine Frosch oder die Meisen konnten mir ja wohl kaum helfen. Und trotzdem rief ich aus Verzweiflung nochmals laut um Hilfe.

Wieder donnerte es. Nun ein bisschen lauter. Böiger Wind kam auf. Es wurde dunkler.

Verdammt, was sollte ich nur tun? Immer fester krallten sich meine blutleeren Finger in den steinharten Hang. Ich schwitzte vor lauter Anstrengung. Lange würde ich mich so nicht mehr halten können. Aber meine Kraft reichte einfach nicht, um mich hinaufzuziehen.

„HAAAALLLLOOO!", schallte es aus dem Wäldchen, aus dem ich ursprünglich hierhergekommen war.

War es Einbildung?

Nein! Ganz entfernt hörte ich tatsächlich eine Stimme.

„HAAALLLOOO, HIER", kreischte ich so laut ich konnte. Sollte da wirklich jemand sein? In diesem einsamen Gebiet? Ich stöhnte auf vor Glück und Erleichterung.

„SOOOOOEEEEE?"

Ich konnte es kaum fassen.

PAPA! Da ist jemand! Mein Herz klopfte bis zum Hals.

„JAAAAAA! HIER! Gordon, bist du das?", schrie ich wie von Sinnen. „HIER!"

Und bald konnte ich ihn, wenn auch noch weit entfernt, tatsächlich mit großen Schritten in meine Richtung laufen sehen. Das gelbe T-Shirt, die schlaksigen Jeans, mein Gott, Gordon! Er war es wirklich! Er musste mich gehört haben. Dabei fuchtelte er sich immer wieder vor seinem Gesicht herum und

streckte seine Hand nach etwas aus. Was machte er
nur?

„Gordon, hier, dich schickt der Himmel“,
schluchzte ich vor Freude. Gleich würde er da sein.

Zum ersten Mal blitzte es nun und kurze Zeit später folgte ein Donner.

„Soe, meine Güte, was ist passiert? Was machst du
da unten? Bist du verletzt?“

Besorgt schmiss er sich auf den Boden und sogleich erreichten seine Hände die meinen, die immer
noch die Grasbüschel fest umklammerten.

Diese Berührung unserer Finger war die inten-
sivste, die ich in meinem ganzen Leben verspürt
hatte. Etwas flatterte dazwischen. Mein kleiner
Schmetterling! Konnte das wahr sein? Gordon bemerkte trotz meines wohl schmerzverzerrten Gesich-
tes das Erstaunen in meinen Augen.

„Ja schau mal! Dieser kleine Kerl hier ist mir schon
eine ganze Weile vor der Nase herumgetanzt. Ich
hatte das Gefühl, er will mir etwas zeigen, sodass ich
ihm gefolgt bin. Wusste ja nicht wirklich, wo ich dich
suchen sollte.“

Tränen der Erleichterung rannen mir über die
Wangen und ich murmelte nur sowas wie, dass das
mein kleiner Engel wäre. Ich glaube nicht, dass Gordon in diesem Moment die Tiefsinnigkeit meiner
Worte verstehen konnte.

Hoffnung

Gordons kraftvolle Arme und meine schiere Verzweiflung schafften es irgendwie gemeinsam, mich gegen den Hang stemmend die Anhöhe hinaufzuziehen.

Wie lange ich, oben angekommen, danach keuchend auf dem Bauch lag, während Gordon mir tröstend die Schultern streichelte, weiß ich nicht mehr. Ich glaube, auch er weinte vor Glück, denn er schniefte und stammelte immer wieder meinen Namen. Und wie glücklich er sei, dass mir nicht mehr passiert sei und dass er mich überhaupt gefunden hätte. Dann lief er flink zum Bach und holte frisches Wasser in meinem Becher, der aus meinem Rucksack gekullert war. Abwechselnd nahmen wir gierig einige Schlucke.

„Gordon, ich bin so froh, dass du da bist", schniefte ich. „Wie hast du mich nur gefunden? Du hattest doch keine Ahnung, wo ich war?"

Gordon begann geheimnisvoll zu grinsen. „Schau mal, hier ist noch jemand!"

Und er zog langsam etwas aus seiner Hosentasche. Pandy! Paaaaannnnnndyyy! Wirklich!

„Wo hast du das denn her?", stammelte ich ungläubig und nahm es ihm aus der Hand und streichelte es zart. Ich hatte nicht damit gerechnet, es je wiederzusehen.

„Ich habe es am See gefunden, neben unserem Baumstamm. Als ich mich auf die Suche nach dir gemacht habe. Mann, hast du mir einen Schrecken eingejagt! Mir wird jetzt noch ganz schlecht, wenn ich daran denke. Soe, mach sowas ja nie wieder."

„Es muss mir bei der Rast unbemerkt aus meiner Hosentasche gerutscht sein. Geht es denn noch?", fragte ich ängstlich.

Sein zustimmendes Grinsen beantwortet meine

Frage.

Leicht begann es nun, von oben zu tröpfeln. Die dunklen Wolken würden uns bald erreicht haben.

„Und Mey ist auch noch da...", schmunzelte Gordon leicht euphorisch. „Sie hat mir gesagt, dass ich mal hier in dem Wald suchen solle. Sonst hätte ich dich nie ausfindig gemacht. Und als ich dann dein Fahrrad an dem kleinen Teich gefunden habe, dachte ich mir, dass du bestimmt in diese idyllische Gegend weitergelaufen bist."

„Hallo Soe", krähte es aus Pandy, „ich freue mich, dass dir nichts Ernstes passiert ist!"

Mey!!!

„Hallo Mey, schön dich zu hören! Es ist so viel geschehen! Ich bin inzwischen so sauer auf Mutter Erde und...!", schoss es aus mir heraus.

Gordon unterbrach uns energisch.

„Der Akku ist bald leer. Ich muss Pandy jetzt leider ausschalten. Falls wir später noch Hilfe rufen müssen. Und bald wird es hier schütten wie aus allen Rohren."

Besorgt deutete er zu den sich immer bedrohlicher aufbäumenden fast schwarzen Wolken und schob Pandy schnell in seine Hosentasche.

„Wir müssen Unterschlupf suchen! Los!"

Der vernünftige Gordon. Er hatte für mich gerade etwas Heldenhaftes an sich. Ich erzählte ihm in Kurzform, was mir passiert war und dass ich befürchtete, dass mein Unterschenkel angebrochen sein könnte. Er überlegte kurz.

„Laufen wirst du nicht können. Pass auf, Soe! Bleib kurz hier sitzen und ich bemühe mich, schnell dein Fahrrad den Berg hier hoch zu bringen. Dann könnten wir versuchen, die kleine Höhle neben dem Tümpel zu erreichen. Wird eng", sagte er besorgt zum Himmel aufschauend. „Aber ich beeile mich. Halt durch! Alles wird gut werden."

Und schnell rannte er los, so schnell, dass er

immer wieder an dicken Grasbüscheln hängen blieb und stolperte. Er gab wirklich alles.

Die Regentropfen wurden zahlreicher und immer dicker, helle Blitze zuckten nun fast über mir. Mist!

Mutter Erde, jetzt fährst du aber alle Geschütze gegen mich auf! Hat das Wildschwein nicht gereicht?

Hoffentlich würde das wilde Tier mich nicht wieder entdecken. Ich wünschte mir inständig, dass es sich mit seiner Familie im tiefsten Gebüsch vor dem Gewitter verkriechen würde.

Gott sei Dank, konnte ich in diesem Augenblick Gordon, der keuchend mein Fahrrad neben sich herschob, schon wieder sehen. Der sich mehr und mehr durchnässende Untergrund machte das Schieben nicht einfacher.

„Soe, schnell, versuch schon mal aufzustehen!", rief er mir schon von Weitem zu. „Wir müssen uns beeilen! Hier wird gleich die Welt untergehen."

Pff, doch nicht die Welt! Wenn schon, dann Mutter Erde, zuckte es mir durch den Kopf. Aber so ein Regenschutt würde ihr doch nichts anhaben. Wahrscheinlich hatte sie ihn mir doch extra geschickt. Der traute ich im Moment alles zu, so sauer war ich auf sie. Ach was für ein Quatsch, Soe, jetzt kümmere dich nur um dich selbst.

Als Gordon mich endlich erreicht hatte, packte er mich flugs unter den Armen und zog mich zwar energisch, aber doch auch vorsichtig auf meinen Fahrradsattel. Mein verletztes Bein auf dem Pedal abstützend und mich mit dem Arm auf Gordon lehnend, gelang es uns, das Rad langsam in Bewegung zu bringen. Gordon musste sich maßlos anstrengen, um gegen die Unebenheiten anzukommen, aber es klappte auf ebenem Grund zunächst erstaunlich gut. Der Regen prasselte inzwischen kräftig auf uns nieder. Mit etwas Glück jedoch würden wir bald den wenigstens etwas schützenden Wald erreichen.

Dort ging es dann jedoch immer steiler hinunter.

Der Boden weichte zusehends auf. Gordon schnaufte mit letzter Kraft und rotem Gesicht, um weiter zu schieben und gleichzeitig zu halten.

Um ihn bestmöglich zu unterstützen, versuchte ich, meine Schmerzen zu ignorieren und tapfer die Zähne zusammenzubeißen. Weit konnte es zu der kleinen Höhle bei dem Teich, der mir gestern noch einem Paradies gleich geschienen hatte, nicht mehr sein. Wie schnell konnten äußere Umstände innere Gefühle ins Gegenteil wenden.

Das Rad bewegte sich halb rollend, halb einfach irgendwie der Schwerkraft folgend rutschend durch den weichen Schlamm. Gordon gab einfach alles und bemühte sich, es geradeaus zu bewegen.

Doch plötzlich gab der Untergrund unter den Wassermassen nach. Das Rad kippte mit mir nach vorne und obwohl Gordon sich noch dagegenzustemmen versuchte, verloren wir beide die Kontrolle. Wieder drehte sich die Umgebung um mich. Es waren Gordons und meine schockierten Schreie, die von einem lauten Donner übertönt wurden.

Dann unbehagliche Stille. Durchbrochen nur von heftigem Regengeprassel. Vielleicht nur wenige Sekunden? Für mich fühlten sie sich jedoch an wie eine Ewigkeit.

„Gordon, wo bist du", rief ich verzweifelt, als ich mich im Schlamm unter meinem verdrehten Fahrrad liegend wiederfand.

„Hier, aua. Soe, wie geht es dir?"

Ich scannte gedanklich meinen Körper nach Schmerzen.

„Ich glaube, es geht", rief ich zurück. „Nichts Schlimmeres passiert, als vorher schon."

Mir lief das Wasser nur so vom Kopf und mühsam gelang es mir, das Fahrrad zur Seite zu drücken. Einige Meter weiter unten im Hang entdeckte ich Gordon stöhnend im Matsch liegend.

„Mein Arm, oah, Blut! Ich habe einen tiefen Riss,

glaube ich." Erschrocken begutachtete er seine blutige Hand, nachdem er den anderen Arm damit abgestreift hatte.

„Warte Gordon, ich versuche, mich zu dir zu ziehen."

Sein Arm blutete wirklich stark oder war es nur die Menge Regenwasser, die das Blut wegströmen ließ? Mich über ihn beugend schaute ich mich um und entdeckte tatsächlich die kleine Höhle nur wenige Meter abwärts von uns.

„Gordon, wir schaffen das, wir müssen jetzt beide tapfer sein. Los! Mein Papa ist bei uns, er möchte jetzt ganz stolz auf uns sein", versuchte ich ihn zu ermutigen.

Und so krochen wir beide mühsam durch den Schlamm. Dabei zog ich mein verletztes Bein unter heftigen Schmerzen nach.

Kurz ging mir mein Gespräch mit dem Baumstamm durch den Kopf: Wasser einlagern, Blätter, Blattläuse, Ameisen nähren…eigenartig, wieso kam mir das gerade jetzt in den Sinn?

Mann, Soe, nun konzentrier dich doch mal auf das, was hier gerade passiert, maßregelte ich mich selbst.

Und endlich hatten wir es geschafft, den trockenen Unterschlupf zu erreichen.

Noch außer Atem lehnten wir bald an der hinteren Felsenwand und schauten nach draußen. Vorsichtig gab ich Gordon etwas Wasser aus meinem Rucksack, der immer noch bei mir war. Welch ein Wunder. Wie wertvoll sonst wenig beachtete Dinge in einer Notsituation werden können, hatte ich ja schon auf dem Felsvorsprung verstanden.

Er wusch sich seine Wunde vorsichtig ein bisschen aus. Man konnte den tiefen, stark blutenden Schnitt am Oberarm nun besser erkennen. Schnell drückte er sich meinen Pullover, den ich aus dem Rucksack zog, kräftig darauf.

„Soe, wir werden jetzt Hilfe rufen müssen. Mit der

Wunde werde ich dich nicht weiter aus dem Wald ziehen können. Dein Fahrrad sieht außerdem auch recht verbogen aus. Zumindest was ich von hier aus beurteilen kann."

Es lag noch mit verdrehtem Lenker quer im Hang. Ich nickte, er hatte wohl leider recht.

Vorsichtig zog er Pandy aus seiner Hosentasche, zum Glück war es nicht rausgefallen. Er drückte auf den Ein-Schalter und wollte den Notruf wählen.

„Nein", stöhnte er verzweifelt auf und ließ Pandy enttäuscht sinken. „Nicht das noch!"

„Was ist los?", fragte ich erschrocken.

„Error – Feuchtigkeit im Gerät!"

Pandy war nass geworden und versagte jeglichen Dienst. Kein Notruf! Und so würde auch Mey wieder unerreichbar für uns sein! Jetzt kam aber auch alles zusammen!

Er kramte mühselig in seiner anderen Hosentasche nach seinem eigenen Handy, dessen Akku zwar wohl leer gewesen war, aber vielleicht ging es ja wenigstens noch kurz. Doch sein enttäuschter Blick aufs Display machte jede Hoffnung zunichte.

Verzweifelt schauten wir uns an. Was nun?

Verzweiflung

Wir überlegten fieberhaft, was wir nun machen sollten. Klar war, dass ich mich nicht weit alleine würde fortbewegen können. Und Gordon müsste erst einmal warten, bis das Blut nicht mehr so lief und der Regen aufgehört hätte. Dann könnte er versuchen, den Wald alleine zu verlassen. Aber auch er konnte sich nicht mehr erinnern, wie er an diese Stelle gelangt war. Er war Meys Anweisungen gefolgt. Was, wenn er nun in die falsche Richtung noch tiefer hineingeraten würde?

„Sorry, Gordon, es ist alles meine Schuld. Ich hätte mich nicht alleine auf diese verflixte Tour machen sollen", murmelte ich kleinlaut. „Aber meine Mutter hat sich so mies verhalten, echt. Und ich musste doch versuchen, mit Mutter Erde Kontakt aufzunehmen. Hätte ich gewusst, dass sie mich so hängen lässt, hätte ich uns das alles hier ersparen können. All dieser Mist hier wäre nicht passiert."

Gordon schaute mich nachdenklich, aber keineswegs vorwurfsvoll an.

„Soe, gib doch nicht so schnell auf. Klar, es ist nicht so verlaufen, wie wir uns das gewünscht hätten. Jetzt erkläre mir doch lieber noch mal genau, was alles passiert ist, damit ich mehr verstehen kann."

Und so legte ich los und erzählte und erzählte und erzählte. Draußen regnete es weiter, auch wenn sich das Donnergrollen immer weiter verzog. Gordon hörte einfach nur zu und sagte nichts. Runzelte ab und zu die Stirn und schwieg auch noch eine Weile, als ich schließlich fertig war mit meinen Ausführungen. Dann schloss er kurz die Augen und holte tief Luft.

„Du sagst, du konntest plötzlich die Tiere hier im Wald verstehen? Unglaublich. Wahnsinn! Welche Macht Mutter Erde doch noch hat. Dir diese Fähigkeit zu übertragen. Das war ein vertrauenswürdiges Geschenk an dich, das darfst du bei aller Enttäuschung nicht vergessen", meinte er. „Und jetzt? Hörst du sie noch?"

Überrascht sah ich ihn an.

„Nein, ich glaube nicht!" Daran hatte ich überhaupt nicht mehr gedacht. Ich hatte es in dem ganzen Durcheinander einfach vergessen.

„Warte, ich muss mich konzentrieren", sagte ich leise und schloss meine Augen. Ruhig, Soe, konzentrier dich. Ich atmete tief und versuchte, mich zu entspannen. Ruhig....

„Los Kinder, hier herüber, wir müssen uns wieder einen Unterschlupf suchen. Der Regen ist bald vorbei und dann könnte die Sonne uns wieder austrocknen."

Huch? Wo kam denn diese tiefe, behäbige Stimme her? Wer war das? Verwirrt schaute ich in die Richtung, aus der sie kam. Vor der Höhle entdeckte ich eine besonders dicke Schnecke, die ihren Kopf mit ausgefahrenen Fühlern hoch in die Luft streckte und Ausschau zu halten schien. Hinter ihr konnte ich einige dunkle Schatten entdecken, die ihr langsam zu folgen schienen. Waren das ihre Kinder? Ach wie süß! Sie hatten die Feuchtigkeit wohl genossen und im Wasser gespielt und hatten jetzt Angst, dass ihnen die Sonne gefährlich werden könnte.

Des einen Freud, des anderen Leid. Wie sollte Mutter Erde es jedem recht machen? Hätte sie uns doch zu Geschöpfen machen können, die alle nur Sonne mochten. Sie war doch unsere Chefin. Aber vielleicht war gerade die Vielfalt ihrer Kreationen das besondere an ihrer Leistung? Sie hatte sich für ihre Natur Vieles einfallen lassen.

Soe, komm zurück, fing ich meine abschweifenden Gedanken wieder ein.

„Ja Gordon, ich höre die Stimmen noch. Schau, da vorne unterhält sich gerade eine Schneckenfamilie!"

Fragend sah er mich an, dann entdeckte er die Tiere.

„Krass! Wenn es dir nicht so schlecht ginge, müsstest du eigentlich hierbleiben und das weiter beobachten", murmelte er.

„Nein danke. Ich habe die Nase jetzt gestrichen voll. Ich will nach Hause. Weg von hier!", entgegnete ich energisch.

Danach schien Gordon etwas sehr zu beschäftigen, denn gedankenversunken suchte er kleine Hölzchen und knackte sie nachdenklich. Biss auf ihnen herum, warf sie weg.

Schließlich sagte er nachdenklich: „Ich verstehe dich, Soe. Dir geht es gerade sehr schlecht und du brauchst dringend ärztliche Hilfe. Wir werden das schaffen, irgendwie. Aber Mutter Erde darf uns deshalb nicht egal sein. Sie ist wir, wir sind sie. Vergiss das nicht. Ich finde es so beeindruckend, was du mir von euerm Gespräch erzählt hast. Auch wenn wir noch nicht in der Lage sind, dies alles korrekt einzuordnen. Aber wir müssen dranbleiben, Soe. Es ist einfach unglaublich, was da alles geschehen ist in den letzten Tagen. Welches Vertrauen Mey dir in die Hände gelegt hat. Das kann doch noch nicht alles gewesen sein. Gib deine Erkenntnisse nicht auf. Wegen eines Wildschweines!" Er grinste mich an.

Dieser Gordon. Wie konnte er in dieser Situation noch grinsen?

„Ja und.... was schlägst du vor?" erwiderte ich genervt. „Ich habe solche Schmerzen, mir wird übel!"

Gordon half mir vorsichtig mich ein bisschen flacher hinzulegen, damit sich mein Kreislauf stabilisieren könnte.

„Wie bist du hierhergekommen? Mit den Rehen. Versuch sie doch nochmal mit deinem SÖV zu erreichen. Sie müssten mir nur die richtige Richtung zeigen, dann finde ich schon wieder aus dem Wald heraus und kann Hilfe holen. Los! Streng dich an Soe, du schaffst das", machte er mir Mut.

Mein Bein schmerzte wieder sehr und es fühlte sich heiß an. Mir wurde plötzlich richtig schlecht. Fühlte ich mich gerade wieder so hilflos. Ich brauchte dringend medizinische Versorgung und hoffte nur, dass Gordons Kraft reichen würde, hier herauszukommen. Der Regen ließ inzwischen nach und erste Sonnenstrahlen kamen hinter den tropfenden Zweigen hervor. Gordon müsste los, bevor es dunkel würde. Er durfte mit seiner Wunde im Dunkeln nicht nochmal hinfallen. Ich erinnerte mich an die vielen Wurzeln, die mir auf dem nächtlichen Weg so viele Schwierigkeiten bereitet hatten.

„Ok, ich werde es versuchen. Was haben wir für eine andere Wahl?", stöhnte ich.

Und ich schloss die Augen, versuchte meine Gedanken von dem schmerzenden Bein wegzulenken. Oma Gertrud hatte es mir ja gezeigt, wie man sich auf verschiedene Körperregionen konzentrieren kann. Daran versuchte ich mich zu erinnern. Es musste einfach funktionieren. Tatsächlich klappte es, zunächst die Schmerzen zu reduzieren. Ich atmete tiefer und tiefer und dachte an die beiden Rehe. Stellte sie mir in meinen Gedanken bildlich vor. Sie riefen nach ihnen: „Meine lieben Freunde! Hilfe, ich brauche noch einmal eure Hilfe! Bitte lasst uns nicht im Stich."

Und wirklich erschienen sie mir wieder, das Mutterreh mit ihrem Kitz. Und glücklicherweise erklärten sie sich bereit, Gordon den Weg aus dem Wald zu zeigen. Wie wunderbar waren diese Geschöpfe! Und welche hilfreiche Gabe war dieses SÖV!

„Sie werden kommen, Gordon, und dir helfen", konnte ich Gordon gerade noch mitteilen. Dann fühlte ich, wie eine innere Kälte mich von unten nach oben überschwemmte und meine Blicke schließlich wieder im Dunkeln versanken.

Wo bin ich?

Wirre Stimmen um mich, in Wellen kommend und gehend. Ich fühlte mich wie auf einem schaukelnden Brett inmitten des Meeres. Hin und her, hoch und runter. Doch wo kamen hier menschliche Stimmen her? Ich war doch bei Mutter Erde in ihrem Wald?

„Schau mal, sie bewegt ihre Augen. Wird unruhig. Ich glaube, sie wacht endlich auf", flüsterte eine vertraute Stimme. „Soe, Liebes, wach auf! Ich bin es, deine Mama." Und ich spürte ein sanftes Ruckeln an meinem Oberarm.

Mama? Wieso war die im Wald bei mir, in der Höhle? Wo war Gordon? Ich verstand das nicht. Meine Hände tasteten etwas Weiches, eine Decke lag wohl über mir. Es fühlte sich an, wie wenn ich in einem Bett läge. Wo war ich? Und so strengte ich mich mit aller Kraft an, meine schweren Augenlider zu öffnen, doch sie klebten fest zusammen. Was dann folgte war zunächst verschwommenes Licht und Schatten. Schließlich erkannte ich tatsächlich Mamas besorgtes Gesicht über mir. Daneben eine Frau in weißem Kittel, die mich auch aufmerksam beäugte.

„Soe, Gott sei Dank, du bist wieder wach", seufzte Mama mir erleichtert entgegen. Ihre Augen schienen von Tränen gerötet. „Ich bin so froh. Du bist in unserem Krankenhaus. Alles wird gut!", versuchte sie mich zu beruhigen. Und so langsam kamen meine Erinnerungen zurück. Mama! Wir waren im schlimmsten Streit unseres Lebens auseinander gegangen. Ich war von zu Hause abgehauen, weil ich sie nicht ertrug. Und nun stand sie besorgt an meinem Krankenhausbett. Wie war ich hierhergekommen?

„Wie fühlst du dich, Soe?", fragte mich die Frau in

Weiß betont sachlich, während sie etwas an einem
Schlauch der Tropfflasche, die über mir hing, ver-
stellte. Ich überlegte, wie ich mich fühlte.

„Mein Kopf tut weh…und mein Bein", murmelte ich
noch benommen.

„Ja, das kann ich mir vorstellen", erwiderte die Ärztin freundlich. „Du hast eine ordentliche Gehirnerschütterung und dein linker Unterschenkel ist zum
Glück nur angebrochen. Wir haben ihn eingegipst.
Es wird ein bisschen dauern, aber keine Angst, es
wird alles wieder. Sobald du dich wieder besser
fühlst, darfst du nach Hause. Deine Mama wird dich
bestimmt gut verwöhnen. Du hast großes Glück gehabt, dass der junge Mann dich so schnell gefunden
hat und Hilfe holen konnte."

Sie lächelte mir aufmunternd zu und verließ dann
den kleinen Raum ohne Fenster. Wahrscheinlich war
es nur ein Aufwachraum. Nach Hause? Ja, das
würde ich nur allzu gerne, wie sehr hatte ich mir das
in den bangen Stunden im Wald herbeigesehnt. In
mein kuschliges Bett und zu Echslein.

Junger Mann? Gordon. Gordon? Wo war er? Ich
schaute mich in dem kargen Raum um, entdeckte
ihn aber nicht.

„Wo ist Gordon?", fragte ich Mama besorgt.

„Ihm ist es gelungen, irgendwie wieder aus dem
Wald zu finden. Er murmelte etwas von Rehen, aber
das habe ich nicht ganz verstanden. Er konnte den
Rettungsdienst benachrichtigen und die haben dich
dann ohnmächtig aus dem Wald holen können. Frag
nicht, das war ein ganz schöner Kraftakt! Oh Soe, es
hätte alles viel schlimmer ausgehen können",
schluchzte sie auf. Ihre Wimperntusche war verlaufen, sie musste schon einige Tränen verweint haben.
Mama tat mir leid. Egal wie blöd sie sich mir gegenüber benommen hatte. Alles war ganz schön doof gelaufen.

„Der tapfere Gordon wird sicher gleich kommen,

auch seine Wunden sind inzwischen gut versorgt
worden. Er ist noch…, er…", stammelte Mama langsam, so als würde sie die richtigen Worte suchen.
Was? Fragten meine Augen fordernd.

„Er ist noch bei Oma Gertrud, sie liegt ein paar
Zimmer weiter."

WAS? Abrupt stützte ich mich auf meine Ellenbogen. Mein Kopf mutierte augenblicklich zu einem
Brummschädel, aber das war mir egal. Was war mit
ihr? Ich brauchte die Frage nicht zu stellen, Mama
sah mich verständnisvoll an.

„Soe, es tut mir leid, ich würde dir das jetzt gerne
ersparen."

„Was ist los, Mama, sag es mir!", drängte es aus
mir heraus.

„Liebes, sie hatte einen schweren Herzanfall. An
dem Morgen, als sie deinen Zettel gefunden hatte, fiel
sie plötzlich um. Du weißt, dass sie früher schon öfter Probleme hatte. Nun war die ganze Aufregung zu
viel. Sie ist sehr schwach, aber im Moment stabil.
Mach dir keine Sorgen."

Mama versuchte ein aufmunterndes Lächeln auf-
zusetzen, aber ich merkte, dass es nicht echt war.
Ich war also nicht der einzige Grund für die verlau-
fene Wimperntusche.

„Nein, Oma! Das darf nicht sein. Das war nur wegen mir, ich hätte nicht so einfach verschwinden sollen."

Ich fühlte mich gerade sehr elend in meiner Angst
um meine geliebte Oma. Hatte ich sie doch gerade
erst als so besonders liebevollen Menschen wahrzunehmen gelernt. Schlagartig hatte mich die traurige
Gegenwart wieder eingeholt und ich war wieder ganz
klar im Kopf. Oma! Nein! Ihr durfte nicht auch noch
was passieren.

„Mach dir keine Vorwürfe, Soe." Mama streichelte
mir zart die Hand. Ich sah neue Tränen in ihren Augen. „Ich habe mich an dem Abend scheußlich

benommen. Ich habe mindestens genauso viel
Schuld wie du. Es tut mir leid. Ich glaube, ich war zu
sehr mit mir beschäftigt. Ich habe dich nicht ernst
genommen. Dabei warst du gerade selbst mit der Situation überfordert. Oma hatte mir vor ihrem Anfall
alles genau erklärt. Ich hätte so gerne gleich mit dir
geredet, aber du warst ja nicht da! Und wir hatten
keine Ahnung, wo du warst!" Sie biss sich auf ihre
Unterlippe. „Soe, es tut mir leid, ich würde mein Verhalten so gerne ungeschehen machen. Verzeih mir."

Eine neue Träne kullerte nun über ihr Gesicht, die
sie schnell verstohlen abzuwischen versuchte.

„Ich habe mich auch nicht toll verhalten. Schon
gut Mama. Ich hätte nicht einfach weglaufen sollen,
hat ja keinem was geholfen. Noch nicht mal Mutter
Erde oder meinem Referat. Nur Oma geschadet. Ich
möchte zu ihr", schluchzte ich.

In diesem Moment öffnete sich nach einem kurzen
Klopfen schwungvoll die Tür und Gordon kam herein. Sein Oberarm steckte in einem dicken Verband
und als er mich wach sah, zog sich ein breites Lächeln über sein Gesicht.

„Hallo Waldprinzessin, da bist du ja wieder", rief er
mir zu. Dieser Gordon, wo nahm er denn jetzt wieder
diese gute Laune her? Mama trat ein paar Schritte
zurück und Gordon setzte sich auf einen Hocker vor
mein Bett. „Sieh mal, mein Arm ist fast so gut deko-
riert wie dein Bein", lachte er und streckte mir seinen
verbundenen Arm entgegen.

„Mach keine Scherze", sagte ich traurig, „wie geht
es Oma? Wie bin ich hierhergekommen? Das letzte,
woran ich mich erinnere ist, dass wir in der Höhle
saßen."

„Eins nach dem anderen Soe", beruhigte mich Gordon. „Also, deine Rehe haben mir tatsächlich den
Weg gezeigt, du erinnerst dich?" Gordon warf mir ein
Petz Auge zu. Ja, ich erinnerte mich, die Rehmutter
und ihr Kitz. Sie hatten also ihr Versprechen

gehalten.

„Naja und dann ging alles ganz schnell. Ich hatte außerhalb des Waldes bald Leute gefunden, die einen Notruf absetzten. Der Krankentransport konnte dich dann schnell finden und bergen. Dieses Mal hatte ich mir den Weg gut eingeprägt. Du hast ja ganzschön viel verschlafen! Hat dich wirklich böse erwischt, Soe. Es war höchste Zeit!“ Und er strich mir sanft über meinen Arm. „Nur schade, dass du den zauberhaften Wald so schnell verlassen musstest.“

„Danke, Gordon, für alles. Ohne dich wäre ich in dem Wald verloren gewesen. Dank Mutter Erde! Phh!“

„Nein, Soe“, widersprach er mir. „Rede bitte nicht abwertend von ihr. Sie ist immer unsere tolle Chefin. Wir reden in Ruhe darüber! Wir werden nicht aufgeben. Übrigens ist Pandy am Trocknen und ich werde es dir bald wieder mitbringen können.“ Und ein erneutes Petz Auge wurde in meine Richtung geschickt. Mey würde vielleicht bald wieder erscheinen können, wie schön. Ich hätte so viel mit ihr zu reden.

„Oma, wie geht es Oma?“, drängte es aus mir heraus. „Du warst doch bei ihr, oder?“

Gordons Gesicht wurde schlagartig ernster.

„Nun ja, ich war eben dort und durfte relativ lange mit ihr sprechen. Sie war sehr neugierig und ich habe ihr ausführlich schildern können, was du mir in der Höhle von deinem Abenteuer erzählt hast. Von deinem Unfall, aber auch von den vielen Begegnungen und vor allem von Mutter Erde. Sie wollte alles genau wissen und fragte immer wieder nach. Es war ein langjähriger Freund bei ihr zu Besuch, wohl ein älterer Mönch, der sich auch sehr interessiert zeigte und oft zustimmend nickte. Ihn schien unsere Geschichte nicht im Geringsten zu verwundern. Eigenartig.“

„Nun sag schon, wie geht es ihr?“, fragte ich ungeduldig.

Gordon räusperte sich. „Nun, sie ist sehr schwach, ihr Körper meine ich. Aber ihr Geist ist wach und erstaunlich hmmm…ausgeglichen und fast glücklich, würde ich sagen. Natürlich ist sie in großer Sorge um dich. Aber scheinbar nicht um sich selbst. Sie scheint ihre Verfassung irgendwie anzunehmen. Auch die Art, wie ruhig und entspannt sie mit ihrem Freund sprach, erstaunlich.“

Mit großen Augen folgte ich Gordons Worten.

„Ich möchte zu ihr“, murmelte ich. "Irgendwie muss das doch gehen?“ Fragend schaute ich zu Mama rüber. Sie nickte.

„Die Ärztin sagte, du kannst gerne noch einen Tag im Krankenhaus bleiben, bis deine Gehirnerschütterung abgeklungen ist.“

Und Gordon ergänzte lächelnd: „Und deine Oma hat soeben geklärt, dass sie dich in ihrem Zimmer haben möchte, sobald du wieder wach seist. Da sei noch genügend Platz für ein zweites Bett und da das Krankenhaus für gewöhnlich aus allen Nähten platze, sei das durchaus sinnvoll. So schwach sie auch sein mag, ihr Wille ist stark. Du hättest es hören sollen, wie sie das bei der Ärztin durchgesetzt hat.“

„Ist das wahr? Ich möchte gleich hin, los. Ich möchte zu Oma!“

„Es wird Gertruds größtes Glück sein, dich zu sehen“, murmelte Gordon und Mama klingelte zustimmend nach dem Pfleger.

Krankenbesuch

Quietschend öffnete Gordon vor meinem Rollstuhl die Tür von Omas Zimmer, was mir sofort den typisch muffigen Krankenzimmergeruch entgegenkommen ließ. Mein Blick fiel zuerst auf einen großen, dunkelhäutigen älteren Mann mit markanten Gesichtszügen, der eine orangefarbene Kutte mit gelbem Gürtel trug und mich wortlos mit freundlichem Lächeln strahlendweißer Zähne willkommen hieß. Ich hatte diesen Mann noch nie bei Oma gesehen. Wo war sie? Ich blickte neugierig in das auf der linken Fensterseite stehende Bett und erkannte das bleiche Gesicht meiner Oma. Sie hatte viele Schläuche um sich herumhängen und eine Nasensonde spendete ihr Sauerstoff. Hinter ihrem Bett piepste ein Monitor gleichmäßig. Trotz allem lächelte sie gütig, wie ich es so nicht erwartet hatte. Fast wie noch vor wenigen Tagen im Garten, jetzt allerdings ein wenig kraftloser. Was für ein schöner Abend war das noch gewesen.

„Soe, wie schön dich zu sehen!" Ihre Stimme klang ungewohnt schwach, aber ihre blauen Augen strahlten mich so liebevoll an, dass ich einen Moment vergaß, wie krank sie war. Sie breitete, zwar schwach, aber umso herzlicher ihre Arme aus. Natürlich konnte ich so schnell nicht aus dem Rollstuhl aufstehen und sie umarmen, aber unsere Hände schlossen sich in inniger Vertrautheit fest ineinander. Ihre feuchten Finger waren so kalt, dass ich erschrak.

„Oma, ich bin so froh, dass ich wieder bei euch bin. Es tut mir so leid, was dir wegen mir passiert ist. Soooo leid, ich bin schuld…!"

Sie legte ihren Zeigefinger beschwörend auf ihre Lippen. „Pst, Soe, keine solchen Gedanken. Niemand ist schuld an irgendetwas, sowas möchte ich nie wieder von dir hören. Du bist den Weg gegangen, den du gehen musstest und das hast du ganz mutig und pflichtbewusst getan. Es ist verständlich, dass du das alleine machen wolltest. Ich bin so gespannt, mehr von dir zu erfahren." Sie schnaufte tief, das Sprechen strengte sie augenscheinlich an und ihre Stimme wurde leiser.

„Soe, bleib heute bei mir und erzähl mir alles ganz genau, ja?" Sie zeigte mit einem sanften Armschwung auf ein gegenüberliegendes Bett. „Das ist dein Nachtlager. Ich denke, etwas bequemer als das, was du im Wald gewöhnt warst." Ein schelmisches Funkeln entglitt ihren Augen.

Ach Oma, du außergewöhnliche Frau.

„Doch vorher möchte ich dir noch Bruder Mahendra vorstellen, Liebes." Sie streckte dem Mann ihre Hand entgegen und legte seine auf die meine. „Er hat mich all die Jahre immer wieder begleitet, wenn es was zu überdenken gab oder schwierig wurde. Du kennst ihn nicht, weil ich ihn meist in seinem kleinen Kloster in der Nähe besucht habe. Wenn ich eine kleine Auszeit brauchte. Er war für mich der Weise auf meinem Lebensweg, mein Wegweiser."

Sie lächelten sich gütig an. Man sah, dass etwas ganz Besonderes die beiden verband. Vielleicht hatte sie ihr wunderbares Lächeln von ihm übernommen, kam es mir in den Sinn, denn seines glich ihrem irgendwie.

So kalt wie sich Omas Hände angefühlt hatten, so viel Wärme ging von der Hand des Mönches aus. Sie übertrug sich auf uns beide. Es hatte etwas von Frieden und Gelassenheit.

„Er weiß von deinem SÖV und alles unserer besonderen Familiengeschichte. Auch von Mey habe ich mir erlaubt, ihm zu erzählen. - Soe, Liebes, wenn mir irgendwas zustößt, dann findest du bei ihm Heimat für deine Probleme."

„Oma, sag sowas nicht, dir darf nichts zustoßen. Du musst bald wieder gesund werden!", protestierte ich verzweifelt.

Aber Oma strich mir sanft über meine Hand.

„Soe, ich bin alt und schwach. Und wenn es soweit ist, dann bin ich bereit. Aber vorher muss ich noch alles von dir erfahren, hörst du? Ich denke, die Geschichte mit Mutter Erde ist noch nicht zu Ende. Soe, du brauchst Kraft und Ruhe, um weiterzumachen. Geh mit Mahendra einige Tage in sein Kloster, dort hast du wunderbare Ruhe und immer ein Ohr und Herz von ihm. Er wird dich unterstützen, falls es schwierig würde. Tu das bitte, es ist mir ein Herzensanliegen.“

„Oma, ich habe ehrlich gesagt gerade die Nase voll von Mutter Erde. Sie will meine Hilfe nicht und was sollte ich schon tun? Sie hat mich sowas von im Stich gelassen. Pff“, erwiderte ich recht unwirsch.

Aber sie gab nicht nach. „Wie oft in deinem Leben hast du schon Hilfe abgelehnt, genau dann, wenn du sie am Nötigsten brauchtest? Du wirst sie nicht mit einem Fingerschnippen einfach so retten können, das ist klar. Aber du bist diejenige, die gerade einen Zugang zu ihr finden kann. Vielleicht können wir gemeinsam überlegen, wo ihr eigentliches Problem liegt. Nach all den vielen Jahren, die sie ihre Liebe an uns weitergegeben hat.“

Und zu ihrem Freund gewandt flüsterte sie: „Bruder Mahendra, bitte versprich mir, dass sie bei dir Unterstützung finden wird, ja?“ Dieser nickte freundlich. Es schien nicht vieler Worte zu bedürfen, damit sie einander verstanden.

„Ihr Lieben, ich muss jetzt ruhen“, murmelte Oma schwach und seufzte. „Danke Mahendra für alles und Soe, wir sprechen uns später. Leg dich in dein Bett und ruhe dich aus!“

Kranke Oma

Mama und Gordon hatten sich bald von mir verabschiedet. Mama mit dem Versprechen, mich morgen abzuholen, und Gordon damit, dass er mir schnellstmöglich Pandy wieder mitbringen würde. Es tat mir gut, mich weiter auszuruhen. Obwohl Oma tief und fest schlief, sorgte ihr gleichmäßiges Atmen für ein Gefühl tiefer Geborgenheit in mir. Oma! Wie sehr hatte ich mich im Wald nach ihr gesehnt. Und jetzt war nicht mehr ich diejenige, die ärztliche Hilfe benötigte, sondern sie. Aber irgendwie brauchte ich auch ihre Hilfe. Obwohl es mir aussichtslos erschien, wollten scheinbar alle, dass ich mich weiter um Mutter Erde bemühen sollte. Aber wie? Mit welcher Aussicht auf Erfolg?

Vieles hatte ich in dem Gespräch mit Mutter Erde nicht verstanden. Oder von dem, was mir der Baum erzählt hatte oder die Andeutungen der Eule. Was war wirklich Mutter Erdes Problem? Wieso war sie in dieses Burnout gelangt? Klar, die Umweltverschmutzung durch uns Menschen. Unser respektloser Umgang mit ihr und ihren Wesen. Das alles war nicht zu leugnen. Aber sie war doch unsere Chefin, sie könnte doch einfach mal auf den Tisch hauen. Warum tat sie das nicht? Warum hatte sie es so weit kommen lassen, sich so viel von uns gefallen lassen?

Oma schnaufte tiefer, hatte sie Probleme? Der gleichmäßige Ton des Überwachungsgerätes beruhigte mich wieder. Kurz darauf drehte sie den Kopf zu mir und sagte mich schwacher Stimme, aber einem beruhigenden Lächeln im Gesicht: „Hallo Soe, wie schön, dass du noch bei mir bist", und streckte mir symbolisch ihre Hand entgegen. Die Betten standen leider zu weit auseinander, aber ich konnte sie trotz der eintretenden Dämmerung noch gut erkennen.

„Oooma, ich habe dich so sehr vermisst. Endlich hatte ich kapiert, was für ein toller Mensch du bist und dann haben uns diese eigenartigen Ereignisse wieder getrennt. Und jetzt deine Krankheit. Ach Oma, ich habe solche Angst dich zu verlieren!“

„Mach dir meinetwegen keine Sorgen, Soe! Ich habe noch nicht vor, zu gehen. Ich bin viel zu neugierig darauf, wie du ihr helfen kannst. Gordon hat mir ja schon ganz Vieles erzählt. Ich habe ihn gelöchert“, flüsterte sie schmunzelnd zu mir herüber. „Für dich werde ich durchhalten. Aber dazu brauche ich dein Versprechen, dass du das mit Mutter Erde weiterverfolgst. Und du musst mir zusagen, dass du dir Hilfe bei Bruder Mahendra holst. Geh ein paar Tage zu ihm. Er wird dir helfen, deine Gedanken zu sortieren und daraus einen Weg zu finden. Da bin ich mir ganz sicher. Das kann er echt gut, Gedanken zu sortieren. Oft reicht das schon, um klarer zu sehen.“ Sie schaute mich erwartungsvoll an. „Na?“

„Ok, ich werde mein Bestes tun. Aber du darfst mich nicht alleine lassen, hörst du?“

Ihr zuversichtlicher Blick aus ihren müden Augen schien uns wie ein Band durchs Krankenzimmer zu verbinden. Sie war mir ganz nah.

„Soe, du bist und wirst nie alleine sein. Denn du bist auch ein Teil dieses Ganzen. Du hast natürlich Mama und Gordon und irgendwie auch Mey, die hier für dich da sind. Und deine Freunde. Aber vergiss nicht, wir alle gehören zu dem Großen. Auch wenn wir unseren irdischen Weg jeder als Person irgendwann beenden. So ist doch unsere Seele weiter da. Ich glaube ganz fest daran, Soe. Das ist für mich nicht nur ein Trost, den sich Menschen für den Tod ausgedacht haben. Vielleicht leben wir in anderen Lebewesen weiter, das weiß ich wirklich nicht. Es geht über meine Vorstellungskraft hinaus.“ Sie seufzte gedankenversunken. „Aber ich fühle, dass

Mutter Erde uns alle irgendwie verbunden hat als irdische Seelen. Und dass sie CEOs Großes mit ihrer Liebe kombiniert und an uns alle weitergegeben hat. Das ist ihre Leistung. Das neutrale Außerirdische in liebevolles Irdisches verwandelt. Das dürfen wir nicht zerstören. Das steht uns Menschen einfach nicht zu. Mutter Erdes Konzept der Liebe kann doch nicht verkehrt sein. Ich glaube, das hat selbst CEO erkannt. Vielleicht hat er deshalb Mey zur Hilfe geschickt?"

„Meinst du wirklich Oma? Glaubst du, dass das richtig ist?", fragte ich ungläubig.

„Soe, ich weiß es nicht, ob ich das richtig oder falsch sehe. Ich glaube, darum geht es auch gar nicht. Dazu sind wir Menschen zu unbedeutend, um das beurteilen zu können. Das Problem unserer ganzen selbstgemachten Weltanschauungen ist einfach, sich das Richtig oder Falsch anzumaßen. Ich meine, dass unsere endlichen Körper noch nicht alles sind. Wir haben etwas, das wir Seele nennen und ich denke, dass diese ewig weiter schwingen oder existieren oder was auch immer wird. Und wir uns ganz sicher auch immer irgendwie wieder begegnen werden."

Sie atmete angestrengt. Was für schwere Kost in einfachen Worten hatte mir Oma da gerade in meinen Schoß gelegt? Ich dachte schweigend darüber nach.

„Weißt du was, Oma?", sagte ich schließlich leise. „Als ich da so alleine im Wald war, war Papa immer wieder bei mir. Ich habe mit ihm gesprochen, er hat mir Mut gemacht, als es schwierig wurde. Meinst du das?"

„Ja, so denke ich mir das. Seine Seele ist dir immer noch sehr verbunden und du hast das gespürt. Und ich meine, wenn ich bald meinen irdischen Weg beenden werde, da wird es mein größtes Glück sein, meinem Sohn und auch deinem Opa wieder enger verbunden zu sein. Wie das sein wird, weiß ich nicht, aber ich bin gespannt. Also, Soe, wenn es soweit ist, möchte ich nicht, dass du traurig bist. Wir zwei werden uns immer nah bleiben."

Mir kamen Tränen, während Oma schwer atmete.

„Oma sag das nicht. Ich habe dich lieb, hier und jetzt!", schluchzte ich.

„Keine Sorge, Kleines, ich gehe noch nicht. Vergiss nicht, dass wir noch viel vorhaben...für Mutter Er...", weiter kam sie nicht. Sie begann plötzlich nach Luft zu ringen und verdrehte die Augen. Der Monitor piepste laut und unregelmäßig, schlug schließlich Alarm.

„Oma", schrie ich. „Hilfe!" Zum Glück fand ich sofort den roten Notfallknopf an meinem Bett und dann ging alles sehr schnell! Pfleger und Ärzte stürmten in das Zimmer und irgendjemand packte mein Bett und schob mich raus.

Pläne

„Mama", schluchzte ich. „Ich habe solche Angst!" Nun waren auch meine Augen mindestens so verweint, wie die von Mama gestern. Nur dass ich keine Wimperntusche aufgetragen hatte. Ich saß auf Omas Terrasse in ihrem Meditationsstuhl neben dem plätschernden Brunnen und hatte mein Gipsbein hochgelegt. Mama nahm mich von hinten liebevoll in den Arm und drückte mir einen Kuss auf mein Haar. Es tat gut, ihre Nähe zu spüren. Warum hatten wir uns nach Papas Tod nur so weit auseinanderleben müssen? Vielleicht, weil sie mich vor ihrer eigenen Verzweiflung schützen wollte? Vielleicht, weil sie mir die Starke vorspielen wollte? Jetzt endlich war es für sie wohl wieder möglich, ihre eigene Schwäche einzugestehen? Vielleicht hatte sie auch verstanden, dass ich nicht mehr die „kleine" Soe war, der man eine heile Welt vorgaukeln musste? Auch ich hatte mich nicht sehr nett zu ihr verhalten. War einfach nur genervt gewesen von unserer ganzen Situation. Teenager eben, wie man das uns Jugendlichen immer wieder gerne vorhielt. Aber nun war ich spätestens mit den turbulenten Ereignissen der letzten Tage in der komplizierten Welt der Erwachsenen angekommen. Ziemlich abrupt konnte man sagen!

„Ich auch, mein Liebes", seufzte sie mir in mein Ohr.

Noch in der Nacht hatten die Ärzte mir und Mama, die nach Omas Zusammenbruch schnell ins Krankenhaus geeilt war, erklärt, dass sie einen erneuten schweren Herzanfall erlitten hatte. Sie müssten sie für einige Tage ins künstliche Koma versetzen. Damit sie sich erholen könnte. Aber auch danach sei nicht klar, ob sie wieder aufwachte und wie lange sie noch und in welchem Zustand weiterleben könne. Allzu lange werde sie wohl keine Kraft mehr haben, vermuteten sie. Es täte ihnen sehr leid, sie würden alles in ihrer Macht Stehende tun. In Anbetracht dessen, dass sie jetzt erstmal eine Zeit ganz sicher nicht bei Bewusstsein sein werde, solle auch ich jetzt besser nach Hause gehen. Ich bräuchte meine eigene Erholung und müsse selbst wieder zu Kräften kommen.

Und so saß ich nun in Omas wunderschönem Garten inmitten ihrer bunten Blumen, wo ich sie sehr nah fühlen konnte. Mein Kopf tat immer noch sehr weh, an mein Gipsbein hatte ich mich inzwischen gewöhnt. Wenigstens darin spürte ich durch die Ruhigstellung keine Schmerzen mehr. Mein Kopf dagegen arbeitete zu angestrengt, als dass er sich hätte ausruhen können. Ich erzählte Mama in stockenden Sätzen von meinem Gespräch mit Oma vor ihrem Anfall. Über die intensive Zeit mit ihr. Immer wieder kamen mir die Tränen und ich musste schlucken.

„Ich glaube, Oma meinte das ernst, dass sie keine Angst vor dem Tod hat, dass sie eher auf das Ewige gespannt ist."

„Ja, ganz sicher, Soe, Oma sagt sowas nicht einfach nur so daher. Sie ist eine sehr weise Frau. Ganz bestimmt ist sie davon überzeugt, irgendwie Opa und Papa dort wieder zu treffen. In welcher Form auch immer. Und das ist sehr beruhigend für sie. Ich denke, sie vermisst die beiden sehr, auch wenn sie dich ganz besonders ins Herz geschlossen hat", stimmte Mama mir zu. Sie sah wohl wie traurig ich war.

„Sie hat mich so gedrängt, das mit Mutter Erde weiter zu verfolgen. Es ist ihr so wichtig, wie es weiter geht. Und jetzt geht es vielleicht für sie selbst nicht weiter."

Ich konnte es einfach nicht fassen. Wollte es nicht. Ich dachte eine Zeit lang schweigend nach, während sich Mama auf den Brunnenrand setzte und sich ihre Hand im Wasser abkühlte. Es war schon am Morgen ein heißer, schwüler Tag und die Luft roch nach Gewitter, obwohl noch keine Wolke am Himmel zu sehen war.

Ich wünschte, dass ich Oma irgendwie helfen könnte. Aber das konnte ich nicht, ich war leider kein Arzt. Wie sehr betete ich, dass sie sie retten könnten. Verdammt! Aber ich musste doch irgendetwas für meine liebe Oma tun können.

Nun, eigentlich hatte sie mir ja einen ganz klaren Wunsch geäußert: weitermachen mit Mutter Erde und zu Bruder Mahendra ins Kloster fahren zum Erholen und zum Gedanken sortieren. Das hatte sie eigentlich schon mehr als Auftrag erteilt. Das sollte ich jetzt tun – für sie. Und ich sollte mich beeilen, denn meine einzige Hoffnung nach Aussage der Ärzte konnte doch nur sein, dass sie mit klarem Verstand nochmal für eine Zeit aufwachte. Und dann sollte ich nicht mit leeren Händen an ihrem Bett stehen. Ja, das müsste mein Weg sein. Das war eine Möglichkeit.

Ich schaute zu Mama. Sie bemerkte meinen Blick sofort und schaute mir fragend in die Augen.

„Was denkst du, Soe?"

„Mama, ich muss Oma ihren Wunsch zu erfüllen. Sie hat ihn klar ausgedrückt. Und dann beten wir, dass sie noch in der Lage sein wird, seine Erfüllung wahrzunehmen. Aber..." Mama schaute mich neugierig an. „Es muss schnell gehen, ich habe keine Zeit zu verlieren. Die läuft mir weg. Ich wünsche mir nichts sehnlicher, als noch mal mit ihr sprechen zu können und ihr dann von neuen Erkenntnissen berichten zu können. Allerdings habe ich bis jetzt noch keine Ahnung, was das sein wird. Aber ich möchte sie so gerne nochmal lächeln sehen."

Ja, Omas Lächeln, das war gerade mein sehnlichster Wunsch. Es hatte so viel Güte! Meine Gedanken wurden von dieser Vorstellung für einen Moment rosa gefärbt. Dann landete ich mit einem Schwupp wieder auf dem Boden der Tatsachen. Es musste schnell gehen!

Mama schaute mich liebevoll an und nahm zärtlich meine Hände in die ihren.

„Meine Kleine, du bist so plötzlich meine ‚Große', meine Vernünftige geworden. Noch vor ein paar Tagen dachte ich, dir erzieherische Vorschriften machen zu müssen. Wie habe ich dich unterschätzt. Ich werde dich unterstützen, wo immer du meine Hilfe brauchst. Ich kann Bruder Mahendra anrufen und dich für einige Tage zu ihm bringen." Nickend nahm ich ihren Vorschlag an. „Ich werde dir eine Tasche vorbereiten. Noch was?" Ich überlegte.

„Gordon! Ruf ihn bitte an! Er soll sofort herkommen. Er weiß ja noch gar nichts von Omas dramatischem Zustand. Und er soll Pandy mitbringen. Und er soll sich beeilen!"

Sofort machte sich Mama eilig auf den Weg zum Telefon und ich versuchte noch mal einen Moment der Ruhe zu nutzen, um Oma ganz nah bei mir zu fühlen.

„Oma du schaffst das! Wir schaffen das! Ich habe dich so lieb!", murmelte ich leise.

Aufbruch

Es dauerte keine Viertelstunde bis Gordon zu mir in den Garten gestürmt kam. In seiner Hand sah ich Pandy in der Sonne blitzen, er musste es gewienert haben.

„Soe, wie schlimm! Wie konnte das mit Gertrud passieren? Ihr ging es doch gestern ganz gut. Mist!" Er setzte sich neben mich auf Omas rosafarbenen Gartenstuhl. Mama hatte ihm am Telefon wohl in Kurzform die Ereignisse erzählt und daraufhin hatte er sich sofort auf sein Rad geschwungen. Seine Wunde schien ihn nicht mehr zu behindern, so zügig wie er da war.

„Gordon, es muss jetzt alles ganz schnell gehen. Wir haben keine Zeit zu verlieren. Ich möchte Oma ihren Wunsch erfüllen und wir wissen nicht, wie lange sie noch durchhalten wird. Einige Tage wird sie im Koma sein, dann werden wir sehen", erklärte ich ihm knapp. „Bis dahin werde ich versuchen, bei Bruder Mahendra mit unserem Bemühen um Mutter Erde weiterzukommen. Frag mich nicht! Ich habe keine Ahnung davon, was und wie. Ich weiß gar nicht, wo mir der Kopf steht!"

„Trotz allem, mit Bedacht, Soe! Vergiss nicht, dass du gerade selbst noch verletzt bist!"

Ich schüttelte energisch den Kopf, auch wenn das wieder unangenehme Schmerzen provozierte.

„Lass das mit der Vernunft, Gordon, ich muss weg. Mama packt meine Sachen, dann geht's los. Gib mir bitte Pandy. Geht es wieder?" Gordon nickte und erleichtert griff ich danach. „Ich hoffe, dass Mey mir helfen kann. Hältst du hier die Stellung? Und das Referat...verdammt nochmal, ich glaube, ich brauche deine Hilfe, das schaffe ich jetzt nicht auch noch!"

„Tut mir leid, Soe, was da alles gerade auf dich einstürzt. Ich bin einsatzbereit, wann immer du mich brauchst, verstanden? Du bist stärker als all das hier und ich bin sicher, irgendeinen Weg wirst du finden. Drücke dir die Daumen. Und für unsere liebe Frau Rothaar-Lehrerin werde ich schon irgendwas zu Papier bringen. Wir haben doch schon ganzschön viel erlebt bisher. Daraus kann ich zur Not irgendwas basteln, falls die Zeit zu knapp wird. Mach dir bloß darum jetzt keine Gedanken. Wir schaffen das. Und viel wichtiger, deine Oma schafft das!"

Schnellen Fußes kam Mama auf die Terrasse gelaufen und rief: "Bruder Mahendra erwartet dich, deine Tasche ist gepackt. Viel brauchst du ja mit deinem Gipsbein nicht, du musst dich ja noch ruhen. Ich habe dir noch ein paar Lebensmittel eingepackt, von mir aus kann es losgehen!"

„Ok, Mama. Danke! Also Gordon, du weißt Bescheid. Ich verlasse mich auf dich!" Wir schlugen uns die Hände aneinander, wonach Gordon meine Hand noch mal ganz fest drückte und mir tief in die Augen schaute.

„Dein Ausflug war nicht umsonst. Bring Meys Auftrag zu Ende. Du bist stark, denk immer daran. Mach's gut, Soe!" Zum Abschied drückte er mir einen freundschaftlichen Kuss auf die Stirn.

Kloster

Zum Kloster führte eine schmale kurvenreiche Straße eine Anhöhe hinauf. Es lag versteckt, umgeben von kühlendem Wald und schien nicht groß zu sein. Nur wenige schlichte, kleine alte Gebäude umgaben einen großen Innenhof, der auch so einen angenehm plätschernden Brunnen beherbergte und mit zarten Blumen bestückt war wie Omas Terrasse. Mehr konnte ich auf die Schnelle nicht entdecken, da ich ja immer noch durch meine Krücken in meinem Bewegungsradius stark eingeschränkt war.

Bruder Mahendra begrüßte uns herzlich, aber ohne viele Worte. Das entsprach wohl seiner Lebenseinstellung. Ich empfand das angenehmer, als wenn er nervös viele Floskeln von sich gegeben hätte. Es verlieh seinen wenigen Worten viel mehr Gewicht. Sie wirkten ernst gemeint und von Herzen kommend. Ich mochte ihn.

Mama verabschiedete sich bald mit einer liebevollen Umarmung von mir.

„Du bist meine erwachsene, starke Soe. Ich habe dich sehr lieb! Hab Vertrauen zu Mahendra. Oma schätzt ihn wirklich sehr", flüsterte sie mir noch ins Ohr. Ich winkte ihr noch kurz nach. Mahendra rief einen jungen Mönch herbei, der mich dann auf mein schlicht gehaltenes Zimmer im Erdgeschoss brachte. Das Fenster ging zum Innenhof mit Blick auf den plätschernden Brunnen.

Bald ruhte ich auf meinem einfachen Bett und dachte nach, wie es weitergehen könnte. Meine Kopfschmerzen waren nicht mehr ganz so schlimm und ich konnte darauf hoffen, dass die Gehirnerschütterung bald ganz abgeklungen sein würde. In einer Stunde sollte ich zum Essen abgeholt werden und danach wollte Bruder Mahendra mit mir sprechen,

sofern ich das wollte. Klar wollte ich, genau dafür
hatte mich Oma doch hierhergeschickt.

Mey! Ich müsste auch sie sprechen. Sie hatte doch
diesen großen Stein ins Rollen gebracht. Und so
schaltete ich Pandy vorsichtig ein.

Bimm, Bimm, Bimm. Neugierig schaute ich aufs
Display. Oh nein, tausende von Nachrichten über die
Socialmedia. Angelina und Co. Die fehlten mir gerade
noch: „Soe, wie geht es bei Dir? - Wir haben fette
Partys! - Du versäumst hier echt was. - Schau mal,
Andy am Strand! Er war echt ganzschön zu! - Wa-
rum meldest du dich nicht?“ Und so ging es weiter...

Nein darauf hatte ich jetzt echt keine Lust. Hatte
die schöne Angelina ganz vergessen, dass ich wegen
ihr dieses Referat am Hals hatte? Das Larifari ging
mir echt auf den Wecker, es gab jetzt Wichtigeres zu
tun. Dafür hatte Angelina überhaupt kein Gespür.
Ich klickte die Nachrichten ärgerlich weg und versuchte mit Mey in Kontakt zu kommen.

Tatsächlich dauerte es nicht lange bis Pandy wieder das vertraute Zischen von sich gab und Meys Gesicht auf dem Bildschirm erschien. Sie lächelte mir
freundlich zu. Ich musste zugeben, so sehr sie mich
anfangs genervt hatte, so sehr hatte ich sie mittlerweile auch vermisst. Ich erwartete, dass sie mir einige Fragen beantworten konnte, zu dem, was da inzwischen alles passiert war.

„Hallo Soe, ich freue mich, dich wieder einigerma-
ßen gesund zu sehen. Tut mir leid, dass du schlimme
Dinge erleben musstest.“

„Da hast du allerdings Recht, Mey. Ganz schön
blöd gelaufen. Aber ich darf jetzt nicht viel Zeit verlieren, du musst mir schnell weiterhelfen. Ich verstehe
so viele Zusammenhänge nicht. Und für Oma muss
ich genau herausfinden, was denn nun eigentlich das
Problem ist. Sie möchte es so gerne noch vor ihrem
Tod wissen...die Zeit läuft mir weg!“ Gespannt
schaute ich in Pandy. Doch Mey verzog keine Miene.

„Mey? Was ist das mit Mutter Erdes Burnout? Warum hat sie das eigentlich? Das ist doch nicht nur die Umweltverschmutzung und so was. Wie äußert sich das denn letztlich für uns? Wenn wir es nicht schaffen, sie aus dem Depriloch zu holen? Du musst mir das sagen! Sie selbst war so abweisend. Sie will gar keine Hilfe. Und die Eule hat nur so eine vage Andeutung gemacht! Damit kann ich nichts anfangen!" Ich wurde immer drängender in meinen Worten. Aber Mey schwieg einfach weiter.

„Mey!! Rede schon, du hast doch das Ganze angezettelt!"

Mey schaute mich nur an und brauchte eine gefühlte Ewigkeit, bis sie wieder mit mir sprach.

„Soe, hör mir zu. Es tut mir leid. Aber ich und sogar CEO, wissen das auch nicht so genau. Irgendwas in Mutter Erdes eigenem System muss da schieflaufen. Außerhalb der Umweltverschmutzung und des Klimawandels. Klimaveränderungen hat sie im Laufe der vielen Jahre immer mal wieder überstanden. Auch wenn das, was zurzeit abläuft ein ganz anderes Ausmaß hat und unveränderbare Folgen nach sich ziehen wird. Aber wir sind nun mal außerirdisch ohne direkte Verbindung zu euch. Nur Beobachter. CEO hat sich damals schon ausgeklinkt, als er Mutter Erde die Erlaubnis gab, etwas Neues zu probieren. Und solange alles zu laufen schien, war es in Ordnung für ihn. Aber irgendetwas stimmt nicht. Etwas Irdisches. Und deshalb gab er mir den Auftrag und ich somit dir, es herauszufinden."

Das konnte jetzt nicht wahr sein!

„Aber du hast mir doch was erzählt von ihrer Verbindung zu uns Menschen, die verloren ginge, oder sowas? Und auch Mutter Erde selbst hat doch etwas gesagt davon, dass wir immer mehr unsere Verbindung zur ihrer ewigen Seele aufgäben? Was meint sie damit?"

„Entschuldige, Soe, meine Andeutung war nur eine

vage Vermutung. Um dich neugierig zu machen. Wahrscheinlich ist sogar etwas Wahres dran, wenn sie selbst davon sprach. Ehrlich gesagt, haben wir echt keine Ahnung, was genau los ist. Es muss etwas mit Gefühl oder der Verbindung zueinander zu tun haben und sowas kennen wir Außerirdischen nicht. Das ist Mutter Erdes Werk. Das kannst nur du als Irdische rausfinden. Und das musst du unbedingt. Denn wenn Mutter Erde aufgibt, ist euer Erdprojekt gestorben. Dann wird CEO seine ewige Energie abziehen und Mutter Erde wird wieder zu Staub im Weltall.“

„Mey, was soll das?“, rief ich verzweifelt. Erschreckte aber augenblicklich, denn ich fürchtete, dass mich in dem sonst sehr ruhigen Kloster jemand hören könnte.

Sie wartete wieder lange mit einer Antwort. Ich bekam Angst. Nun schien auch sie mich im Stich zu lassen, wie Mutter Erde zuvor. Ich sollte nun dieses ganze Durcheinander alleine verstehen oder gar lösen? Was dachten die sich alle?

„Soe, ich werde immer für dich da sein und tun, was ich kann. Aber versteh doch, dass nur du gerade vermitteln kannst. Du kannst sicher nicht alle Probleme lösen. Aber ich vermute, dass Mutter Erde sich in irgendetwas verrannt hat, das ihre Psyche schwächeln lässt. Wie gesagt, mit Klimaveränderungen ist sie immer wieder fertig geworden. Nicht angepasste Lebewesen sind ausgestorben, neue haben sich entwickelt. Das würde sie schaffen, da bin ich mir ganz sicher. Aber warum zieht sie das Ganze im Moment so weit herunter, dass sie alles aufgeben möchte? Soe, das musst du herausfinden!“

Ich schaute Mey verzweifelt an. Nun ließ auch sie mich „im Regen“ stehen. Enttäuscht klickte ich sie weg. Wer könnte mir jetzt noch helfen?

Mahendra

Zum Essen kamen alle Mönche in einem Speisesaal
im kühlen, recht dunklen Kellergewölbe zusammen.
Man hatte mich pünktlich mit einem Rollstuhl in
meinem Zimmer abgeholt und dort hingebracht. Die
langen Gänge des Klosters schienen meinen Gastge-
bern wohl zu mühsam für meine Krücken.

Ich nahm das simple, aber sehr lecker gewürzte
Essen aus geschnittenem Gemüse und Reis an einem
kleineren Tisch zusammen mit den jüngeren Einwoh-
nern ein. Sie hatten mich mit freundlichem Lächeln
begrüßt, aber während der ganzen Mahlzeit war
dann kein Wort mehr gesprochen worden. So
herrschte eine unerwartete Stille in dem großen Saal.
Man hörte nur das gelegentliche Klappern der Beste-
cke auf den Tellern.

Fragend schaute ich in die Runde und mein Tisch-
nachbar flüsterte mir leise zu, dass wir uns alle auf
unsere Essensaufnahme konzentrieren sollten. Den
Speisen Respekt zollen.

Ok, dachte ich, kein schlechter Gedanke. Und ich
musste an meine Zeit im Wald denken: wie wertvoll
war mir jeder einzelne Keks und Schluck Wasser geworden, als ich nicht wusste, wie lange ich hilflos
dortbleiben musste. Hier wurde diese Wertschätzung
des Essens aus Überzeugung zelebriert. Vielleicht
würde ich das zu Hause auch mal versuchen. Mir gefiel dieser Gedanke.

Und plötzlich dachte ich wieder an Oma. Sie hatte
ja gesagt, dass sie auch oft hier in Mahendras Kloster
gewesen wäre. Ich konnte mir gut vorstellen, dass es
ihr hier gut gefallen hatte. Respekt vor allem. Das
passte zu ihr. Wieso hatte ich nie etwas davon mitbekommen, wohin sie immer mal ein paar Tage ent-
schwunden war? Ich seufzte. Traurig wurde mir

bewusst, dass ich mich nie sehr für sie interessiert
und ihre Ansichten früher nur lächerlich und eigenartig gefunden hatte.

Ach Oma, wie gerne wäre ich gerade bei dir. Hoffentlich ging es dir besser. Hoffentlich spürst du
keine Schmerzen. Ok Oma, ich habe einen Auftrag.

Nach der Mahlzeit holte mich wieder einer der jungen Mönche ab und nickte mir freundlich zu. Als ich
den Gruß erwiderte, fuhr er mich wortlos in einen
kleinen, rosenbewachsenen Garten nahe des Haupt-
hauses. Er gab den Blick frei auf ein wunderschönes
bewaldetes Tal. Die Sonne senkte sich schon langsam. Eine unendliche Ruhe umgab mich. Nur ein
paar Grillen zirpten, was die Atmosphäre des lauen
Sommerabends unterstrich.

In diese friedliche Stille lief Mahendra aus dem
Kloster kommend mit würdigen Schritten langsam zu
mir, fasste mit warmherzigem Blick kurz meine Hand
und setzte sich neben meinen Rollstuhl auf einen
hölzernen Lehnstuhl. So schauten wir beide in die
ferne Landschaft und den hellrosa schimmernden
Abendhimmel. Und schwiegen einen Augenblick gemeinsam.

„Soe, wie kann ich dir helfen?", begann er gedämpft
zu sprechen.

„Sorry, Mahendra, wenn ich das wüsste, wäre ich
wahrscheinlich nicht hier. Das reine Chaos gerade
für mich. Jetzt hat auch Mey mich noch im Stich gelassen", sprudelte es hektisch aus mir. Als es heraus
war, erschreckte ich, denn meine Art zu sprechen,
passte nicht zu dem, wie man hier im Kloster miteinander kommunizierte.

Der Mönch aber fing nur an, verständnisvoll zu lächeln.

„Soe, deine Oma hat mir ja schon ganz schön viel
von deiner Situation erzählt. Als du verschwunden
warst, rief sie mich verzweifelt an. Fragte mich, warum du so reagiert hast und was sie denn nur tun

könnte? Sie machte sich große Sorgen um dich."

Seine Worte taten weh, obwohl er sie ganz wertungsfrei von sich gab. Aber ich stellte mir Omas Verzweiflung vor. Und dass mein Verhalten ihren Herzanfall mit verursacht haben könnte.

„Also ich glaube, bis zu deinem Weglaufen weiß ich schon alles", sprach Mahendra ruhig weiter. „Ich habe niemandem davon erzählt. Es ist nicht meine Art, Vertrauen zu brechen."

Ich nickte ihm zu. Denn ich fand es total ok, dass Oma mit ihm darüber gesprochen hatte.

„Und von deinen Erlebnissen im Wald hat uns ja gestern Gordon dann schon ganz viel berichtet. Nicht nur von dem Wildschwein. Auch von deinen anderen Gesprächen."

Er machte eine kleine Pause.

„Und du hast wirklich mit Mutter Erde selbst sprechen können? Respekt, Soe. Ich kenne niemanden, dem das so vorher gelungen ist. Du hast schon außergewöhnliche Fähigkeiten. Dein SÖV. Und dass du so schnell gelernt hast, es anzuwenden. Wirklich außergewöhnlich." Er nickte wieder langsam.

„Glaubst du mir das denn überhaupt?", fragte ich vorsichtig.

„Natürlich. Warum solltest du irgendjemanden damit belügen?" Er sah mir gütig in meine Augen. „Jeder Mensch kann Besonderes vollbringen. Unglaubliches. Man muss es nur wollen, sich darauf konzentrieren. An sich glauben. Und du hast dich auf Meys Anfrage voll eingelassen. Verantwortung übernommen. Und das Besondere daran ist doch, dass du das nicht vorrangig für dich selbst gemacht hast. Sondern für uns alle, für Mutter Erde."

„Und nun auch für Oma", seufzte ich. „Wenn du nun schon alles kennst, was soll ich denn nun nur tun? Mey hat mich im Stich gelassen. Mutter Erde selbst hat mir eine Abfuhr erteilt. Ich kann doch nicht einfach so die Welt retten. Die Umweltverschmutzung rückgängig machen? Das Klima wiederherstellen? Ich weiß ja noch nicht einmal, was Mutter Erdes Burnout überhaupt für uns bedeuten würde. Ist es schon da, droht es erst?"

Meine Augen müssen weit aufgerissen und hilflos gewirkt haben. Auf jeden Fall zauberte mein Gesichtsausdruck Mahendras gütiges Lächeln heraus.

„Liebe Soe, so einfach weiß auch ich das nicht zu beantworten. Aber ich bin sicher, wir werden Vieles verstehen lernen, wenn wir versuchen, dies alles für uns zu sortieren. Es war zu viel auf einmal, alles durcheinander, was du da erfahren und fühlen gelernt hast. Lass uns morgen damit beginnen es aufzuarbeiten. Es auf den Punkt zu bringen. Nun geh erst mal schlafen, komm zur Ruhe. Wir sehen uns morgen."

Er gab mir die Hand und ging langsam und würdevoll zurück ins Kloster.

„Das kann Mahendra echt gut, Gedanken zu sortieren", hallten mir Omas Worte im Geist nach. Er war nun meine einzige Hoffnung, die mir blieb.

Nacht

Meine erste Nacht in einem Kloster. Vor wenigen Tagen noch hätte ich jeden ausgelacht, der mir gesagt hätte, ich würde mich einst freiwillig in einem langweiligen Kloster einquartieren. Nun war sogar die Situation eingetreten, dass ich froh war, dass Mahendra mich überhaupt hierhin eingeladen hatte. Er war der letzte Strohhalm, an den ich mich nun klammern konnte, nachdem selbst Mey mich im Stich gelassen hatte. Die, die mich erst in diese ganze Geschichte reingezogen hatte.

Wegen Meys Unzuverlässigkeit hätte ich ihren Auftrag eigentlich nicht weiterverfolgen sollen. Hätte sie echt verdient. Aber da war ja auch noch Oma. Ihr war es wichtig und ihr hatte ich versprochen, mich weiter zu bemühen. Und es ging ja schließlich um uns alle.

Unruhig wälzte ich mich im Bett herum. Erstaunlicherweise ließ das mein Gipsbein schon recht gut zu. In meinem Raum war es drückend heiß und so hatte ich das Fenster weit geöffnet, um wenigstens ein bisschen kühlere Luft in mein Zimmer zu lassen. Draußen plätscherte der Brunnen beruhigend vor sich hin, einige Grillen zirpten auch hier. Aber innerlich war ich viel zu aufgewühlt, als dass mich das zur Ruhe hätte bringen können.

Wie es wohl Oma ging? Wahrscheinlich lag sie unverändert im Koma, denn sonst hätte Mama mich sofort informiert. So hatten wir das ausgemacht.

Und Gordon? Der würde jetzt bestimmt irgendwo draußen sitzen. Vielleicht mit seiner schnurrenden Katze auf dem Schoß. Und eifrig wie er war, würde er gedanklich gerade das Gerüst für sein Referat entwerfen. Nein, es war ja meins. Was für ein toller Kerl Gordon war, dass er das nun für mich übernommen hatte. Falls ich bis zum Ferienende nicht mehr selbst dazu kommen würde. Echt ein zuverlässiger Freund. Er war der Gewinn meiner Sommerferien, die sich ansonsten so unerwartet und chaotisch entwickelt hatten. Er war der Ruhepol im Durcheinander. Letztlich war er ja sogar mein Lebensretter geworden.

„Danke, Gordon", murmelte ich gedankenversunken als ich mich erneut auf die andere Seite warf und das dünne Bettlaken mit dem gesunden Bein wegstrampelte. Es war einfach zu warm. Im Dunkeln griff ich die Wasserflasche auf meinem Nachttisch und nahm ein paar Schlucke. Ah, das tat gut! Das reine Wasser, wie lecker es war. Kein Zucker und keine künstlichen Aromen, die Angelina sich sicher gerade bei einer ihrer Strandpartys auf Mallorca mit anderen zuprostete.

Wasser. Mein Gespräch mit ihm kam mir wieder in den Sinn. Die gleiche Wassermenge auf unserer Erde. Was für ein Wunder. An das Dinosaurier-Pipi wollte ich jetzt gar nicht mehr denken.

Und doch sorgte Mutter Erdes System dafür, dass fast alle Lebewesen davon trinken konnten. Und da, wo das nicht mehr recht klappte, war es wohl von Menschenhand zerstört oder klimaverwandelt. Boa, Mutter Erde, du hast das Recht so stinksauer auf uns zu sein, dass du uns den Wasserhahn ganz zudrehen müsstest. Gleichzeitig machten wir uns aus Achtlosigkeit sowas von schuldig an den Menschen, die nun nicht mehr genug Wasser zum Leben zur Verfügung hatten.

Wieder warf ich mich auf die andere Seite und stöhnte, war wohl dieses Mal doch etwas heftig für mein Bein gewesen. Ich sollte jetzt wirklich besser schlafen, denn ich hatte mit Mahendra vereinbart, dass wir uns in aller Frühe nach dem Frühstück wieder in dem schönen Klosterhof zusammensetzen würden.

Was meinte er wohl mit „Sortieren"? All die Informationen, Meinungen, Gedanken und Vorkommnisse der aufregenden Tage in eine Reihenfolge bringen? Eine Rangfolge? Der Wichtigkeit nach ordnen? Den Personen nach, wenn man sie als solche bezeichnen wollte. Wie nur?

Vorsichtiger legte ich mich wieder auf die andere Seite. Es half nichts, meine Gedanken sprangen mir durchs Gemüt. Wie ein wildgewordener Affe. „Gib doch endlich mal Ruhe jetzt", schimpfte ich mit ihm. Ok Soe, komm jetzt runter. Ich legte mich langsam auf den Rücken und atmete tief ein. Ich konnte nun den Sternenhimmel vor meinem Fenster sehen.

Papa kam mir in den Sinn. Wie immer, wenn ich in
den Himmel schaute. Wie er mich als kleines Kind
wieder ins Bett zurückgebracht hatte, wenn ich
abends noch zu aufgedreht war, um zu schlafen.
Papa! Ich seufzte. Schließlich schmunzelte ich, als
ich seinen zarten Kuss von damals auf meiner Stirn
spürte. Papa, danke, gute Nacht. Deine kleine Soe
wird jetzt schlafen. Versprochen.

Und das erste Mal dachte ich auch wieder an
Mama. Ja, Mama, auch dir eine gute Nacht. Ich ruhe
jetzt. Ich bin so froh, dass wir uns wiedergefunden
haben. Ich habe dich als meine Vertraute so lange
vermisst. Wie konnte das nur geschehen?

Und ein Lächeln huschte wohl über mein Gesicht
als ich unmerklich ins Land der Träume eintauchte.

Bestandsaufnahme

Ein bisschen nervös war ich schon, als sich das, wieder wortlose, Frühstück dem Ende zuneigte. Viel frisches Obst mit leckerem Körnerbrot und Kerne hatte
es gegeben. Wir Menschen hatten uns doch die le-
ckersten Nahrungsmittel zusammengesucht, die
Mutter Erde für uns wachsen ließ. Und ich hatte den
Eindruck, dass die Mönche darauf bedacht waren,

die Speisen möglichst in ihrer Urform und so wenig
wie möglich behandelt, zu sich zu nehmen. Es
schmeckte einfach köstlich, als ich die Sonnenblu-
menkerne langsam zerkaute und hinunterschluckte.
Ich zollte jedem Korn Respekt. Es war herangewach-
sen, damit ich jetzt satt wurde.

Musste ich dem kleinen Rehkitz seine Mama weg-
nehmen, um deren Fleisch zu essen? Das Reh, das
mich aus dem Wald gerettet hatte. Mir schauderte es.
Igitt. Nein! Es gab so viele köstliche rein pflanzliche
Speisen. Ich wollte nie mehr in meinem Leben
Fleisch essen, noch nicht mal das des gefährlichen
Wildschweins. Auch dieses hatte Junge, die es
brauchten. Die Sonnenblumenmutter hatte so viele
Samen zu verteilen, dass es niemandem schadete
oder wehtat, wenn ich welche davon aß.

Soe, wo bist du mit deinen Gedanken, holte ich
mich selbst zurück in den Speisesaal. Aber diese,
nur von klappernden Bestecken unterbrochene,
Ruhe verleitete einfach dazu, abzuschweifen.

Mahendra, gleich würde ich ihn wieder treffen. Wie
würde er mir helfen wollen? Es war alles so furchtbar kompliziert. Zu kompliziert.

Schließlich saß ich wieder in dem wunderschönen,
blumenumrankten Hof des Klosters im Schatten,
diesmal auf einem bequemen Gartenstuhl mit hoher
Lehne. Mahendra ließ nicht lange auf sich warten
und setzte sich freundlich nickend. Der junge
Mönch, der mich im Rollstuhl hierhergeschoben
hatte, brachte mir noch einen kleinen Hocker, sodass
ich mein krankes Bein bequem hochlegen konnte.
Eine kühle Brise aus dem Tal wehte angenehm in
mein Gesicht. Dadurch fühlte es sich beinahe wie Urlaub an.

„Guten Morgen, Soe, hast du dich gut erholen können heute Nacht?", fragte Mahendra leise in meine
Gedanken hinein.

„Nein, eigentlich nicht wirklich", erwiderte ich

ehrlich. Und auf seinen fragenden Blick fuhr ich fort: „Einerseits bin ich so sehr in Sorge um Oma und zusätzlich frage ich mich, inwieweit du mir weiterhelfen kannst. Das hat nichts mit dir zu tun, sorry, Mahendra. Aber nachdem auch Mey mich im Stich gelassen hat, kann ich es mir nicht vorstellen, wie ich so ein großes Problem lösen soll. Die ganze Welt retten..."

Mahendra schwieg zunächst einfach dazu und sah mich wieder mit diesem gütigen Blick an. Woher nur kam seine Ruhe? Wo er doch wusste, wie sehr die Zeit drängte.

„Soe, beruhige dich. Auch ich kenne keine Ad-Hoc-Lösung. Das ist richtig. Niemals würde ich mir anmaßen, das zu behaupten. Lass uns doch einfach mal in alles hineingehen. In die Fakten, Gedanken, Gefühle, Vermutungen. Vielleicht kommen wir damit weiter und finden den Knackpunkt. Was da genau für Mutter Erde schiefläuft? Außer den äußeren Schäden durch Umweltverschmutzung und so weiter, muss es noch etwas anderes sein. Manchmal übersieht man den Wald vor lauter Bäumen, wie man so schön sagt."

Ich nickte gespannt.

„Es ist heute an Mutter Erdes Situation nichts anders als vor wenigen Tagen, als du von den besonderen Vorgängen noch nichts ahntest. Also lassen wir uns durch nichts unter Druck setzen."

„Aber Oma...", schoss es aus mir heraus.

„Sie ist versorgt und ich bin sicher, dass sie nicht möchte, dass du irgendetwas überstürzt. Also...", er schaute mir tief in die Augen, als er mir ein Glas Wasser vom Tisch reichte. „Lass uns das Wesentliche aus deinen Erfahrungen und Gedanken heraussuchen. Dann versuchen wir, zu verstehen und zu erfühlen, was es bedeuten könnte. Wir werden Vieles nur vermuten können, denn Mutter Erde und CEO sind zu groß für unseren Verstand. Das können wir nicht logisch verstehen wie eine Rechenaufgabe."

„Aber wie...“, versuchte ich zu erwidern.

Gelassen unterbrach mich Mahendra: „Frag nicht nach dem ‚Wie‘. Lass uns einfach beginnen. Welchen Eindruck hattest du von den verschiedenen Elementen und Lebewesen als Teile von Mutter Erde?“

Ich überlegte. Was sollte ich dazu pauschal sagen?

„Hmm, das ist schwierig“, erwiderte ich langsam. „Sie hatten so verschiedene Charaktere, waren so unterschiedlich drauf.“

Er forderte mich nickend dazu auf, weiter nachzudenken.

„Das Wasser trat sehr, sehr selbstbewusst auf. Davon überzeugt, wie wichtig es für uns alle ist. – Hat ja eigentlich recht. Der Gedanke, dass es immer schon da war und in gleicher Menge, der hat mich schon etwas überrascht. Aber wo sollte es schon hingehen?“ Fragend sah ich zu Mahendra hin.

„Was heißt das für uns?“, fragte er nachdenklich.

„Es gibt nur diese eine Wassermenge. Wir brauchen sie, müssen gut mit ihr umgehen. Wenn wir sie unbrauchbar machen, bekommen wir kein Neues, oder?“

Der Mönch nickte.

„Ohne Wasser kein Leben, wie wir es kennen, ja“, sagte er mit ernster Miene. „Wenn wir uns der brenzligen Situation mehr bewusst wären, gingen wir anders damit um!“

Das stimmte. Nun gut, dass hatte ich mir selbst ja auch schon überlegt.

„Ist dir vielleicht eine Gemeinsamkeit aufgefallen in deinen Gesprächen mit Mutter Erdes Schöpfungen?“, fragte er weiter, während er sich nachdenklich über das Kinn strich.

Schwierige Frage. Ich schloss die Augen und ließ einige Gespräche langsam Revue passieren. Gar nicht so einfach, mich an Einzelheiten zu erinnern, geschweige denn etwas Ähnliches aus den so unterschiedlichen Unterhaltungen herauszufiltern. Ich stöhnte. Strengte mich aber an. Mahendra würde schon wissen, warum das wichtig sein könnte. Ich hatte Vertrauen zu ihm.

„Sie erwähnten alle ihre tragende Rolle für das Ganze“, fiel mir schließlich ein. „Mann! Die haben mir teilweise ganzschön die Meinung gegeigt. Weil ich ein Mensch bin! Und wir uns nicht mehr um die anderen scheren würden. Haben mich in Sippenhaft genommen. Woher wollen die denn so genau wissen, ob ich auch so bin, wie sie uns alle einordnen? Waren teilweise sogar recht frech und wütend. Wir seien gierig und egoistisch.“

Mahendra sah mich nachdenklich an ohne etwas zu sagen.

„Kam mir ganzschön blöd vor. Tragen wir Menschen denn gar nichts mehr zum Gelingen von Mutter Erdes Projekt bei? Wir haben doch jede Menge geforscht und erfunden. Wovon die gar keinen blassen Schimmer haben. Wozu denen die Intelligenz fehlt. Was hat denn ein Baum schon erfunden? Er lebt wie Mutter Erde ihn erschaffen hat. Die haben so über uns hergezogen, dass wir nur alles kaputt machen und an uns reißen. Aber wir haben doch auch Pestizide erfunden, damit die Bäume nicht von Ungeziefer befallen werden. Sollten uns doch dankbar sein.“

Ich redete mich gerade wieder in Rage.

Der Mönch dagegen ließ sich nicht aus der Ruhe bringen. Wie gelang ihm das nur?

„Hmm“, murmelte er schließlich. „Immerhin produzieren Bäume Sauerstoff, den wir zum Leben brauchen. Ist schon ein wichtiger Beitrag für das irdische Leben, findest du nicht? Versuchen wir doch mal objektiv zu bleiben, Soe.“

Ok, ich versuchte wieder runterzufahren. Es aus der Sicht des Ganzen zu sehen.

„Klar, wir verschmutzen die Umwelt. Das ist nicht alles gut. Aber was ist falsch daran, dass wir uns das Leben angenehmer und einfacher gestalten? Oder

Medikamente herstellen, damit wir überhaupt überleben können. Mutter Erdes lässt es zu, dass Bären uns fressen und Krankheiten uns sterben lassen. Denk mal an Oma! Ist das fair? Haben wir da nicht das Recht uns zu schützen?" Mein Versuch ruhig zu bleiben, war schon wieder hinüber.

Mahendra nickte.

„Ja, unser Leben ist nicht einfach. Wir mussten uns viel einfallen lassen, um uns so weit entwickeln zu können. Sonst wären wir im Winter erfroren, als wir durch unsere Fortentwicklung empfindlicher wurden. Wir brauchten Waffen, um uns gegen die Bären zu wehren. Man kann sich schon fragen, warum Mutter Erde das so zuließ. Vielleicht kann unser Denken ihre Beweggründe einfach nicht weitumfänglich begreifen. Ein Eichhörnchen hat auch keine Ahnung von chemischen Formeln. Können wir uns überhaupt anmaßen, so ein komplexes System verstehen zu wollen?"

„Mutter Erde hat aber andererseits gesagt, dass sie stolz auf uns Menschen ist. Wie klug wir sind. Wieso sind dann die übrigen Geschöpfe und Elemente so sauer auf uns? Unsere Schöpferin hätte uns doch stoppen können!"

Fragend schaute ich Mahendra an. Er war tief versunken in seinen Gedanken, versuchte wohl in das Gesagte Ordnung hineinzubringen. Blickte in die Ferne, in den Himmel, seufzte schließlich tief.

„Soe, was hatte Mutter Erde genau zu dir gesagt? Sie sei stolz auf uns? Und du hattest den Eindruck, die anderen Elemente seien fast alle sauer?"

Er machte eine Pause.

„Betrachte uns beseelte Wesen und Elemente doch alle mal als Kinder einer Mutter. Obgleich wir ja auch irgendwie ein Teil ihrer selbst sind. Aber lassen wir das mal außen vor, um uns die Situation besser erklären zu können. Also: Unsere Mutter liebt uns Menschen, eins ihrer vielen Kinder, sehr. Ist stolz auf uns. Und das, obgleich wir ihr so sehr körperlich zusetzen. Ihr schaden. Die anderen Kinder, die ihr weitgehend treu dienen, brav sind, alles tun, was der Familie nützt, sind ärgerlich auf uns. Auf ihre eigenen Geschwister, gewissermaßen. Warum?"

Ich überlegte eine Weile. Schaute Mahendra an.

„Weil wir ihrer Mutter Böses antun?"

Er nickte.

„Ja und was könnte weiter sein?"

Ich dachte nach und versuchte mir die Kinder vorzustellen.

„Du meinst, sie sind neidisch auf uns? Weil Mutter Erde uns so viel durchgehen lässt? Weil wir uns mit unserer Intelligenz so weit abheben von den anderen?"

„Ja, so könnte man das vielleicht deuten. Neidisch und enttäuscht, weil wir die Familie zu unseren eigenen Vorteilen ausnutzen, ja ausbeuten. Sehr oft auf Kosten der anderen Kinder, denen es dadurch immer schlechter geht. Viele sterben wegen uns. Baumsterben zum Beispiel. Viele Tierarten, deren Lebensraum wir zerstört haben, sterben ganz aus. Und zudem, weil wir letztlich sogar unserer Mutter schaden. Das ganze Leben unserer Familie aufs Spiel setzen, für unseren eigenen Vorteil."

Er seufzte und machte eine Pause.

„Die andere Frage ist, ob es uns damit wirklich besser geht. Das lassen wir jetzt mal aus. Denk mal nach, könnte das so sein?"

Ich nickte traurig. Eine Katastrophe, wenn man das so sah. Unsere eigenen Geschwister ausbeuten und sogar unsere Mutter schaden.

Das hielt keinem ethischen Grundsatz stand, den wir bei Frau Schnippelberger-Rotschild im letzten Schuljahr diskutiert hatten. Oh Gott, wieso dachte ich nun gerade an sie... Zurück, Soe, mit deinen Gedanken, forderte ich mich selbst auf.

„Könnte man sich so vorstellen. Aber warum lässt

unsere Mutter das geschehen? Sie könnte uns Menschen doch eine Ohrfeige geben und wegschicken?“, murmelte ich. Mir drängte sich das Wort „Strafreferat“ auf. Soe, hör auf damit, schimpfte ich mich aus.

Oh weh, was würde das für uns Menschen in letzter Instanz bedeuten, erschrak ich.

Mahendra ließ sich Zeit und sinnierte weiter mit Blick ins Unendliche. Dann sah er mich an.

„Soe, du hast gesagt, Mutter Erde sei stolz auf uns. Unsere Entwicklung, unsere Intelligenz. Dass sie solche tollen Wesen hervorgebracht hat. Richtig? Könnte es sein, dass sie sich ein stückweit fast menschlich verhält? In ihrem Stolz auf uns?“

Wie meinte er das? Was sollte an Mutter Erde menschliche Züge angenommen haben? Klar, sie war mir als Mensch erschienen, damit ich Kontakt mit ihr aufnehmen konnte. Aber?

„Sie liebt uns besonders, obgleich wir uns von dem Rest der Familie egoistisch abwenden. Den Respekt vor unserer eigenen Beseelerin und deren Abkömmlingen verloren haben. Vielen schaden, sie ausbeuten, damit es uns gut und immer besser geht. Ohne Rücksicht.“

Mit weit offenen Augen versuchte ich ihm gedanklich zu folgen.

„Zu Beginn der Beseelung unseres Planeten hat sie wahrscheinlich jeden mit gleichem Respekt und Liebe ausgestattet. Alles war ihr gleich wichtig und so konnte sich ein gut funktionierendes System entwickeln. Die Teile, die nicht harmonisierten, starben wieder aus. Sie waren von keinem Wert für das ganze System, auf das es ihr ankam. Denn sie wollte CEO davon überzeugen, dass Liebe und Respekt der Leitfaden sein konnte. Deshalb gab sie ihnen ihre Liebe mit.“

Ich konnte ihm folgen, dem Bild der Familienmutter und so. Schwarze Schafe wurden aus der Familie ausgestoßen. Die, die nicht guttaten. Dann wären wir

Menschen ganz schwarze Schafe, in dem Maße wie wir anderen schadeten.

„Und dann? Was ist schiefgelaufen? Wieso ihr Burnout? Warum hat sie uns schwarze Schafe nicht rausgeworfen?", fragte ich mit trockenem Mund.

„Burnout. Was bedeutet das bei Mutter Erde? Sie hat die hohen Anforderungen an sich selbst, möchte sich gegenüber CEO beweisen. Ihr System etablieren. Das lief ja auch so lange Zeit so hervorragend. Sie entwickelte das einzigartige System unseres Planeten und des Lebens. Phänomenal! Doch dann kommt sie in Schieflage, ihre Erfindung. Durch uns Menschen. Wir beuten sie aus, zerstören sie und ihre Geschöpfe. Klimawandel. Machen genau diese Natur kaputt. Die Grundlage des irdischen Lebens. Was wäre die logische Konsequenz? Sich von uns zu befreien. Aber: kann sie nicht, da sie zu sehr an uns hängt. Sie hat sich besonders in uns verliebt. Und das sind gegensätzliche Strömungen. Kriegt es nicht mehr zusammen."

„Und daher diese Traurigkeit, Antriebsschwäche. Will alles hinschmeißen?"

Schweigen.

Nach einer Ewigkeit fuhr er fort: „Ja Soe, ich fürchte so ist das. Sie kann nicht mehr. Sie ist dabei, das ganze tolle System aufzugeben. Wegen ihrer Liebe zu uns. Ihrem Stolz auf uns. Ihr Projekt Erde an CEO zurückzugeben. Der würde es als gescheitert sehen. Und nie mehr seine Erlaubnis für was Ähnliches geben."

Mahendras Augen leuchteten, wie die eines Wissenschaftlers, der nach langen Forschungen zu einer phänomenalen Erkenntnis gelangt ist.

„Mey bekäme auch keinen Stern mehr für solch ein Projekt", murmelte ich traurig.

„Mutter Erdes Burnout bedeutet somit das endgültige Aus unseres beseelten Planeten", sagte er ernüchtert. „Sie steckt fest in ihrem Dilemma. Liebt uns so sehr, dass sie dafür alles opfern würde. Das darf nicht sein, Soe!"

Erschrocken sah ich Mahendra an.

„Aber das bedeutet unser aller Ende! Mahendra, ich will nicht sterben!", schrie ich auf.

„Beruhige dich, Soe. So sind zunächst mal unsere Vorstellungen. Das muss ja nicht jetzt sofort geschehen. Vielleicht kann man den Teufelskreis des Burnouts ja noch durchbrechen."

Ich sah in ungläubig an. War ganz bei der Sache. Wie sollte das gehen?

„Mutter Erde hängt, weil sie zu sehr an uns Menschen hängt", sagte er nur.

Wie jetzt? Was sollte man daran ändern? War doch schön, dass sie die Menschen liebte. Und uns immer wieder unter die Arme griff, wenn wir wieder mal Mist gebaut hatten als Menschheit.

„Was meinst du?" fragte ich ihn. Mir schwante Schlimmes.

„Sie muss diese Liebe zu uns Menschen aufgeben. An sich selbst denken. An ihre anderen Geschöpfe, ihre übrigen Kinder."

Ich sah ihn verzweifelt an.

„Was soll das, Mahendra?" Ein unglaublicher Kloß schien in meinem Hals zu wachsen.

„Damit es ihr selber wieder besser geht, darf sie sich nicht mehr um uns Menschen scheren. So wird sie und ihr System ewig weiter bestehen können. In ihrer Form. Mutter Erde darf uns Menschen nicht mehr aus Stolz alles durchgehen lassen. Es gab sie schon so lange, bevor wir uns zu Menschen entwickelt haben. Sie wird Wesen schaffen, die an die veränderten Bedingungen angepasst sind, die die Hitze des Klimawandels ertragen werden. Die ihr vor allem wieder den nötigen Respekt zollen werden. So war ihr System immer aufgebaut. Anpassen und weiter existieren und sich fortentwickeln. Im Sinne des florierenden Ganzen."

Er sah mich ruhig an. Seine verdammte Ruhe! Ich hätte gerade platzen können.

„Aber das heißt für uns Menschen, wir werden aussterben", schrie ich verzweifelt. Mein Schrei hallte in den Klostermauern wider. Ich erschrak. Meine Umgebung hatte ich total vergessen. War mit Mahendras Gedanken so weit weggedriftet.

Er ließ sich wieder viel Zeit.

„Nicht unbedingt, meine Kleine. Schau nicht so verzweifelt."

Er streichelte Mut machend meine Hand.

„Wir Menschen können weiter an Bord bleiben, wenn wir uns fortan wieder mit Liebe und Respekt und unserer Intelligenz einbringen in das System. Mutter Erde nicht in diesen Zwiespalt bringen, zwischen uns und ihrem Planeten wählen zu müssen. Wenn wir uns für sie und ihre anderen Kinder einsetzen. Heißt: Sie aus dem Burnout holen."

Seine Augen strahlten wieder Hoffnung aus. „Heißt zum Beispiel: dem Klimawandel alles erdenklich Mögliche entgegensetzen, damit wir alle weiter existieren können. Unsere Intelligenz dazu nutzen, unsere Schäden wieder auszugleichen. Und vor allem Mutter Erdes System wieder zu achten. Das so lange so gut funktioniert hat. Dann können wir weiter an Bord bleiben. Dann widerspricht unsere Existenz nicht dem großen Ganzen."

„Und wenn nicht?"

„Dann muss das System Erde weiterleben ohne uns."

Tränen kamen in meine Augen.

„Aber Soe, das System Erde braucht erstmal eine Mutter Erde ohne Burnout. Sonst werden alle Lichter ausbrennen."

„Was heißt das Mahendra?" Ich hatte Angst. Lähmende Angst.

Er holte tief Luft.

„Nur du kannst Kontakt zu ihr aufnehmen. Und du

hast nun diese wichtigen Erkenntnisse. Du hast eine enorme Verantwortung, Soe. Da hatte Mey schon recht. Du musst es ihr sagen!"

„Was sagen?" Ich war sicher kreidebleich, zumindest fühlte ich mich so.

Sein Blick ruhte starr auf mir.

„Du musst ihr sagen, dass sie sich von uns Menschen gefühlsmäßig lösen muss. Damit sie weitermachen kann."

Ich starrte ihn ungläubig an. Mir zog es gerade den Boden unter den Füßen weg.

„Ihr sagen, uns Menschen fallen zu lassen?", stotterte ich. „Neeeiiinn! Das kann ich nicht!"

Schweigen. Entsetzen. Eiskalte, nasse Hände mitten im Sommer.

„Du musst das tun, Soe. Es tut mir leid. Damit das System Erde überhaupt weitergehen kann. Wir Menschen haben immer noch die Chance mitzumachen. Noch. Wenn wir uns wieder achtsam in das System einbringen. Sonst..."

Ich hätte nie gedacht, dass ich Mahendras stoische Ruhe einmal so hassen konnte.

„Was sonst?" Ich zitterte.

„Wird es ohne uns Menschheit weitergehen müssen. Das ist unser Schicksal, das wir uns selbst zuzuschreiben haben. Das wird Mutter Erdes Herausforderung sein müssen, damit es für sie weitergehen kann. Wir haben von ihr die Menschengestalt geschenkt bekommen. Wenn sie nicht funktioniert, werden andere Geschöpfe aus ihrem Pool entstehen."

Er schaute mir ernst tief in die Augen und ergriff meine schweißkalten Finger... Ich wusste nicht mehr, ob ich Mahendra mögen oder hassen sollte. In meinen Ohren sauste es.

„Soe, du musst es ihr sagen. Wir müssen ihr Burnout durchbrechen. Du allein hast diese Verantwortung. Du musst jetzt stark sein."

Es schnürte mir die Kehle zu. In mir die kleine

Hoffnung, ich könnte gerade Teil eines abscheulichen
Albtraums sein. Ich sah mich um. Ich hörte nur das
Rauschen in meinen Ohren und sah wie in Zeitlupe
die Klostermauern sich langsam um mich drehten,
bis schließlich mein Blick wieder Halt am Horizont
über dem tiefen Tal fand.

Kleine Freunde

Kein Wort hatte mein zugeschnürter Hals mehr her-
ausgebracht. Keinem Blickkontakt zu Mahendra
konnten meine Augen standhalten. Seine Worte
mochten wohl wahr sein, aber diese Wahrheit konnte
ich nicht ertragen. Sie überforderte mich. Mein Puls
raste. Meine Zunge klebte am trockenen Gaumen.
Ich schwitzte und fror zugleich.

Hatte ich mich jemals zuvor so elend gefühlt? Vielleicht damals als Mama mir die Nachricht von Papas
Tod überbracht hatte oder der Moment, als das Wildschwein hinter mir her war. Papa! Wildschwein!
Burnout! Du musst es ihr sagen!

Meine Gedanken überschlugen sich. Blitze in meinem Kopf! Ich musste weg hier, weg von Mahendra,
der so ungeheuerliche Dinge von mir verlangte. Es
war nicht so, dass ich ihn nicht mehr schätzte. Aber
ich konnte das nicht hören!

Ohne ihn anzusehen fühlte ich, dass er genau
wusste, was in mir vorging. Er ließ mich in Ruhe.
Merkte wohl, dass ich nichts mehr aufnehmen

konnte.

Ich meinte aus dem Augenwinkel seine leichte Kopfdrehung in meine Richtung wahrgenommen zu haben. Mahendra hatte wohl dem jungen Mönch von vorhin ein Zeichen gegeben, denn er kam zu mir herüber. Wortlos fragten mich seine Augen, ob er mich wegbringen solle. Dankbar nickte ich und so half er mir in den Rollstuhl und schob mich vorsichtig über den Klosterhof.

„Wohin?", fragte er dann leise. Verzweifelt sah ich ihn an, woher sollte ich das wissen? Wo könnte ich am besten den Kopf in den Sand stecken? Vor Burnouts, Mutter Erde, SÖV-Verantwortung und alledem? Ich glaube, er konnte Gedanken lesen, obwohl er von dem voran gegangenen Gespräch nichts mitbekommen haben konnte.

„Mahendra kann mit seiner schonungslosen Klarheit sehr fordernd sein. Aber er hat meist recht, er ist sehr weise. Was immer ihr gesprochen habt, du brauchst jetzt Ruhe zum Verarbeiten. Ich bringe dich an meinen Lieblingsplatz", sagte er verständnisvoll und schob mich vorsichtig weiter. Mir war das sowas von egal, nur fort von hier.

Flucht? Wie sollte ich vor Mutter Erde und ihren Problemen flüchten? Der Rollstuhl jedenfalls könnte mich nicht wegrollen von dem allen. Ich wollte einfach wieder das Schulmädchen Soe sein, von mir aus auch Angelina und ihre oberflächlichen Freunde ertragen. Oder meine strafende Frau Oberlehrerin. Aber doch nicht Mutter Erde beibringen, dass sie uns Menschen nicht mehr lieben darf. Uns fallen lassen soll. Nein!

Zack! Die Rollstuhlbremse klackte ein. Verwundert hörte ich verschiedenste Tierlaute um mich herum, konnte sie so schnell aber nicht zuordnen. Unerwartet packte mich mein Fahrer und setzte mich vorsichtig auf den schattigen Rasen, drückte mir eine Wasserflasche in die Hand und murmelte was von, ich solle laut rufen, wenn ich was bräuchte. Und weg war er. Was sollte das?

Bevor ich mir weiter darum Gedanken machen konnte, merkte ich, dass ich inmitten eines Gewusels von kleinen Tieren saß, die anfingen an mir herum zu knabbern oder auf mich drauf zu krabbeln. Erschrocken versuchte ich sie wegzuscheuchen und schrie laut auf.

Doch dann erkannte ich, dass es lauter niedliche Jungtiere waren, Hühner- und Entenküken, kleine Kaninchen, ein kleines Lämmchen und ein paar kleine Ziegen. Alle gackerten und blökten durcheinander. Eins süßer als das andere. Und bald saß ich da mit lauter niedlichen Wesen auf meinem Schoß. Wie zart sie sich anfühlten, wie lieb sie sich an mich schmusten. Und langsam bemerkte ich, wie meine nasskalten Hände trocken wurden, wie das starke Herzklopfen sich beruhigte und eine wohlige Wärme und Ruhe sich in mir ausbreitete.

Das konnte doch nicht wahr sein. Was ging hier vor sich? Wo war ich? Außer in meiner zermürbenden Zwickmühle? Das Kloster war hinter hohen Büschen nicht mehr zu sehen und mein Blick blieb wieder an diesem wunderschönen bewaldeten Tal hängen. Doch schon pickte mir ein kleines Hühnerkind in meine Hand.

„Hey", rief ich, „du freches Biest!" Verständnislos schaute es mich mit großen Augen an.

„Nein, du bist kein Biest, du Süßes", entschuldigte ich mich und setzte es behutsam auf das Gras zu den anderen. „Ihr seid die besten Tröster, die ich je getroffen habe", sagte ich zu der kleinen Jungtierschar. „Aber jetzt muss ich nachdenken. Ich brauche Ruhe!"

Was mach ich jetzt bloß? Nervös stützte ich meinen Kopf in die Hände und begann ungeduldig zu wippen. Papa! Hilfe! Mein Puls begann wieder schneller und schneller in meinem Hals zu pochen. Unruhe kam wieder hoch. Papa! Mama!

Ein kleines Kaninchen sprang mit einem Hopser auf meinen Schoß und stupste mich an. Sein zartes Fell beruhigte meinen Herzschlag wieder. Erstaunt sah ich es an.

„Wie machst du das bloß? Einfach nur dein Dasein tut mir gut", fragte ich es. Aber es konnte mir natürlich nicht antworten. Ich war ja nicht mehr in Mutter Erdes Wald und mein SÖV war gerade nicht aktiv. Wollte ich auch gar nicht, Gott bewahre! Vielleicht würde mir die Gestalt Mutter Erdes sogar erscheinen. Die brauchte ich gerade am wenigsten.

Mahendra hatte ja gesagt, die anderen Geschöpfe der Erde seien wie unsere Geschwister, die allerdings neidisch und sehr enttäuscht von uns Menschen seien. Weil wir sie respektlos behandelten. Weil wir sie nicht achteten. Ihnen schadeten. Stimmte so doch gar nicht. Die Kleinen hier waren ganz lieb zu mir und ich zu ihnen. Wieso konnte Mahendra dann pauschal sowas sagen?

Auf der anderen Seite hatten ja in unseren SÖV-Begegnungen die anderen mich stellvertretend für die Menschheit ausreichend angemotzt. Wieso aber waren die hier so lieb zu mir? Das konnte ich nicht verstehen.

„Nochmal Soe", sagte ich zu mir selbst. „Die anderen beneiden uns und sind sauer, weil wir sie so behandeln. Die Jungen hier haben die Menschen noch nicht respektlos behandelt. Sie sind süß und außerdem Klostertiere. Die wurden bestimmt anständig respektiert. Ja, das könnte so sein. Sie haben noch keinen Grund sauer zu sein." Ich dachte nach. Ja, das war sicher so.

Das könnte ja aber auch heißen, wir könnten unser Verhältnis in jungen Generationen wieder zurechtbiegen? Ein Neuanfang? Wäre das möglich? Mahendra hatte ja auch gesagt, es muss noch nicht alles verloren sein für uns Menschen. Wir hätten die

Chance uns wieder respektvoll einzubringen.

„Kleines", fragte ich das Kaninchen auf meinem Arm, „könntest du mich lieben, auch wenn mein Großvater deinen als Weihnachtsbraten aufgegessen hat?" Gott sei Dank konnte es mich nicht verstehen. Mir wurde übel bei dem Gedanken. Igitt! Das ahnungslose Tierchen kuschelte sich vertrauensvoll in meine Armbeuge.

Das war etwas, was ich Mutter Erde nie verzeihen würde. Dass ihre Geschöpfe sozusagen von Natur aus andere Geschöpfe töteten und aufaßen. Sogar rein aus Instinkt, nicht immer aus Überlebensnotwendigkeit. Das hatte jetzt nichts mit uns grausamen, gierigen Menschen zu tun. Schlachthöfe und Grausamkeiten gegen Tiere für unseren Vorteil. Mir wurde noch schlechter, wenn ich daran dachte. Auch andere Tiere fraßen doch schwächere Wesen. Mutter Erde, das war sicher nicht liebevoll, was war da schiefgelaufen? Dein Planet hatte wohl noch mehr Fehler und war nicht nur von Respekt gegen andere geprägt. Warum verdammt nochmal war das so? Ganz so einfach war dieses System doch nicht in Schwarz-Weiß zu sehen. Schäm dich, Mutter Erde, murmelte ich in Gedanken. Viel besser als wir ist dein System da auch nicht.

Nun dachte ich aber erstmal weiter über meine augenblickliche Situation nach. Verdammt war ich blauäugig. Meinetwegen würde doch die Menschheit nicht aufhören mit ihren Gräueltaten an anderen Wesen und der Zerstörung der physischen Mutter Erde. Bist du einfältig, sagte ich zu mir selbst. Quatsch, Soe!

Diesen Kraftakt würden wir nie schaffen. Mutter Erde würde uns loswerden müssen. Ich musste es ihr sagen, denn wenn sie nicht aus dem Burnout käme? Auch Ende und aus! Selbst wenn das nicht in den nächsten Wochen geschehen würde, wie Mahendra angedeutet hatte, dann vielleicht erst in einigen

Generationen. Ich das in meiner Lebenszeit gar nicht
mehr mitbekäme? Dann käme ich mir trotzdem als
Verräter an unseren Folgegenerationen vor.

„Mist! Mist! Mist! Was sind wir alle so blöd", zischte
ich. Was mach ich bloß, hämmerte es wieder in meinem Kopf. Ich wurde wieder nervös. Ich hatte keine
Zeit! Oma kam mir wieder in den Sinn. Ob sie wieder
wach war inzwischen oder...? Nein, soweit wollte ich
nicht denken.

Als ich ein weiteres Küken von meinem Bein nahm
und auf den Boden setzte, spürte ich Pandy in meiner Hosentasche. Das hatte ich ja ganz vergessen.
Ich könnte reden. Müsste reden. Meinen Kummer teilen. Um Rat fragen. Aber nicht Mey! Nein, die hatte
mich ja in diesen ganzen Müll reingeritten und mich
dann fallen lassen, mit ihren Halbweisheiten. Hatte
wahrscheinlich nur Angst um ihren Stern. Vielleicht
würde sie sich auch Menschen oder so etwas Ähnliches anschaffen wollen? Finger weg davon, Mey,
siehst ja zu was das führt.

Nervös fuhr ich mir mit den Fingern durch meine
feuchten Haare, war das Wetter trotz Schattens wieder heiß. Schnell nahm ich einen Schluck Wasser
und gierig tranken meine kleinen Freunde aus meiner Hand. Wie schön und harmonisch war es hier.
Brauchte es dazu ein Kloster? Warum verdammt ging
es nicht immer so?

Gordon. Ihn würde ich anrufen. Sicher machte er
sich schon Sorgen um mich.

Klare Worte

Angelinas „Bling-Bling-Bling" war Pandys erster Ton, als ich es einschaltete. Dann Meys Zischen. Beides klickte ich sofort weg. Obwohl ich mich noch vor wenigen Momenten in mein altes Schulleben zurückgesehnt hatte und sogar Angelina dafür in Kauf genommen hätte, so hatte mich diese Umgebung doch wieder auf den Boden zurückgeholt. Angelina und ihre Freunde hätten beim Anblick der kleinen Küken und des Lämmchens sicher nichts Besseres zu bemerken gehabt als Chicken Wing und Grillparty mit Zaziki. WÄH!

Mutter Erde, warum hast du uns überhaupt entstehen lassen? Wären wir nicht da, hättest du weniger Sorgen. Und dann dich auch noch in uns zu verlieben. Wieder vergrub ich mein Gesicht in meine Hände. Dann wählte ich Gordons Nummer.

„Soe, wie geht's dir", blökte er aus dem Lautsprecher meines Handys, sodass das kleine Lämmchen denken musste, da sei sein Geschwisterchen am anderen Ende.

Nur schluchzend konnte ich erwidern: „Ich sitze gerade inmitten junger ängstlicher Freunde! Es ist etwas Furchtbares passiert! Mahendra hat ein fürchterliches Ende prognostiziert: ich soll Mutter Erde sagen, dass wir alle sterben sollen, sonst geht die Welt unter und CEO bekommt sein Projekt zurück und ich kann das nicht und..."

„Stopp, Soe, jetzt rede doch mal langsam und nicht so wirr. Ich versteh ja gar nichts! Was ist überhaupt mit dir los, warum heulst du?"

„Es ist alles so furchtbar, Gordon."

„Ist was mit deiner Oma passiert? Dachte die wollen sie erst morgen aus dem Koma holen."

Ich merkte, dass er sich am liebsten abrupt auf die

Zunge gebissen hätte. Das war ihm wohl ungewollt herausgerutscht.

„Waaaas", schrie jetzt ich aufgeregt ins Telefon. „Was ist mit ihr? Ich muss zu ihr! Sofort!"

Ich wollte schon nach dem jungen Mönch rufen, doch Gordon bremste mich aus.

„Heute tut sich da gar nichts. Aber irgendwelche Werte haben sich wohl plötzlich verschlechtert, dass sie sie morgen aufwecken müssen. Du bleibst in dem Kloster und erzählst mir jetzt in Ruhe, was da bei euch los war. Warum klingst du so verzweifelt? Hast du mit Mutter Erde gesprochen?"

„Nein, aber ich muss, sagt Mahendra", weinte ich verzweifelt ins Telefon. „Ich kann das nicht. Ich werde das nicht. Nein!"

„Soe, jetzt ist mal gut mit der Heulerei. Da kapier ich ja gar nichts. Jetzt erzähl mir in Ruhe, was ihr herausgefunden habt. Immer nur diese Andeutungen, da will ich lieber nichts von hören. So bringst du Oma rein gar nichts, sollte sie tatsächlich wieder aufwachen. Aber du musst dich beeilen, Soe. Vielleicht haben wir nicht mehr viel Zeit! Kapiert?"

Oma! Ok, für sie riss ich mich jetzt ganz stark zusammen. Zupfte nervös an Grashalmen herum. Und vielleicht hörte ja auch Papa zu?

So begann ich langsam und von Schluchzern immer wieder unterbrochen, Mahendras Gedanken mit Gordon zu teilen. Der unterbrach mich nicht. Mann Gordon, was warst du für ein aufmerksamer Freund geworden in den letzten Tagen. Und in Ruhe zuhören, das konntest du, wow.

„Wow", war auch sein erstes Wort als ich fertig war. Dann erst mal Schweigen. Gordon musste das wohl auch erst mal verdauen.

„Das klingt nicht gut. Gar nicht gut. Mutter Erde liebt uns zu sehr. Mann, da hätten wir auch draufkommen können. Klar! Und das müssen wir ihr austreiben, damit wir ihr Burnout austreiben, damit wir eventuell weitermachen können, aber nicht sicher, sonst ist Ende mit ihr und uns!" Gordon hatte wirklich eine trockene Art die Fakten auf den Punkt zu bringen. So würde er mein Referat in einer Din A4 Seite abhandeln können.

Ach, Soe, was denkst du jetzt wieder an das blöde Referat, ermahnte ich mich selbst. Es geht hier um das Weiterbestehen unseres beseelten Planeten. Ich erschien mir gerade selbst mehr als das naive Schulmädchen, als diejenige, die die Erde vor der Rückgabe an CEO retten sollte. Wäre ich doch bloß wieder in meinem simplen Ethikunterricht, von mir aus auch mit Referat.

„Soe, wir haben keine Zeit zu verschwenden. Die Lage ist ernst, vor allem, wenn es dir gelingen soll mit deiner todkranken Oma darüber zu sprechen. Beeil dich, du musst mit Mutter Erde sprechen, bevor du morgen zu Oma fährst, wenn sie sie aus dem Koma holen wollen. Deine Mutter hat mich vorhin informiert, dass sie dich schon morgen früh abholen will. Die Situation ist dramatisch. Also mach hin!"

„Wie, ich soll hin machen? Einfach so mit ihr reden? Will sie doch gar nicht", widersprach ich ihm schnell.

„Soe, ich sag es dir jetzt mal so: du hast gar keine andere Wahl. Tust du nichts, dann ist es eine Frage der Zeit, dass Mutter Erde uns aufgibt! Alles ausgelöscht oder wie auch immer. Und wir wieder zu einem leeren Stern werden. Sagen wir es mal so krass. Oder du redest mit ihr und sie kann sich erholen und findet den Mut und die Kraft weiter zu machen. Dann haben wir zumindest noch die Chance weiter zu bestehen. Das liegt dann an uns. Verstanden? Also streng dich an und bring das hinter dich!"

„Gordon, was verlangst du da?", wieder kamen in Panik Tränen hoch. Er hörte das wohl an meiner Stimme.

„Soe verdammt noch mal, los jetzt. Reiß dich

zusammen! Stell dich dieser Verantwortung. Nur du hast momentan genügend SÖV. Wozu hat deine Oma dir gezeigt, wie man es anwendet? Tue es, wenn nicht für uns, so für deine Oma, deine Mama, deinen Papa!"

„Wieso für Papa, der ist doch nicht mehr da? Was soll das?"

„Woher willst du das so genau wissen, Soe?", hörte ich Mahendras Stimme aus einem Busch in meiner Nähe heraustretend.

Er hatte wohl mein Gespräch mitgehört. Uns belauscht? Gordon war ja durch das Lautstellen nicht zu überhören. Trotz allem konnte ich nicht böse mit ihm sein. Irgendwie hatte ich doch immer noch ein großes Vertrauen in ihn. Ich wusste, er wollte mich und Oma bestmöglich unterstützen. Dazu gehörte eben auch die ungeliebte Wahrheit.

„Ich könnte mir vorstellen, dass alle von Mutter Erde erschaffene Wesen für immer in ihr existent bleiben. In welcher Form auch immer", sinnierte er weiter. „Zögere nicht weiter, mit ihr zu sprechen. Gordon hat Recht. Du hast die einmalige Chance, ihr hoffentlich nicht nur aus dem Burnout zu helfen, sondern auch mehr über sie und uns alle zu erfahren."

„Los, Soe, mach es für uns alle", beschwor auch Gordon mich noch einmal, bevor ich das Gespräch mit zittrigen Fingern beendete. Ich war hin- und hergerissen. Ich liebte mein noch junges Leben. Wofür sollte ich mich opfern? Ich wollte glücklich und unbeschwert von mir aus auch auf sorglose Partys gehen. Alle in meinem Umfeld hatten die Leichtigkeit ihrer jungen Jahre genossen, vielleicht sogar Mahendra? Warum nicht Gordon und ich?

Wortlos schob mich Mahendra wieder zurück zum Kloster. Ich war mir nicht sicher, ob er das Beben meiner Knie und Hände dabei bemerkte.

Es muss raus

Es wurde schon dämmrig und nun konnte ich mich nicht mehr davor drücken. Mama hatte mir nun auch persönlich ausrichten lassen, dass sie mich in aller Frühe abholen und zu Oma ins Krankenhaus bringen werde.

Die letzte Nacht im Kloster, meine einzige Chance noch, in Ruhe den Kontakt zu Mutter Erde zu suchen. Sollte es überhaupt gelingen, würde sie mich sicher wieder abblitzen lassen. Wer war ich für sie? Aufdringliches kleines Schulmädchen mit wenig Lebenserfahrung. Was könnte ich ihr zu sagen haben? Egal, ich musste es versuchen. Zu Mahendra hatte ich gesagt, ich müsse mich in meinem Zimmer ausruhen. Er hatte dem nicht widersprochen, aber an seinen Augen hatte ich erkannt, dass sogar er langsam nervös wurde und sich anderes von mir wünschte.

Lange hatte ich vor meinem geöffneten Fenster gesessen und auf das Plätschern des Brunnens in dem hohen Innenhof gehorcht. Schier endlos stieg das Wasser dank der nicht hörbaren Pumpe immer wieder nach oben und tropfte in das Becken zurück. Was hatte Mahendra vorhin angedeutet? Dass vielleicht alle von Mutter Erde hervorgebrachte Wesen weiter in ihr existent waren? Vielleicht auch Papa?

Ich beobachtete weiter die Endlosschleife des Brunnens. In dem Brunnen des irdischen Lebens gab es sicher nicht nur uns Menschen, auch wenn wir uns das einbildeten. Das genau war wohl unser Problem. Da gab es noch all die von Mutter Erde beseelten Wesen und Elemente. Die Tiere, die Bäume, die Schmetterlinge und Wildschweine. Pumpte uns Mutter Erde immer wieder im Inneren hoch und wir alle flossen den Fluss des Lebens, um dann wieder in

ihrem Becken zu landen? Wartete da Papa auf mich?
In Mutter Erdes gemeinsamen Brunnenbecken? Ich
war vielleicht gerade auf dem Weg nach oben und
Oma schon im Herunterfallen?

Erschrocken schüttelte ich mich. Was hatte ich für
Gedanken? War doch nur Quatsch, Soe, schimpfte
ich mit mir. Aber der Brunnen nahm mich wieder für
sich ein. Wäre doch schön, wenn es so wäre. Wenn
wir alle immer wieder vereint würden? Es war Zufall,
welche Tropfen gerade nach oben gepumpt wurden
und sich dann wieder harmonisch zusammenfanden.

Aber das ging nur mit der Pumpe, sonst stünde alles still. Kein Leben, kein neues Plätschern käme
mehr hervor.

Ich riss meine Augen auf. Schluckte. Mutter Erde,
deine Pumpe muss weitergehen! Du bist gerade dabei, den Stecker zu ziehen! Dann bliebe dein Brunnen stehen!

Ich legte meine Arme auf die Fensterbank und be-
grub meinen Kopf darin. Holte tief Luft und begann,
mich zu konzentrieren. Und dachte an sie. Immer intensiver, ruhig atmend, so wie Oma mir das mit SÖV
beigebracht hatte.

Meine Umgebung nahm ich immer weniger wahr,
dachte nur noch an Mutter Erde. An die armselige
Gestalt, wie sie mir einst im Wald erschienen war.
Die in Wirklichkeit das Wunderbarste war und sein
sollte, was wir Menschen uns vorstellen konnten.

Bitte Mutter Erde, ich bin es wieder, deine Soe. Erinnerst du dich noch an mich? Es ist so wichtig, dass
ich mit dir spreche. Bitte zeige dich mir.

Nichts.

Ich weiß, dass du nicht glaubst, dass ich dir helfen
könnte. Ich weiß es selbst nicht, aber gib mir doch
wenigstens die Chance. Lass mich mit dir reden.

Nichts.

Was sollte das Ganze? Sie wollte augenscheinlich
nicht mit mir kommunizieren. Wer konnte es ihr

verdenken? Eine kleine Soe, eins von so vielen Menschen, die gerade jetzt lebten. Wie vielen sie wohl in ihrer gesamten Existenz das Leben geschenkt hatte? Wie könnte man das wohl berechnen? Tropfen zählen?

Soe, tadelte ich mich, wo schweifen deine Gedanken jetzt schon wieder ab? Sammle dich endlich!

Versuchte es nochmals. Tiefe Konzentration. Ein-, ausatmen. Zur Ruhe kommen. Jetzt fokussierte ich nochmals die armselige Frauengestalt von damals. Versuchte mich zu erinnern wie sie ausgesehen hatte. Bitte Mutter Erde, bitte. Erscheine mir nochmal. Oma wird bald sterben müssen und ich bitte dich, ich möchte ihr so gerne etwas Positives von dir überbringen. Sie ist das beste Geschöpf, das du je beseelt hast. Bitte! Tu es für sie. Wenn sie sterben muss, dann lass sie in Frieden gehen. Es war ihr größter Wunsch, dass es dir gut gehen mag, wenn sie gehen muss.

Es hatte keinen Sinn. Da kam nichts. Was saß ich hier noch herum in dem Kloster. Sinnlos!

Plötzlich begann es in meinen Ohren zu rauschen, schnell schloss ich nochmals die Augen und versuchte mich wieder in mein Inneres zu versenken. Mein SÖV begann wieder intensiv zu arbeiten, mittlerweile kannte ich das wärmende Gefühl in meinem Körper.

Und wirklich, meine nach innen gerichteten Augen sahen wieder die armselige alte Frauengestalt in den zerfetzten Kleidern aus dem Nebel auftauchen. Mühsam sahen ihre kraftlosen Augen in meine Richtung und sie schienen kurz aufzublitzen, als sie mit trockener Stimme müde murmelte: „Ja, Gertrud ist eine besonders wohlgelungene Kreatur. Warum sollte sie Angst haben zu gehen? Sie ist und bleibt bei mir!"

„Mutter Erde, wir alle machen uns Sorgen, um dich, bitte lass mich zu dir sprechen. Es fällt mir schwer. Aber ich muss dir etwas sagen."

„Was redest du herum? Egal was, aber ich werde
nicht mehr gesund werden, Soe. Es ist vorbei. Irgendetwas zieht mich so herunter. Ich kann nicht mehr.“

Jedes Wort war eine Qual für sie, das konnte ich
hören.

„Es ist bald zu Ende. Ich hätte wissen sollten, dass
ich dieses ambitionierte Projekt nicht einfach so
schaffen werde. CEO hatte es geahnt. Aber er hat mir
die Chance für meine eigene Idee gegeben. Auch er
will Großes erschaffen und hoffte auf ein gutes Gelingen. Um anderen Sternen wie Mey mein Vorbild mitzugeben.“ Sie seufzte traurig. „Ich habe mich über-
schätzt. Weiß bis heute nicht, was eigentlich
schiefgelaufen ist. Es klappte alles so toll. Besonders
ihr habt mir viel Freude gemacht. Aber ich kann
nicht mehr“, krächzte sie mit letzten Kräften.

Ich musste schnell etwas sagen, damit sie das Gespräch nicht entkräftet abbrechen würde. Aber was?
Und wie?

„Tut mir leid. Könnte es sein, dass du dich auf-
grund deiner Freude an uns, zu sehr in uns verliebt
hast?“

Fragend blickte sie mich an.

„Du hast selbst menschliche Züge angenommen.
Stolz entwickelt. Stolz auf uns. Und damit bist du
blind geworden für unsere Fehler, für unsere Verge-
hen an dir und deinen Geschöpfen. Wolltest es einfach nicht wahrhaben. Hast uns zu viel durchgehen
lassen? Kann das sein?“

Hatte ich das, was Mahendra mir gesagt hatte,
richtig herübergebracht? Ich wusste es nicht. Jedenfalls tat es mir entsetzlich weh, was ich da in Panik
von mir gegeben hatte. Getrieben von der großen
Angst, sie könne einfach wieder verschwinden. Bevor
ich meine Mission erfüllt hätte.

Müde sah sie mich an. Ich war mir nicht sicher, ob
sie verstanden hatte, was ich versucht hatte, auszu-
drücken. Schnell versuchte ich meine Gedanken

genauer zu erklären. Bitte, bleib hier, verschwinde
nicht wieder, betete ich innerlich.

„Du findest es toll, welche intelligenten Geschöpfe
wir einerseits geworden sind. Andererseits schaden
wir dir und deiner gesamten Schöpfung. Machen
dich kaputt, zerstören dein System, das so gut funktioniert hat." Ich redete mich regelrecht in Rage. Jetzt
musste alles auf den Tisch. Sie durfte jetzt nicht abhauen. „Du musst dich von der Liebe zu uns Menschen lösen. Nicht an uns festhalten! Wir ziehen dich
runter!"

Es war raus! Und wie in Trance sprudelte es weiter.

„Wir sind deine Schwere, die dich in das Burnout
zieht!"

Jeder Satz kostete mich viel Kraft!

„Lass uns los. Es gibt in deiner Schöpfung viel
mehr als uns Menschen, an dem du dich erfreuen
kannst. Dann kann es weitergehen für dich. Es muss
weitergehen. Hörst du?", schrie ich ihr nun verzweifelt entgegen. Jetzt war alles egal. Es musste gesagt
werden, egal wie. War sie noch da?

Ängstlich versuchte ich sie mit meinen inneren Augen wieder deutlicher zu sehen. Sie saß in sich zusammengekauert und atmete tief. Erschreckt von
meinen Worten. Sie hatte wohl zugehört. Langsam
hob sie wieder ihren schweren Kopf.

„Soe, wie kannst du als Mensch mir sowas sagen?",
schluchzte sie auf. „Ich bin eure Schöpferin. Eure
Mutter. Und ja, ich bin so stolz darauf, wie ihr euch
entwickelt habt. Wo sonst gibt es so herausragende
Geschöpfe? Ich kann euch nicht aufgeben. Ihr seid
mein ganzer Stolz!" Traurig schüttelte sie ihr Haupt.

„Aber sieh doch, wie wir Stück für Stück deine
Schöpfung respektlos zerstören", erwiderte ich. Das
konnte doch nicht wahr sein, was ich da von mir
gab. Wie konnte ich uns alle so ans Messer liefern?
Ich dachte nicht mehr viel, redete mich jetzt um Kopf
und Kragen.

Sie schien nachzudenken.

„Du musst uns vergessen! Deine wundervolle Beseelung darf nicht mehr durch uns in Frage gestellt werden. Du musst dieses blöde Burnout besiegen, hörst du? Und wieder Freude an deiner gesamten Schöpfung finden, verstehst du?"

War das wirklich ich, die da Anordnungen gab? Es kam mir irrsinnig vor. Wie redete ich mit meiner eigenen Chefin?

Aber es schien ein Denkprozess in ihr angestoßen worden zu sein. Sie seufzte. Atmete tief und schwerfällig. Sah mal zu mir, dann wieder weg. Es dauerte eine gefühlte Ewigkeit bis sie langsam anfing zu sprechen.

„Könnte sein, dass du tatsächlich Recht hast. Ich habe mich da verrannt." Gedankenverloren blickte sie in die Ferne. „Wenn ich mich wieder liebevoll allen anderen widmen könnte, denen die mehr Liebe zurückbringen, könnte es mir wieder besser gehen. Und ich könnte vielleicht doch weiter machen." Ein Hoffnungsschimmer erleuchtete kurz ihre Augen. Dann aber sagte sie traurig: „Wie soll ich ohne euch Menschen weiterleben, Soe? Ich würdet mir fehlen. Wie lange wird es dauern, wieder so intelligente und an sich liebenswerte Geschöpfe zu entwickeln. Warum musste das am Ende so schieflaufen? Schade!"

„Mahendra meinte, wir hätten die Chance uns zu verändern. Wieder respektvolle Wesen zu werden, die alles daransetzen, wieder im Einklang mit den Geschöpfen und deiner Umwelt zu existieren."

Was redete ich da für einen Blödsinn?

„Glaubst du ernsthaft daran, Soe, dass die Menschheit das schaffen könnte?", widersprach sie erstaunlich heftig. Ihre Kräfte schienen zurückzukommen. Sie richtete sich auf.

„Wenn ich euch loslassen muss, damit ich weiter machen kann, muss auch ich mich sputen. Bisher hatte ich für alles unendlich viel Zeit. Konnte sich alles in Ruhe weiter entwickeln lassen. Aber ihr seid tatsächlich dabei, unseren wunderbaren Planeten dauerhaft für jegliche Beseelung unbrauchbar zu machen. Denk mal an die Atombomben. Was werdet ihr noch alles entwickeln? Eines Tages werdet ihr unseren schönen Stern in Staubkörnchen zerbröseln lassen. Warum? Woran fehlt es euch? Ihr habt doch alles!"

Verzweifelt schüttelte sie den Kopf, ihre Gesichtszüge wurden plötzlich energischer.

„Fraglich, ob CEO den wieder zusammenkleben würde. Der Klimawandel ist nicht das Problem. Ich werde angepasste Lebewesen entstehen lassen."

Sah ich Tränen in ihren Augen als ihre Stimme brach: „Aber ich glaube nicht, dass sie mir je so ans Herz wachsen werden, wie ihr! Du bist ein guter Mensch, Soe! Wenn nur alle so wären!"

Auch meine füllten sich. „Das heißt, wir müssen alle sterben. Aussterben? Weil ich dir das jetzt gesagt habe? Ich bin schuld daran. Nein!", schrien meine SÖV-Gedanken.

Die Frauengestalt wirkte nun immer kraftvoller. Meine Gedanken schienen ihr tatsächlich dazu verholfen zu haben. Mahendra hatte wirklich recht gehabt.

„Meine Liebe. Du hast es richtig gemacht. Entschuldige, dass ich dich zunächst nicht ernst genommen hatte. Aber du hast Recht. Es geht um unser großes Ganzes, das ihr Menschen zu oft mit Füßen tretet. Ich liebe euch Menschen trotzdem. Aber nur in friedlicher Existenz mit dem Großen könnt ihr noch bei mir bleiben. Ansonsten müsst ihr weg. Meine Schöpfung wird weitergehen. Ich darf sie mir nicht von euch zerstören lassen. Dann werde ich Wege finden müssen, euch zu entfernen."

Ich erschrak über diese radikalen Worte.

„Wie meinst du das?"

„Was bleibt mir übrig, wenn ihr Waffen baut, die

über kurz oder lang den ganzen Planeten zerstören könnten?“

„Was passiert dann?“, fragte ich verzweifelt.

„Soe, ich muss mich selbst schützen. Auch vor euch. Das ist das, was ich lange verdrängt habe. Nun, in Selbstverteidigung ihrer Familie muss auch eine Mutter schmerzhafte Wege gehen...“

„Und wenn wir den Klimawandel nicht in den Griff bekommen?“, flüsterte ich verängstigt.

„Wenn es immer wärmer werden wird, werden angepasste Lebensformen entstehen, da habe ich keine Zweifel. Das war immer so und nur so kann meine beseelte Schöpfung als Ganzes weiter existieren. Wenn es in diesem Tempo weitergeht, werdet ihr als Menschen wohl aussterben, da ihr euch nicht so schnell anpassen könnt, wie ihr das Klima beeinflusst. Wenn ihr es nicht schafft, das wieder in Ordnung zu bringen, ist es für euch vorbei. Sehr bald. Das ist euer Preis für die Achtlosigkeit. Respektlosigkeit.“

„Vorbei? Wo sind wir dann?“

„Soe, verzweifle nicht. Es ist nicht so, wie es klingt. Hab keine Angst. Geh zu deiner Oma. Ich werde nochmal mit euch beiden sprechen. Aber dann wird Mutter Erde kein Gespräch mehr mit ihren Geschöpfen führen. Ich werde meine Kraft vollends wiederfinden und mein System fortführen. Ich war immer stark, aber ich gebe zu, bei euch Menschen bin ich offenbar schwach geworden. Das habe ich durch dich erkannt. Ob ihr dabeibleiben werdet, entscheidet ihr selbst. Mach es gut, meine Kleine. Und danke für deine Ehrlichkeit.“

Und sie löste sich in Nebel auf, bevor ich etwas erwidern konnte, und hinterließ mich fassungslos vor dem Brunnen sitzend.

Aufbruch

Mit nur einem freundlichen Kopfnicken stieg Mahendra zu uns ins Auto. Angespanntes Schweigen prägte die Fahrt zum Krankenhaus. Verwunderlich, dass nicht mal Mama mich wie üblich mit Fragen bombardierte. Vermutlich hatte Gordon sie über meine Situation und Verzweiflung informiert. Noch dazu hatte ich den Verdacht, dass sie vielleicht vorher schon kurz im Krankenhaus gewesen war und wusste, dass es nicht gut um Oma stand.

Sie unterstützten mich, schnell zu Omas Zimmer zu kommen, setzten mich dort auf einen Stuhl an ihrem Bett und verschwanden schnell wieder. Denn sie ahnten, dass sie mit mir alleine sein wollte.

OMA! Ich erschrak, als ich sah wie schwach sie im Kopfkissen lag. Aber immerhin war sie wach und schien mich gleich zu erkennen, denn ein zartes Lächeln erhellte ihr mattes Gesicht.

„Soe, du bist da!", wisperte sie leise. „Es geht zu Ende, erschrecke nicht, ich bin sehr müde."

Ich wollte ihr widersprechen, aber ihr Blick war so überzeugend, dass ich nur ihre Hand in meine legen konnte. Die Tränen in meinen Augen, als ich tief in ihre sah, sagten ihr wohl alles. Zart streichelte sie mir meine Finger. Welche Güte ging von ihrem Ausdruck und den Berührungen aus.

„Oma, ich habe mit Mutter Erde gesprochen und sie möchte noch einmal mit uns beiden zusammen reden." In Kurzform berichtete ich ihr von meiner Begegnung. Oma versuchte aufmerksam zuzuhören und nickte von Zeit zu Zeit verständnisvoll.

„Oh ja, Soe, aber wie soll ich sie verstehen können?", fragte sie leise und rang immer wieder nach Luft.

Oje, SÖV! Ich erschrak. Dann sagte ich

hoffnungsvoll: „Sie hat es so gesagt. Ein bisschen SÖV hast du ja auch von deinem Vater übertragen bekommen, sonst hätte ich es ja nicht erhalten. Sie wird sich dir zeigen, bestimmt." Oma schnaufte schwer, hustete immer wieder, ihre Atmung wurde für mich hörbar schwächer.

„Halte durch, wir müssen es versuchen!" Sie röchelte. In mir wuchs die Angst, dass wir es nicht mehr schaffen könnten.

So schloss ich die Augen und konzentrierte mich auf Mutter Erde. Zeitgleich begann Pandy in meiner Hosentasche zu vibrieren und zischen und ich hörte Meys leise Stimme, konnte sie aber nicht verstehen. Sie war mir gerade sowas von egal. Von mir aus konnte sie zuhören, aber reden wollte ich jetzt nicht mit ihr. Ich hielt Omas Hand ganz fest und flehte Mutter Erde an: „Bitte sprich mit uns! Bevor es zu spät ist. Bitte!"

Plötzlich erschien sie aus ihrem Nebel kommend. Ich schaute kurz zu Oma, die auch ihre Augen geschlossen hatte. Durch ihre sich anspannenden Gesichtszüge und ihren festeren Händedruck vermutete ich, dass sie sie tatsächlich auch sehen konnte. Gespannte Ruhe! Mutter Erde erschien viel kraftvoller in ihrer Körperhaltung, sie wirkte jünger und weniger gebrechlich als in unserer vorherigen Begegnung. Selbstbewusst lächelte sie uns zu. Dann begann sie langsam, aber klar und deutlich zu sprechen.

„Ich hatte mich verrannt, danke Soe, dass du mich da rausgeholt hast. Ein mutiger Schritt von dir. Du musst es als Verrat an deinen Mitmenschen empfinden. Aber dass es soweit kommen musste, habt ihr Menschen eurer Überheblichkeit und Anmaßung selbst zuzuschreiben. Ihr habt einen wichtigen Punkt übersehen: ich kann euch so nicht mehr gebrauchen. Ich werde CEO nicht enttäuschen und mein Projekt Erde jetzt wieder kraftvoll weiterverfolgen. Spätestens der von euch forcierte Klimawandel wird

euch bald an eure körperlichen Grenzen bringen, die
ihr als Spezies Mensch nicht überleben werdet. Das
Zerstören der Umwelt, das unbarmherzige Ausbeuten
anderer Geschöpfe. Denkt ihr, ihr könntet so weiterleben? Ihr seid nur ein winziger Teil meiner eigentli-
chen Schöpfung und zerstört euch letztlich selbst.
Warum nur, frage ich mich? So entscheidet euer Verhalten, ob ihr weiter mit an Bord bleiben könnt. Das
wäre jedoch nur möglich, wenn ihr euch wieder respektvoll in meine Schöpfung einbringen würdet. Viel
Zeit dazu bleibt euch jedoch nicht mehr. Seid ihr weiter dabei oder nicht? Denkt daran: ich brauche euch
nicht, aber ihr braucht mich. Schau nicht so traurig,
Soe. Das wird nicht das Ende sein. Ihr kennt das
wirkliche Wesen meiner Schöpfung nicht. Die Lebewesen auf diesem Planeten sind doch alle nur eine
körperliche Daseinsform als Träger der irdischen
Seele. Diese habe ich aus CEOs Ewigkeitsbeigabe
weiterentwickeln können, indem ich ihr Gefühle und
Zusammenhalt schenkte. So gehören wir alle zusammen und alles Leben dieser Erde wird immer verbunden sein. Da spielt es für euch keine Rolle, ob ihr als
Menschheit weiter existiert. Es ist ungefähr so, wie
du dir diesen Brunnen vorgestellt hast. Ein Pool, aus
dem alles Leben kommt und alles Leben wieder zurückkehrt. Das körperliche Dasein habe ich euch geschenkt, um euch weiter zu entwickeln und euch intensiv in meine Schöpfung einbringen zu können.
Hat sich jemals jemand beschwert über das vorge-
burtliche Dasein? Es war dieselbe große Seele, in die
alles Leben wieder hin zurückkehrt. Liebe Gertrud,
dein körperliches Dasein wird bald zu Ende gehen.
Du hast es sehr intensiv erlebt und genossen, du
hast alles richtig gemacht. Ein vorbildlicher Mensch,
wie ich mir mehr gewünscht hätte. Du hast nichts zu
befürchten, es wird sehr schön sein, zurück in dem
Pool.“
Und wie sie gekommen war, so verschwand sie im

Nebel.

Omas Blick und meiner verschmolzen ineinander wie auch unsere feuchten Hände. Ihre unendliche Güte und grenzenlose Zuneigung fanden Ausdruck in ihrem sanften Lächeln, das sie mir ein letztes Mal schenkte. Mit einem leichten Röcheln tat sie ihren letzten Atemzug. Ihr Gesichtsausdruck beim Sterben war ein glücklicher und zufriedener. Noch lange streichelte ich zart ihre Hand, während ihre Seele friedlich in Mutter Erdes Pool zurückglitt.

Leise und undeutlich hörte ich Mey sagen: „Sie war ein wundervoller Mensch! Es tut mir leid. - Hab Dank, Soe, für deinen mutigen Einsatz. Ich werde CEO die frohe Botschaft überbringen, dass Mutter Erde wieder stark und zuversichtlich ist!"

Pandy schaltete sich mit einem feinen Zischen aus.

Rückkehr

Grelles Licht schlug mir entgegen. Vorsichtig blinzelnd öffnete ich meine tränengefüllten Augen. Zunächst verschwamm noch alles, doch dann konnte ich allmählich klarer sehen und erkannte meine Dachluke, von deren Rand mich neugierige Augen anstarrten.

Echslein? Echsleiiiiin!

„Was machst du denn hier? Wo bin ich?", rief ich verwirrt.

Aufgeregt schaute ich mich um. Offensichtlich lag

ich auf meinem Bett in meinem Zimmer. Ich verstand das nicht. Gerade eben war ich doch noch im Krankenhaus bei Oma gewesen. Was war hier los?

Schnell sprang ich auf und bot Echslein meine offene Hand an. Es schien sich genauso zu freuen wie ich und kroch flugs darauf. Zart streichelte ich es mit meinem Zeigefinger, was es augenscheinlich zu genießen schien.

Moment mal? Erst jetzt wurde mir bewusst, dass ich aus dem Bett gesprungen war. Ungläubig schaute ich an mir herunter: kein Gips, keine Schmerzen an meinem Bein! Was war hier los?

Langsam sah ich mich in meinem Zimmer um. Mein Schulrucksack lag im Eck, wohin ich ihn nach dem unrühmlichen letzten Schultag wütend geschleudert hatte. Aber: den hatte ich doch mit in den Wald genommen. Er müsste schmutzig und zerrissen sein! So sah der aber ganz und gar nicht aus!?

Mein Blick blieb an der Wand an meinem Abreißkalender hängen. Wie? Ich vergewisserte mich noch mal ganz genau: da war tatsächlich noch das Datum vom letzten Schultag drauf. Das konnte doch nicht sein. Schnell setzte ich Echslein auf das Dach und holte Pandy aus meiner Hosentasche. Auch hier das Datum des letzten Schultages.

Was ging vor sich? Zweifelnd setzte ich mich auf die Bettkante. Mein Bein konnte doch nicht einfach so verheilt sein? Was war geschehen?

Ein Traum? War ich eingeschlafen? Und hatte mir das alles womöglich nur eingebildet? Ich schüttelte den Kopf. Konnte man so etwas nur träumen? Solch ein Abenteuer mit so vielen besonderen Gegebenheiten. Solch fundamentalen Erkenntnissen?

Ich dachte weiter nach und sah durch das Dachfenster in den Himmel.

Papa? Was meinst du dazu? Hattest du da deine Finger mit im Spiel? Deine Seele? Ist die noch bei mir? Hast du mir diese unglaublichen Illusionen geschickt?

Nur so konnte es sein. Vielleicht, um mich zu trösten? Vielleicht, um mir Stoff für mein Referat zu schicken? Mein Referat. Oh Gott, ja! Ich erinnerte mich an meine Verzweiflung über dieses unglaubliche Thema.

Ich versuchte weiter meine Gedanken zu sortieren. Ein Traum...

Aber das hieße ja...

OOOOOMMMMAAAA!

Ich sprang aus dem Bett, meine Zimmertür flog auf, ich rannte über den Flur und durch Omas Zimmer, direkt auf ihre Terrasse und starrte sie an. Sie saß entspannt auf ihrer Schaukel und schwang langsam hin und her.

„Oma", schrie ich und schnell hatte ich sie erreicht. Umarmte sie von hinten und drückte ihr einen langen Kuss in den Nacken.

„Soe, was ist denn los, wieso bist du so aufgeregt?", lachte sie überrascht.

„Oma, ich bin einfach nur glücklich, dass du da bist." Ich setzte mich neben sie.

„Eine lange, unglaubliche Geschichte", murmelte ich gedankenversunken. „Da habe ich dir viel zu erzählen!"

Sie nickte interessiert und nahm mich liebevoll in den Arm.

So saßen wir schweigend eine ganze Weile beisammen.

Gordon! Was für ein netter Kerl er wohl war? Ich wollte ihn besser kennen lernen. Ich holte Pandy aus der Tasche und wählte seine Nummer.

„Hallo Gordon. Magst du mit mir über das Thema meines Referates sprechen? Wollen wir uns morgen in aller Frühe an dem kleinen See treffen? An dem großen Baumstamm vorm Ufer?"

Er stimmte freudig zu. Wie schön!

Es würde der Beginn einer besonderen

Freundschaft werden.

Und seit diesem Tag gab es für mich keinen Zweifel mehr daran, dass Papas Seele immer bei mir war.

Nachwort

Referat von Soe für Frau Schnippelberger – Rotschild

„Verantwortung und Verbindung zu anderen Wesen
am Beispiel meiner Schulfächer Ethik, Erdkunde
und Biologie"

Meinem lieben Papa gewidmet

Beziehe ich mich auf die einzelnen Schulfächer,
müsste ich sagen:
Ethik: du bist mein Mitmensch, also schulde ich dir
Respekt und trage Verantwortung für dich
Erdkunde: wir leben auf demselben Gebiet und von
den gemeinsamen Nahrungsmitteln, also müssen wir
schauen, wie wir für unser eigenes Wohl miteinander
klarkommen
Biologie: wir gehören derselben Art an, also müssen
wir als Artverwandte zusammenhalten, um uns gegen andere abzugrenzen, um als Art erfolgreich zu
sein und zu überleben
Die Schulfächer beziehen sich jedoch auf winzige
Teilaspekte unseres Daseins. Die vielleicht für detail-
lierte Forschungen erforderlich sind. Um Feinheiten
genau zu beleuchten.
Wie kann ich aber Verantwortung und Vertrauen nur
von Teilaspekten unseres Lebens ableiten? Das genau ist unser gesellschaftliches Problem geworden.
Wir verrennen uns in Kleinigkeiten und sehen das
große Gemeinsame nicht mehr, das uns eigentlich
automatisch zu diesen Qualitäten führen könnte.
Es geht nicht nur um uns.
Damit müsste der Ansatz ein ganz anderer sein:
Biologisch gesehen, stammen wir alle von Mutter Erdes Urseele ab. Sie hat unseren Planeten beseelt. Wir

sind ihre irdischen Abkömmlinge: Menschen sowie
Tier- und Pflanzenwelt, genau genommen auch ihre
natürlichen Elemente.

Ethisch gesehen eine Groß-Familie, die füreinander
einstehen sollte.

Erdkundlich gesehen, leben wir alle im selben Lebensraum. Auf unserer phantastischen Erdkugel, die
an sich schon ein Wunder darstellt.

Das einmalige Geschenk scheinen wir oft zu vergessen. Wir nehmen es als selbstverständlich und vermeintlich ewig während hin. Dabei vergessen wir,
welch winziger Anteil der Geschöpfe wir sind, die alle
ein Recht auf Leben haben. Wie arrogant beuten wir
unbarmherzig Tiere und Umwelt aus, quälen und töten bzw. zerstören sie?

Mutter Erdes Seele wird in jedem einzelnen Angriff
von uns mit Füßen getreten.

Statt Verantwortung zu zeigen, vernichten wir Stück
um Stück unseres Lebensraumes und sein Klima.

Wie dumm ist das eigentlich? Wie schändlich gegen
jedes Geschöpf? Wie undankbar gegenüber unserer
Beseelerin?

Wir brauchen Mutter Erde.

Aber Mutter Erde braucht uns Menschen sicher
nicht. Schon gar nicht in der Art und Weise, wie wir
uns aufführen.

Wenn wir nicht schnell wieder zu Respekt und Verbundenheit zurückfinden, wird es für uns alle zu
spät sein. Viel Zeit bleibt nicht mehr.

Vielleicht täte es Mutter Erde sogar gut, wenn wir
selbst sie durch unsere eigene Unvernunft von uns
befreien? Statt von uns in das Burnout getrieben zu
werden, würde sie ohne uns Menschen in ihrer Einzigartigkeit in Frieden weiter existieren können. Wer
weiß?